燕子号与亚马孙号探险系列

THE BIG SIX

ARTHUR RANSOME

侦探六人行

〔英〕亚瑟·兰塞姆——著　顾文冉——译

人民文学出版社
PEOPLE'S LITERATURE PUBLISHING HOUSE

图书在版编目(CIP)数据

侦探六人行/(英)亚瑟·兰塞姆著;顾文冉译.
—北京:人民文学出版社,2024
(燕子号与亚马孙号探险系列)
ISBN 978-7-02-018673-0

Ⅰ. ①侦… Ⅱ. ①亚… ②顾… Ⅲ. ①儿童小说-长篇小说-英国-现代 Ⅳ. ①I561.84

中国国家版本馆 CIP 数据核字(2024)第 100512 号

责任编辑 **朱卫净 周 洁**
装帧设计 **汪佳诗**

出版发行 **人民文学出版社**
社 址 **北京市朝内大街 166 号**
邮政编码 **100705**

印 制 **山东临沂新华印刷物流集团有限责任公司**
经 销 **全国新华书店等**

开 本 **720 毫米×1000 毫米 1/16**
印 张 **26.5**
字 数 **290 千字**
版 次 **2024 年 7 月北京第 1 版**
印 次 **2024 年 7 月第 1 次印刷**

书 号 **978-7-02-018673-0**
定 价 **88.00 元**

目 录

第一章

牙医诊所的窗外

皮特有一颗牙齿松了，可他总忍不住去舔它。

阳光明媚，天气暖和，暑假快结束时的天气总是这样舒适怡人。诺福克湖区的租船季也快接近尾声了，码头旁只停泊了两艘轮船。哪个码头？人人都知道这儿的码头，前往霍宁的船就在这儿停泊。大家都知道码头上游的河湾处有家小旅馆，下游有几座造船工棚，旁边有一片小草坪，石砖墙旁有台水泵，远处的马路上还有一排商店。总之，码头是这片小小天地的中心。盛夏的时候，这儿可热闹了，船来船往，上下游的游客们纷纷上岸，好似一个外国的港口。但是现在时值九月，码头上只停靠了两艘船。一艘是刚刚完成暑期任务的摩托艇，等着被拖进乔纳特的船棚过冬。另一艘便是死神与荣耀号，属于乔、比尔和皮特。他们都是造船工的儿子，过去的几个礼拜，他们为了建造这艘属于他们自己的小船可花费了不少工夫。

死神与荣耀号与别的船不一样。春天的时候它看上去明明就是一艘旧船，可现在摇身一变，换上了新桅杆和新船帆，还安了一顶船篷，这样乔、比尔、皮特，还有乔的小白鼠就可以在篷下过夜。现在船上还建了间顶舱，铺了甲板，乔的爸爸给桅杆做了个升降装置，这样过桥的时候就可以把桅杆降下来，以便顺利通过。他们在船舱里分隔出三个铺位。他们甚至还弄来了一只锈迹斑斑的旧火炉，把它打点干净后固定在船舱内，连了根管子穿过舱顶。为了安装这只火炉，他们可是折腾了一番，

最后在管子上装上一个陶土做的烟囱帽，才算是大功告成。但即使这样，他们还是发现烟会通过烟囱倒灌进船舱内。为此，乔做了个有三个支脚的锥形锡帽，盖在烟囱顶上。这招还真管用。要是有人对死神与荣耀号上这个长得像蘑菇一样的陶土烟囱帽有什么意见，它的小主人们可不会在意呢。有了这只火炉，小水手们在凛冽的寒冬可以依偎在船舱里取暖；而像今天这样温暖的日子，他们则想着晚上生个火来驱散秋夜的凉意。以前，桅杆顶上挂着一面黑旗，但今年夏天他们决定不再当海盗了，换上了一面白旗，上面画了一只黑鸭子，表明他们是医生的儿子汤姆·达钦创立的黑鸭子俱乐部的成员。他们在顶舱上钉了块窄窄的小木牌，上面写着“水上救援队”的字样。他们还在船头竖了根小旗杆，白色的三角旗上写着“B.P.S.”[①]三个字母，说明死神与荣耀号是鸟类保护协会的巡逻艇，这也正是黑鸭子俱乐部最看重的事情。暑假的大部分时间他们都在改造小船，现在终于要完工了，万事俱备。在顶舱上，比尔正在给烟囱打木楔子固定，他们还等着让汤姆·达钦来给烟囱上油漆呢。皮特一边眺望着汤姆的身影，一边给比尔递着螺丝，还努力控制着不让自己的舌头去舔那颗松动的牙齿。

死神与荣耀号在码头一带的民众中有着不错的口碑。警察泰德先生走过来瞧了瞧小船的烟囱。皮特时常光顾泰德先生的花园，捉虫子当鱼饵的同时，还顺便给花园铲除杂草。

---

① B.P.S.，英文 Bird Protection Society 的缩写，即鸟类保护协会。

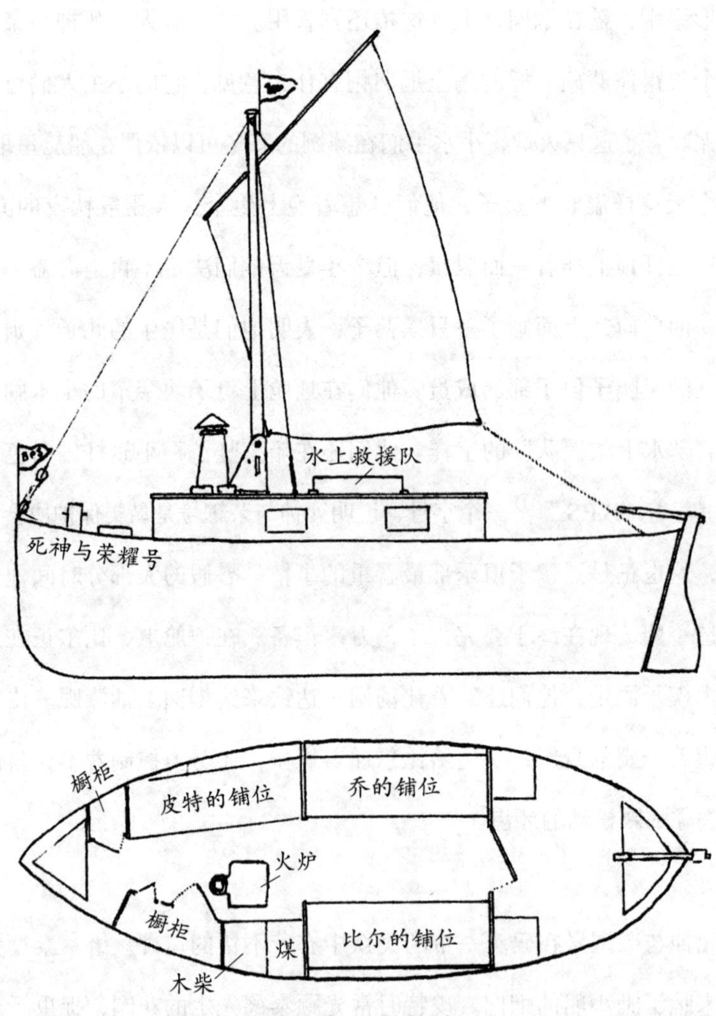

死神与荣耀号内外

“烟囱还要上一层油漆呢。”皮特说。

“你的牙齿怎么了？”泰德先生问道。

“就是有点松了。”皮特说。

“他早就该去把那颗牙齿给拔掉啦。”比尔说。

达钦医生的太太此时正推着婴儿车经过，她停下脚步，告诉他们汤姆要晚点才能来，但是天黑前肯定会带着油漆过来。黑鸭子俱乐部正是由汤姆·达钦起的头，一起的还有“左舷”和“右舷”，她们俩是法兰先生的双胞胎女儿，现在远在巴黎，没在她们父亲的小艇上。至于保护鸟儿的工作，也是由汤姆发起。上次，为了解救被船员们惊扰的七号鸟巢，汤姆·达钦还把玛格丽塔号这艘大摩托艇的船绳给解了，这才守住了黑鸭子一家。随后，他在湖区被追赶个不停，幸亏死神与荣耀号解救了他，才没落入敌人手中。

“照我看，”达钦太太说，“你们给它刷上油漆，这船就完美啦。”

“我们马上就要起航啦。”皮特说。

“怎么了，皮特？”达钦太太问，“你对你的牙齿做了什么？”

“就是有颗有点松了。”皮特不自在地说。

“你可别把它给咽下肚了。”达钦太太说。接着，她转过身去跟巴拉贝尔夫人传话。巴拉贝尔夫人在村里租了一间平房。此时她正忙着给霍宁画画，坐在画架前专心致志地挥笔，她的哈巴狗威廉靠在她的脚上打瞌睡。她也是死神与荣耀号的老朋友了。此外，作为起绒草号的司令，春季的探险她也有份。

只有两个大男孩对死神与荣耀号不大友好，他们在码头上游来荡去，在巴拉贝尔夫人的画架前站了一会儿，弄得她只能放下画笔等他们走开。他们还故意大声说话，为的就是要让在舱顶上忙个不停的比尔和皮特听到。

“爱管闲事的狗崽子。”大男孩中的一个说道。

“跟他们有什么关系？”另一个男孩掺和。

坐在舱顶上的皮特转过头看去。

“听说过乔治·欧顿吗？”他小声问。

“听说过。”比尔说。

“另一个人是谁？”皮特问。

“都是一伙的，”比尔说，“他到乔治叔叔家做客来着。”

“还好现在不是鸟儿们的筑巢季节。”皮特一边说一边用舌尖轻轻晃了下那颗摇摇欲坠的牙齿。

“你要是再敢舔那颗牙齿，我就把你踢出船外。”比尔生气地说道。

“对不起。”皮特说。

“明年乔治·欧顿就没机会再打扰文须雀和麻鸭的蛋了。”比尔说，“现在我们有了船，就可以在这里过夜、安家，一直盯着鸟巢。”

傍晚已深，太阳西斜，影子越拉越长。巴拉贝尔夫人收拾好画具，来到死神与荣耀号前停留了片刻，说了声“再见”。

“到时候迪克和桃乐茜见了这船都会认不出来的。”她说。

“他们什么时候来呢？”比尔问。

“从今天开始算的话，四天以后吧。”

“那之前我们就能完工了，”皮特说，“现在只剩下橱柜门还没安上，

还有给烟囱刷油漆。”

“如果你现在痛快点，把牙齿拔掉的话，”巴拉贝尔夫人说，“我相信你不会感觉它落掉的。”

“我们已经跟他说了一整天啦。”比尔说。他一跃而起，跳到舱顶上，俯下身喊道：“快上来，乔。司令要走了。”

锤击的声音停了，乔弯腰走进船舱。

“再过四天，迪克和桃乐茜就要来了。”比尔说。

“运气还不错，”乔说道，“这样的话，黑鸭子俱乐部的六个成员就到齐啦，现在只剩‘左舷’和‘右舷’了。”

此时，哈巴狗威廉正围着船嗅来嗅去，把前爪搁在船舷上。

“小白鼠拉蒂还好吗？”巴拉贝尔夫人问。

“好得很。”乔说，“皮特！”

“不好意思。”皮特说，急忙闭上了嘴。

“好吧，晚安。”巴拉贝尔夫人说，“皮特，我希望牙齿掉的时候，你可不要一股脑咽下去。”

“它没那么松啦。”

“唔，我感觉它可没那么牢固哦。”巴拉贝尔夫人说，“但我想你自己肯定最清楚，晚安啦。威廉，跟我来。”

他们目送着巴拉贝尔夫人消失在视野里，胖墩墩的威廉跟在她旁边。

“汤姆说他晚点过来，”比尔说，“可他也不想想，再晚点就刷不成啦。现在已经太晚了，刚刷好漆就要被露水沾湿了。”

“找什么呢？”乔问，“下面黑咕隆咚的，你就别想着一次打上三根钉子了。来，用你的拇指夹住另外两根。”

“我现在去给炉子生火，”比尔说，“我们现在还没法刷漆。”

他们收拾收拾甲板上的东西，朝着船舱走去。比尔给炉子生了火，乔往上面搁了只水壶，他们欣赏着炉子里燃起的熊熊火焰，对一点就着的效果颇为满意。他们走出船舱，再去欣赏那炊烟袅袅的烟囱。

用这样的火炉烧水并不快，却很节约石蜡，效果要比普通的普利默斯汽化炉好。孩子们坐在船舱顶上，看着太阳落山，还不忘轮流下去照看炉子。终于，水壶里的水烧开了，泡沫在水面翻滚。直到壶嘴冒出稳定的蒸汽、不再冒泡，他们提起水壶，倒水泡茶，点起防风灯，挂在从舱顶吊下来的钩子上，开始吃晚餐。晚餐有面包、奶酪、黄油、橘子酱（巴拉贝尔夫人给他们带的礼物），还有苹果。乔把他的小白鼠从盒子里放出来，它蹲坐在自己的后腿上，吃着蘸了牛奶的面包，啃着爪子上的坚果，活像一只松鼠。

“这儿真是太惬意了。”乔说，他坐在炉边的铺位上，打量着旧船的前半截，那是他收拾的区域，放了只橱柜。

“无论到哪儿航行，它都能胜任。”比尔说，“皮特！别管你那颗牙齿了！”

“这家伙真是要把所有人逼疯了。”乔说，“看你那副样子，坐在那里盯着咱们，自己却一个劲地折腾那颗牙齿。比尔，我们还缺装橱柜的螺丝钉。那儿没法用钉子。”

皮特又用舌头把摇摇坠坠的牙齿归位。“我有三便士，”他说，“明天还能弄到一些。妈妈答应我，只要拔了那颗牙，我就能得到三便士。”

其他人转过来看着他。“要是你早点说，我们立马就带你去拔牙了。现在太晚了，诊所关门了。但你要是明天早上还没拔掉，我们就用钳子把它给拔了。”

“它已经越来越松了。”皮特说。

“好，那你拔呀。”比尔说。

太阳已经下山，外面几乎全黑了。此时码头上响起奔跑的声音，有人敲了敲舱顶。

“来者何人？”乔问道。

“黑鸭子永远在一起。”汤姆·达钦登上甲板。

“永远在一起。”乔和比尔回答。过了一会儿，皮特也跟着说。

“小心碰头。”乔说。这时候汤姆弯下腰，从舱门钻了进来。他来得太晚了。跟死神与荣耀号上最高的地方相比，汤姆的个头还要高上几厘米。

“我哪怕活到一百岁，上船还是非磕到头不可。”汤姆说。他躺倒在比尔的铺位上，小心翼翼地保持着脑袋和横梁之间的空隙，“对不起，我来得太晚了。刷漆是来不及了，但是油漆我还是带来了，刚才随手塞到了后甲板下边。哎哟，皮特怎么回事？”

“牙齿松了。”皮特说。

“他用舌头舔了一整天，我们真恨不得把它拔了塞到他的喉咙里。”比尔说。

“这家伙还领到了三便士，就是为了拔牙呢。”比尔说。

“拔就拔。”皮特矜持地说。

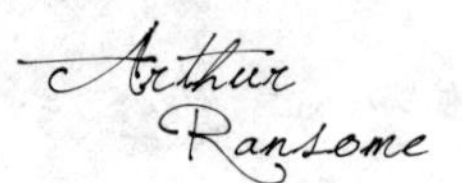

“那你现在就拔，”乔说，“我们不看。”

皮特转过身去背对着大伙儿。好一阵子都没人开口。

“拔了？”乔忍不住问。

“拔不下来啊。”皮特说。

“让我们看看。”汤姆说，“哎，这牙齿已经松得不行了，轻轻一拔就掉啦。”

“你别碰！”皮特说。

“要拔就拔，别拨弄个不停。”乔说。

皮特没有吭声。

好一阵子，其他几个人坐在摇曳的灯光下聊天，盯着炉子里红扑扑的火焰。他们谈论着迪克和桃乐茜来了之后要干些什么。当然啦，巴拉贝尔夫人现在不住在船上，住到了房子里，对他们来说是件憾事。但话说回来，汤姆有他的山雀号可以出航，死神与荣耀号也准备好了再次起航。他们终于有机会做些大事了。

“他又来了。”乔突然说。

他们三个都看到了，可怜的皮特正急忙收回舌头，让他那颗牙齿复位。

汤姆忍不住笑了。“上牙总是晃来晃去。我说，你现在要是不干脆点把它给拔了，半夜里睡着了你就会把它咽进肚子里……你不是还有那三便士吗？我吞过两颗牙齿，我妈可从来没给过我一分钱。赶紧把它给拔了吧，我在书上读到过……我说皮特，我知道一种拔牙的方法，拔的时候你不会有任何感觉。”

“我会自己拔的。”皮特说。

“得了吧，皮特。”比尔说。

“别浪费时间啦。”乔说。

“他一点都不会感觉到疼的。”汤姆悄悄对乔说。

“我们有渔线。”乔说。

“那就行了。”汤姆说。

“不行。”皮特说。他又转过身去，用手指去摸牙齿。

“赶紧的，”汤姆说，“你去拿渔线，然后我们……我是说，比尔……”

“很容易，”比尔说，“我溜过去拿一根。过来，皮特。”

他们走进驾驶舱，汤姆进门时脑袋又磕了一下。

“还不够高。”汤姆说。

“这船带不动更多的帆啦。”乔说。

“哪怕爬到顶上都不够高呢。”汤姆说。

“我不想再爬上爬下了。”皮特说。

“我们真正需要的是一座房子。”汤姆说，“来吧，你有手电筒吗？”

“有，但已经不大亮了。”乔说。

“我的手电筒还有电。”汤姆说，“我走前面，乔纳特船棚上的阁楼就够用了。比尔去哪里了？”

此时比尔匆匆忙忙从黑暗中走来。他悄悄地对汤姆说：“我弄到了。”

“我要回家了。”皮特说。

乔对他说：“你可是个黑鸭子呢，汤姆又不会伤害你。”

于是，他们沿着码头开始前进，小心翼翼地穿过船棚的大门，因为一侧的栏杆已经掉进了河里。汤姆走在最前面，用他的手电筒带路。他们沿着梯子爬上阁楼，皮特还在摇晃他的牙齿，希望它能自己掉落。其他人每次跟他说话，他都要等一会儿才回复。

汤姆躲开了堆成山的渔具、存放着的桅杆和铺开的帆布，来到俯视船台和河岸的窗口。乔递给他一圈渔线。码头和马路之间有一堵墙，比尔从那松动的墙顶上拿了块砖头，递给了乔。皮特坐在梯顶旁边的一捆帆前，在黑暗中继续舔他的牙齿。

阁楼上漆黑一片，汤姆拿着手电筒照着，乔和比尔把渔线的一端系在砖头上，汤姆把另一端绕成一个小小的套索。

“来吧，皮特。”乔说。皮特走了过来，不明白自己为什么没有往反方向逃走。

“你拿着手电筒，比尔。”汤姆说。于是比尔拿着手电筒照亮皮特的嘴和摇摇晃晃的门牙，汤姆仔细地把套索套在牙上，系紧，一只手指稳住牙齿，以免用力过猛。

皮特忍不住害怕地哼哼。

“疼了？”汤姆说，“十分抱歉。”

“还好，不是很疼。”皮特说。

“现在靠着窗口，往外看。”

皮特跪在低矮的窗口，把头伸了出去。

“我看不见地面，”他说，“天太黑了。”

“再仔细看看，”汤姆说，“还有注意把嘴张着，尽可能张大……再大点……”然后，他擦着皮特的头顶，把砖块扔出窗外。

“噢！”皮特叫道，“你弄疼我的牙啦！”

“哪还有牙？”汤姆说，“飞走啦！”

“但就是疼呀，”皮特说，“拔掉啦！”

“喂！下面是谁？”汤姆突然问。

一瞬间，传来一阵玻璃碎裂的声音。有什么东西重重地摔在了阁楼的地板上，一块碎玻璃打中了汤姆的脸蛋，他伸手一摸，手指沾上了血迹。

比尔打开手电筒扫视。

“是那块砖头。”他说。没错，地板上躺着那块砖头，上面还系着线，皮特的牙齿挂在线的另一端。

“天哪！”汤姆喊道，“下面肯定有人被砖块砸中了。嗨！有人吗？”

没有人应答。

“下面没有人。”乔说，“他们早就回家了。”

“砖块可不会自己弹回来，”汤姆说，“一定是有人把砖块扔了回来。还好没闹出人命，要是砸到他的脑袋可就麻烦了。”

“他刚好打到了你的脸。”比尔用手电筒照着汤姆的脸，“还有小皮特，你可别把嘴里的血吐到乔纳特的帆布上。”

“我们下去看看到底是谁，”汤姆说，“再说我们也该把砖块放回去。”

“渔线不要扔了，”乔说道，“这可是一根好渔线。”

“牙齿也要留着。”皮特说着把他那颗牙齿揣进了口袋。

他们小心翼翼地爬下梯子，进入棚屋，用手电筒把每个角落都照了一遍。没有人躲藏在存放在这儿的船只中。

“不管是谁，听到玻璃碎掉的声音，都会马上躲避的。”汤姆说，“看来是我的错了。我要为此赔钱了，别无他法。”

“你的脸还在流血呢。”比尔提醒。

“别管了，”汤姆说，“谢天谢地帆布上没有沾到血迹。”

“牙齿总算给拔了，”皮特高兴地说道，“这就值我妈妈早上给我的三便士，我要是早点知道就好了。”

他们沿着码头走到底，那里停泊着游艇，正等着拉进船棚过冬。四周空无一人，他们又回到了死神与荣耀号上面，告诉皮特虽然牙齿掉了、露出了一大块空隙，但也不要用舌头去舔它。他们坐在那里，还在想着到底是谁差点被砖块砸中脑袋。最后，汤姆回家去找碘酒，剩下的船员则留在死神与荣耀号上过夜。

“牙医”们

第二章

麻烦来临

“有人起得好早。”比尔说。他把头浸在一桶水中，顿时弄得水花四溅，“他们开动游艇，真是神不知鬼不觉。”

乔和皮特一边揉着惺忪睡眼，一边爬出铺位，进了驾驶舱。码头上只停靠着死神与荣耀号。他们的邻居——摩托艇昨天晚上还停在旁边，准备拆卸入库到乔纳特的船棚里过冬，现在已经不见了。

“他们真够安静的。”乔说，“入库也一样。哎，老式起锚机应该声音很响的啊！他们肯定给船上了油，要不然我们准会听到声音的。得啦，比尔，你折腾完水桶了没？”

“我要不要给炉子生火？”皮特问。

“用不着。”比尔说，他坐在舱顶上，用毛巾把脑袋擦干，“烟囱一热就不能刷漆了。我们就用普利默斯汽化炉吧。你到对面去，把水壶灌满……还有，不要再去舔拔掉牙齿的那个洞啦。”

皮特跑过码头，灌满水壶，又回到船上递给了比尔。比尔点燃普利默斯汽化炉，接着去收拾水桶。这时，乔已经收拾好了，拿着还在滴油的、刚烤好的三明治进了船舱。然后，皮特把毛巾系在缆绳上晾干，又一次向岸上走去。但这时乔喊着早饭做好了，于是他又跑回了船上。

他们忙忙碌碌了好几分钟，没有说话。皮特此时发现，拔牙留下的空隙正好方便吹凉茶水。他第一个开口了。

“他们到底把摩托艇开到哪儿去啦？”他说，“我刚刚看了一眼，船棚

里没有这艘船。”

“你没有好好看，”比尔满口都是食物，“他们肯定把船搁在上面了。”

“船棚里昨天晚上是三艘船，现在还是三艘。”皮特说。

“把你的牙齿拿走，要不然会弄丢的。”乔说。

皮特赶紧把牙齿放回口袋。

“这牙齿值三便士呢。”他说。

“那就别弄丢了。”比尔说。

“我们把这儿收拾干净我就把它带回家放起来。”皮特说。

汤姆·达钦登上死神与荣耀号的时候，船上还在杯盘作响。

“今天早上桃乐茜来信了！”他叫道，“我先把玻璃窗的事情告诉乔纳特，马上就回来。”

汤姆还没有走进船棚，皮特就看到摩托艇正缓缓沿河向上行驶。

“你们瞧，”他说，“我就说它不在船棚里，大概是去试引擎了。”

其他人转过身去看船。

“我们睡得太死，都没听见它起航的声音。”比尔说。

摩托艇沿河而上，从死神与荣耀号的下方转向船棚，停在等待它的支船木架上。接着，乔纳特先生的两个船夫上了船，把一艘赛艇向后拖。其中一个人向死神与荣耀号挥舞着拳头。

“你们这些男孩，就不能让船安安静静地待着吗？”

“我们没动它。”比尔说。

“你们解了别人的系船缆绳！”那人吼道，“我们费了好大劲才找到。船一直漂到了渡口，弄不好就毁了。看看你们干的好事！它本来停得好好的，缆绳是我亲手系上的。”

“它昨天晚上就在这里。”乔说。

“我当然知道，”那人说，“我是想知道，你们干吗把船放漂呢？”

接着，他从前甲板跳上岸，跟搭档一起忙忙碌碌，准备把船拖进船棚。

死神与荣耀号的船员彼此交换了一下眼神，然后朝摩托艇昨晚停靠的地方望去，现在那里已经是空空荡荡的。大家都想到同一件事情。

“汤姆绝不会无缘无故解开缆绳的。”乔说。

“上次是对付停在七号鸟巢旁边的那些坏蛋。”比尔说。

“但是，码头上没有鸟巢呀。”皮特说。

“再说这个季节不大可能，”比尔说，“鸟儿可不会在九月筑巢。”

他们等待汤姆跟乔纳特先生打过招呼后回来。汤姆肯定有原因的，他不管做什么，都自有道理。但事关重大，乱解船绳可不是什么小事。乔、比尔和皮特都是造船工的儿子，觉得这个理由一定要过硬才行。

时间一分钟一分钟地过去，汤姆迟迟没有现身。

汤姆终于来了，但没有奔跑，而是一脸严肃地慢慢走过来。

“我说，”他站在死神与荣耀号船边，开口说道，“你们为什么放了别人的船绳？我上次是为了救小黑鸭子，别无选择才放了玛格丽塔号的缆绳，但这艘船没有妨碍任何人吧。”

“得啦，我们从来没有碰过它。”乔说，“我们一直以为是你干的。”

“当然不是我！”汤姆说，“乔纳特先生以为是我。我进去说打破窗玻璃的事情，他态度差极了。他说：‘这么说，昨天晚上就是你们在捣乱。

除了窗玻璃，还有别的事情。’我说，我们没干别的。再说，我们也没有打破窗玻璃，只是窗子碎裂的时候我们刚好在那儿而已。然后我说，船帆上说不定有血，但可能性不大。如果地板上有血，我会擦拭干净的。他恶狠狠地瞅着我，问我是不是否认干过那件事。我问我否认干过什么了，他说：‘如果不是你，那就一定是你那些年轻的朋友了。’他说的就是你们。然后他就跟我说你们解开了系在码头上的摩托艇，他的人一直跑到河下游才找到。他说：‘这种缺德事得停一停了，要不然我就去找他们的爸爸……’”

“可我们从来没有动过它。”比尔说。

“我们从来就没想过去动它。”皮特说。

“我们都以为是你干的，”乔说，“我们知道你肯定有原因的。”

汤姆看着他们，说：“说实话，我没有干，你们也没有干，但自从有了那次鸟巢的事情，人人都以为是我们。乔纳特先生也说，除了我们没有别人能干得出来。他说天黑以后，这一带就没有其他人了。”

“还有人啊，”皮特说，“有人把我拔牙的那块砖头扔回来了。”

“我也跟乔纳特先生说了，”汤姆说，“可他只是一笑而过。窗玻璃的事情他已经很客气了，他说他手里有多余的玻璃，不用我们赔。然后他说我们犯不着编些神话故事，砖头又不长翅膀。他说这次只是一场意外事故，过去了就算了。”

“可这不是神话故事，”皮特说，“就是有人把砖头扔回来了。”他又一次从口袋里掏出牙齿，舌头不无骄傲地舔了舔牙齿原来在的地方。

“我就是这么跟他说的，”汤姆说，“但他就开始不停地唠叨不能单独把船留下什么的。”

“皮特，”比尔说，“这样你会把牙齿弄丢的。”

“我现在就拿回家去。”皮特说。

“不管是谁干的，背后一定有原因。”乔说，“我们就来看看到底是谁干的坏事。”

汤姆、乔、比尔和皮特沿着码头查看了摩托艇曾经停留过的地方，转了一圈也没看出为什么有人要解开它的锚，让它顺水漂向下游。

“现在又不是夏天，那时船满为患，可能有人想给自己的船腾地方。”比尔说。

“那除了意外事故，谁还会任船漂流？”汤姆说。

“还是在午夜。”比尔说，“我们上床睡觉时，它明明还在这里。”

“动手吧。”乔最后说，“我们还要给烟囱上漆呢。皮特去哪儿啦？”

“他拿着拔下的牙齿回家了。”比尔说，“找他的三便士去了。”

他们回到死神与荣耀号上，取下旧烟囱的顶帽，涂上第一道汤姆拿来的绿漆。

“看上去好多了。”乔说。

“没有人看得出它原来是一口锅子。”比尔说。

他们坐在驾驶舱里，等着油漆慢慢变干。船棚的绞盘发出嘎吱嘎吱的响声，一侧的摩托艇一寸一寸地向上滑动。这时，皮特回来了，手里捧着一张大馅饼。

“看好了！”他说，把馅饼递了过去，“当心点。妈妈说一个子儿都没有……我只拿到了值一便士的螺丝钉。”他继续说，“还有这值两便士的

馅饼。我告诉她，我们怎样把牙齿拔了。她说，值得多给三便士，可惜她身边没有。”他把包递过去，从口袋里取出一板螺丝钉，“有些人认为是我们放漂了摩托艇，还告诉了妈妈。我告诉她，不是我们干的。她说，听上去就是我们干的，要我们别再下河了。”

“无论是谁，干出这样的事真够蠢的。”乔说，“我们可不想背这个黑锅。”

但是，随着时间的推移，他们发现消息已经在沿河一带广泛流传，甚至连黑鸭子俱乐部最好的朋友都开始认为他们有罪。毕竟，复活节时发生的事大伙儿可是记忆犹新，那次汤姆确实放漂了一艘摩托艇，因此遭到那些坏蛋的追击。那些坏蛋后来撞到岸边的大航标杆，差一点在布雷顿湖沉没，最后依靠死神与荣耀号才脱险。幸亏如此，当时没有人把黑鸭子俱乐部往坏处想。但现在大伙儿好像都觉得黑鸭子俱乐部有了这一次“前科”，再有船只被放漂很有可能是他们“再犯”了。

昨天，还有之前的很长时间，码头上的人们都亲切地对待他们，友善地打听他们怎样改造旧船。今天，所有人都在说同一个话题。

乔治·欧顿和他的朋友此刻抽着烟来到这儿转悠，他们没过来和船员们交谈，而是直接朝着船喊起话来。

“放船是他们的老把戏了。”乔治大声说。

“他们原来是这种人啊！”乔治的朋友说，他盯着船员们，好像在看动物园笼子里的什么动物一样。

“你听说过‘雅茅斯鲨鱼’吗？”乔治说，“他们专门破坏船只，人们却把他们看作水上救星。跟那些普通的盗贼没什么两样！”

汤姆满脸通红，乔握紧拳头，皮特差一点就开口说：“不是我们干的。”但比尔及时用眼神制止了他，黑鸭子俱乐部的四位成员一言不发，假装什么都没有听到。但他们眼角的余光瞥见了乔治和他的朋友沿着码头闲逛，打量着摩托艇的系锚环，又回头看看死神与荣耀号。

“他们在议论我们。”乔从牙缝里挤出话来。

被敌人当面怀疑，已经够糟了。然而，连最好的朋友都怀疑你参与了恶作剧，那滋味就更别提了。

巴拉贝尔夫人早上牵着小狗威廉散步，来到死神与荣耀号旁边。皮特递给她一块肉饼，她接了过去，谢谢他们。他想给威廉也来一块，但巴拉贝尔夫人说威廉其实不怎么喜欢肉饼。如果他们有方糖，倒是可以给它一块。然后，她问能否上船瞧瞧。汤姆坐在舱顶上，为她在驾驶舱里腾出位置。然后，她在驾驶舱里坐好，友好地问道：“我想询问下我听到的事是怎么一回事。”

“那些全都是谣言。”乔说。

她看看他说：“好吧。听你这么说，我很高兴。你们千万别忘了，迪克和桃乐茜就要来了。我可不希望他们卷入任何麻烦，被人当成坏孩子，在湖区被人人喊打。汤姆，我倒不是说当时你的做法有问题，那些船员都是惹不起的人。威廉也是这样认为的。”

“我没有放漂那艘船，”汤姆说，“死神与荣耀号的船员们也没有。”

“那就好。”巴拉贝尔夫人说，“我当初有点担心是你干的。你们的船快完工了，对吗？”

“还剩橱柜门没有完工。”乔说。

“等烟囱上的油漆干了，还要再刷一层。”比尔说。

“我们要航行一两天。”皮特说。

“汤姆，你在看什么呢?”巴拉贝尔夫人问道。

“我在看那个捉鳗鱼的渔夫呢，”汤姆说，“我要去看看他是如何起网的。”

“你认为他会让我们来吗?”皮特问。

他们谈了几分钟鳗鱼，一时间忘了人们对他们的看法。

巴拉贝尔夫人走了还不到十分钟，警官泰德先生就出现了，他站在死神与荣耀号船边，目光严厉地扫视船员们。

“你们又放船了?”他说。

“没有。”汤姆说，“他们也没有放过玛格丽塔号。”

“我知道，”泰德先生说，“你放船的时候，他们在我的花园里除草。但除草是那时候的事情，现在可没有这样的不在场证明。”

“我们就是没有做过这样的事。”比尔说。

“如果你干了这样的坏事，你爸爸会不高兴的。”泰德先生注视着汤姆，说道。

“但真的不是我。”汤姆说。

“好吧，下次不要再放船了。”泰德先生说完就离开了。

“他们都认为是我们干的。”乔恼火地说道。

但也不是所有人都这么想。乔、比尔、皮特的父亲都是造船工，中午照例跟一群朋友来到码头的酒馆里喝上一杯酒。他们也在死神与荣耀号船边停了下来。

“你放了那艘船？”比尔的父亲问自己的儿子。

“没有，”比尔说，“不是我们干的。”

“你们都听到了没？”比尔的父亲转过去对他的朋友们说道，“比尔从来不对我撒谎。”

“那个年轻人汤姆·达钦呢？”有个人问。

“也不是我干的。”汤姆说。

“你昨晚就在这儿。”

“皮特把牙拔了后，我就回家了。”汤姆说。

“皮特拔了牙？”皮特的父亲问。

皮特把拔牙的事情原原本本地说了一遍：怎么把砖头从阁楼的窗口扔出去，把牙齿拉掉的。人们都笑了。

“妈妈说这就值额外的三便士，但她没有这钱。”皮特说。

“真是服了你啦，皮特。”一个人笑道。

“我本来要去喝点啤酒的，”皮特的父亲从裤子口袋里掏出钱来，“但这钱就给你吧。咱们皮特是个勇敢的孩子，很懂事，不会把别人的船放漂的。我早就对你们说过。”

“嗯，如果不是他们干的，那又是谁干的？我们把船系得好好的，总不至于船会自己解开缆绳吧……”

这群人接着向酒馆走去。

乔治·欧顿和他的朋友又逛了回来，坐在抽水机上，好像除了围观死神与荣耀号之外无事可做。不过，黑鸭子俱乐部的成员们现在知道他们的父亲并不相信他们跟放船事件有关，就不会在乎欧顿和他的朋友怎

么想、怎么说了。

“一颗牙挣了六便士。”皮特说。

“最好再掉一颗。”乔说。

“这张馅饼怎么办？”比尔说，“汤姆，快进来。我们四个人够吃了。”

“我一点钟前必须回家。”汤姆焦急地注视着上游，“不错，他终于来了。”

一艘黑色的小艇，涂有焦油，横梁宽阔、两头尖细，绕过酒馆驶来。划桨的老人一头花白的头发从破旧的黑帽一直下垂到双肩。

老人把船划向码头渐渐靠近，把他的旧船停在死神与荣耀号的后面。

汤姆轻轻一跃跳上岸，迎接老人。

“怎么样？”老人问。

“很好。”汤姆说，“今天晚上怎么样？”

“你可以来得晚一点。”老人说，“十二点钟以后潮水将不断上涨。退潮以前鳗鱼都不会出来。”

“那就好，”汤姆说，“我要走了。我们可以一起来吗？”

“我们可以帮忙。”乔说。

捕鳗鱼的老人笑道：“好，好，你们高兴来就来吧。不过不要出声。半夜时分，不能迟到。可是谁来叫醒你们呢？老哈利下网的时候，你们正在呼呼大睡呢。”

“我们不会睡过头的。”汤姆说。

“我们肯定不会。”比尔附和道。

“那就半夜吧。”老人说。

他蹒跚穿过码头，去采购他那点东西了。

“到时候谁来叫我?”汤姆说。

“我来。”乔说。

“我会把绳子放出来的。”汤姆说，“但你们得非常安静才行，我们家的宝宝可不能被吵醒。”

“保证神不知鬼不觉，”乔说，“没人会察觉的。”

“那我现在该赶紧走了。”汤姆一边说，一边起身离开了。

“皮特怎么办?”比尔问，“我们答应过他妈妈……”

“早点睡吧。”乔说。

他们很久以来一直都想在鳗鱼沿河而下时，花上一晚上的时间痛痛快快地撒网捕鱼。白天，他们经常去看望捕鳗鱼的老人。老人住在一艘废旧的渔船上，旁边晾着他的渔网，但他们从来没有机会目睹他捕鱼的过程。半夜起床溜出家门，家里人可是不会高兴的。但现在他们住在死神与荣耀号上，乔、比尔和皮特第一次有了人生中可以自己支配的时间。

被人怀疑放漂船只的不快渐渐从他们的脑海中消散了。他们坐在甲板上吃肉馅饼时，还有别的事情要考虑。他们造好了橱柜门，用家用的铰链将它固定起来，现在又开始想捕鳗鱼的事情，放漂船只的事情逐渐被抛在了脑后。

当天下午，他们忘记了被放漂的摩托艇的事情。烟囱上第一道油漆已经干了，皮特正在上第二道漆，乔和比尔在一旁守候。此时，一个陌

生人驾着白篷快船从上游驶向码头，恰好停泊在摩托艇昨天停泊的位置。三个人都转过去看新来的船。陌生人系好游艇，收起船帆，询问他们开往罗克瑟姆的下一班公共汽车什么时候开出，接着他上码头闲逛，遇见了正在骑自行车的乔治·欧顿和他的朋友。陌生人侧了侧身，看了看游艇，然后又看了看死神与荣耀号。男孩们听不见他们在说些什么。

“好吧，可别说我们没有提醒你。”乔治·欧顿的大嗓门响彻码头。

陌生人点点头，离开了。

乔治·欧顿和他的朋友走近了些。

“奉劝你们不要动那艘船。”乔治说。

“我们本就没有动过，不是吗？”乔说。

“那你们就乖乖地不要碰它。”乔治说。

“我们忙着在做全面修理，没那闲工夫管别人的事情。”比尔说。

乔治和他的朋友骑上自行车走了。

过了一会儿，捕鳗鱼的老人背着采购好的包裹回来了。他上了船准备离开，在死神与荣耀号的旁边停下了桨。

“是谁推过船？”他问道。

“不知道，”皮特说，“但不是我们干的。”

“我早就说过，”老人说，“我早就说过。好吧，只要你们没有睡过头，半夜见面，注意不要出声。鳗鱼跟其他鱼儿一样，河水就是自己家，很怕人。”

他们早早吃过晚餐，上床睡觉。乔给旧闹钟上好发条。闹钟虽然在走，但闹铃没有声音。“无论谁在十一点以后醒过来，都要把全船的人叫醒。”他说。

“最好别熄灯。”皮特说。

第三章

夜访鳗穴

“差不多十二点了，”乔说，“我得去叫汤姆。”他打开舱门，让夜晚的冷空气灌进舱室。出发前最后一小时，死神与荣耀号的炉火四周早已热气蒸腾。乔一边走进驾驶舱，一边拭去额上的汗水。

“哎呀！好冷啊。”他说着，用昏暗的手电筒扫过河岸，“潮水还在上涨，”他说，“只要汤姆没有睡得太死，时间就充足得很。”他关上门，把其他人留在温暖的船舱里。关了手电筒，等到眼睛渐渐习惯了黑暗，乔便踏上河岸，慢慢地往前进发，穿过沉睡的村庄。他在达钦医生的诊所门口放慢脚步，踮起脚尖，绕过房子。乔终于来到黑鸭子俱乐部小屋跟前，靠近汤姆的窗口。

他要寻找一根摇摇晃晃的绳子，却没找到。难道是汤姆忘了？他打开手电筒，在微弱的灯光下，发现细绳就在头顶上方。他握紧细绳，用力一拉，却毫无反应。他又拉了一次。他捡起一把碎石朝窗口扔去。几块石子弹回来，正打在他仰起的脸上。他从嘴里吐出一把石子。该死的汤姆！此时，他头上传来一声低语。

“谁在那儿？”

“黑鸭子永远在一起！”

“永远在一起！”

“绳子一定是卡住了，”乔说，“我再使劲点拉就要断了。”

“嘘！”汤姆轻声地说，“你拉得够狠了，差点把我的腿拉下来，可我

不能叫出声啊！等半分钟我就下来，站远点……”

一只水手靴落地，另一只也随之着地。在宁静的夜晚，靴子落地的声音简直震耳欲聋。汤姆等了一会儿，倾听四周。接着，一件油布雨衣飘了下来，展开的阵势犹如一只大蝙蝠。然后，双股绳索的两端降了下来。

“抓住绳索了吗？”汤姆问，“帮我拉一把，两端要同时拉。”

乔拉住绳索。

“握紧了！”汤姆在上面低声说道，“我来了。”

绳索抽紧了。乔紧握不动，直到汤姆的双脚在他脑袋附近踢来踢去。片刻后，黑鸭子俱乐部的主席就站在他的身边了。

“我那双靴子呢？”

“我拿到了一只，”乔说，“还有油布雨衣。”

“还有一只在这儿。”汤姆说，他把穿了袜子的脚套进鞋子，“我得收拾好这绳子。不等我回去，他们就会醒来。”他双手交替，拉扯绳子的一端。另一端不断上升，最后完全脱出，落在他脚边。黑鸭子俱乐部主席不走正门楼梯，之前从这里翻窗出来的痕迹都消失了。汤姆卷起绳子，放进小屋。“我们要带好油布雨衣。”他边说边把它捆好夹在腋下。

他们迅速绕过房子，上了大路。

“快点。”乔说，开始小跑。

“我们不会迟到吧？”汤姆说着，跟在他身边小跑。

“潮水还没有退下去，”乔说，“但我们要在退潮前赶到。”

“不知道今天晚上是不是捕鳗鱼的好日子。”汤姆说。

“鳗鱼的脾气你永远都猜不着。”乔说。

他们沿着空荡荡的路面一路小跑。今晚没有月亮，但也并不是漆黑一片，他们可以看到房子的轮廓耸立在天际。

“你一个人过来怕不怕？”汤姆问。

“我又不是胆小的小皮特。”乔说道，他突然停下脚步。

“怎么了？”汤姆说。

“那道光？”乔说，“有人在熬夜吧。”

“在哪儿？”

“在那儿，灯灭了……你听……”

他们已经来到第一个码头旁的第一座船棚，这座船棚坐落于道路与河岸之间。每年游船旺季结束时，船舶相继被拖上岸，存放在船棚里过冬。他们知道这儿的人很晚才下班。但现在已经是半夜了，整个村庄都睡了。只有汤姆、乔和另外两个在码头等待的孩子，以及让他们观看撒网的捕鳗鱼的老人还没有睡。

“那里不可能还有别人。”汤姆说。

“那么那道光是怎么回事？”

“是星光反射到窗子上了吧。”

“今天晚上的星光没有这么亮。”乔说，“那看上去更像是自行车灯或是手电筒。我正好看见它突然一闪。”

“总之，没有人在那里忙活什么事。”汤姆说。

他们踮起脚尖，穿过马路，从门口向内窥视船棚。里面一片漆黑。

“快听！”乔说。

“不过是老鼠而已。”汤姆说，“快走吧，乔。要不然我们还没有到，

他就把整条河的鳗鱼都捕光了。”

“不会的，潮水还在涨呢。”乔说。

“走吧。”汤姆催促。

“别出声。”乔说。

他们尽量不让靴子出声，跑过黑暗和沉睡的房屋，跑过道路与河岸之间一座接一座的大船库，跑过泰德先生家，最后绕过乔纳特大船棚的角落，看到船舱的两个窗口在码头边大放光明。

乔拍打舱顶。

门开了。船内的热气扑面而来，比尔和皮特的脑袋探了出来。

“你们好慢啊。”比尔说。

“反正来了嘛。”汤姆说。

乔正在解开死神与荣耀号的系船索。

“一切准备就绪，”他说，“引擎准备。”

皮特和比尔从舱顶上取下船桨。乔推船下水，然后跳上船。

“注意不要碰到游艇。”他说，“左舷引擎倒船。我会避开它。现在左右舷引擎一起向前。航线保持在河中心。注意，汤姆。我们到船舱去，引擎启动时，驾驶舱地方不够，容不下我们四个。”

他随即跳进船舱。皮特和比尔站在驾驶舱里，面向前方划桨。汤姆只推了一下桨，就跟着乔爬进船舱，他的脑袋又被撞了一下。

“天啊！你们这儿好暖和。”他在防风灯的照耀下眨眨眼睛，瞅着熊熊炉火。

“还挺舒服吧？”乔说。

“我们还是放一点空气进来吧。”汤姆说，他打开之前被乔小心翼翼关上的舱门，坐到离门口最近的地方。

“跟你说，”乔一边说，一边惋惜跑掉的热气，“我们待会儿就坐到舱顶上，跟老哈利碰了头后，就把舱门关上保暖。我们马上就到了。他说过，不要靠得太近。”

“好吧。”汤姆说。

“嗨！”乔向门外叫道，“引擎半速，别让我们出去时撞破脑袋。”

皮特和比尔从水中抽出船桨，停留片刻，等乔和汤姆弯腰出了船舱，又把船桨放回水中。死神与荣耀号驶向旅馆上游，驶过一片灯火昏暗的平房。乔和汤姆坐在舱顶上，凝视着夜色。

“我们现在差不多该到河湾了。”汤姆说。

“那是他的灯光！”乔叫道，“右舷停止，左舷全速……”

死神与荣耀号慢慢绕过河湾，老渔夫的船屋和渔网附近的水面上反射出遥远的、影影绰绰的灯火。

“别靠得太近。”汤姆说。

“我知道，”乔揉揉眼睛，“但我们得停到正确的地方……左右舷都停下……”死神与荣耀号无声地滑行，“半速……好，停下……”乔站在前甲板上，紧靠桅杆，凝视着比天色更黑的芦苇墙，“左引擎向前……停下……”

死神与荣耀号驶入芦苇丛中，唰唰擦到了芦苇丛。它慢慢停下，船头轻轻地切入柔软的淤泥。乔用圆锚和缆绳固定船身，跳上岸，突然传来嘎吱一声巨响。

“搞定了？”汤姆问。

“近在咫尺，”乔的声音从黑暗中传来，“到位了。”他在手电筒微光的照耀下，将圆锚插入柔软的淤泥。

“把防风灯拿来！”乔叫道，“我们首先要把情况查看清楚，然后再靠近。”

“我要添些火。”皮特说。

“快点。”汤姆说。

四人接连上岸。比尔手里拿着防风灯引路，扑哧扑哧地穿过芦苇丛。他们每走一步，土地便在他们脚下颤抖，时不时传来扑通一声，水花四溅，说明他们一脚踏进了水坑。突然，他们面前亮起了老渔夫的灯光。

“用防风灯扫一下。”乔说。比尔照办了。

“谁呀？”黑暗中传来嘶哑的声音。

“是我们。”汤姆叫道。

“我还以为你们一定是睡过头了。”那声音说，“不过，潮水还没有改变，你们来得真是时候。我还没有撒网。现在当心脚下，把手伸给我……”

他们站在滑溜溜的泥泞中，几乎摸到了老渔夫涂柏油的旧船舷。它以前是艘船，但现在除非遇见洪水，否则不可能继续航行了。多年前旧船被改造成住房，有两扇窗户，里面的炉子和烟囱跟死神与荣耀号的一样简单。渔夫在旧船里度日，修网、看河、下饵，在不同的季节钓不一样的鱼。不过，他认真对待的事业是在河流两岸之间拉网，捕捉鳗鱼。船只通过时渔网被放到河底，当鳗鱼游过时就拉网。黑鸭子俱乐部的成员想找机会看看他的捕鱼过程，这一刻他们已经盼了很久。

“边上有梯子，”他说，“现在进来吧。宁可碰了头，千万别跺脚。鳗鱼可不会围着大象跺脚的地方转。”

老渔夫的船舱比死神与荣耀号的船舱高。除了低矮的门廊以外，汤姆一直能保持站姿。船舱一侧有个铺位，上面罩着拼布床单。桌子放在一侧窗口下，旁边有一张长凳。旧式水手炉设在地板中间，燃着熊熊火焰，一只黑色大水壶在火热的炉子上欢唱。铺位上方的墙壁上有两根钉子，上面挂着一支旧式长筒枪。各式各样的架子支撑着渔网，二三十只鱼钩插在软木塞上，软木塞安置在网线之间。宽大的钢边眼镜放在桌子上，镜框涂着白漆用来防尘。墙上贴着从报纸上剪下来的图片，包括维多利亚女王即位五十周年庆典、前往南非征战的士兵、爱德华七世加冕礼。由于年深日久，图片已经变成灰褐色和烟熏色。老人对历史的兴趣似乎到此为止，因为后来发生的事件都没有图片记录。

四个黑鸭子尽可能把自己安顿好。汤姆和乔坐在长凳上面，比尔和皮特坐在老渔夫的铺位上。老人把大壶里的水灌进搪瓷茶壶，用小勺搅拌，然后放在大壶边的炉子上。

“您打算什么时候拉网？”汤姆问。

“拉网？”老人说，“潮水现在刚刚开始转向。首先把网给布好，退潮时就会有鳗鱼，我们会看到的。”他从钉在墙上的壁橱里取出三只杯子，往每只杯子里斟上大半杯茶，颜色犹如黑啤酒，加上牛奶和一勺糖。“你们两个人喝一杯，我一个人一杯。”他说，“现在就喝吧。瞧，小皮特已经在喝了。喝了茶，人就能保持清醒。我喝完这杯就出去拉网。”

茶水又热又苦，烫到了孩子们的喉咙。不过，茶水一下肚，连皮特也不再打哈欠揉眼睛了。老人朝外面的黑暗望去。“现在我该拉网了。”他说，“退潮了。不，你们就留在这里。我可不想看到你们滑得满地打滚。”

他走了。四个黑鸭子走出船舱。一开始，他们什么也看不见，但能够听到旧绞盘嘎吱嘎吱转动的声音。接着，他们隐隐约约看到老渔夫驾船横越河面，听到对岸传来嘎吱声。然后，他们看到老渔夫驾船回来，但没有听到桨声。现在，他们又会合了。老渔夫回到船舱，让孩子们关上门，又给自己倒了一杯茶，吹开蒸汽，喝了下去。

“你们从来没有见过拦网吗？”他说，“明天一到，我就七十岁啦。”

“七十岁！”汤姆说。

“我明天过生日。”老人说。

“是今天还是明天？”汤姆说。

“让你说着了。现在已过午夜，我今天就七十了。”

“生日快乐！”汤姆说。

“生日快乐！”乔、比尔和皮特齐声祝贺。

“大家都快快乐乐的！”老人咯咯笑道，“好歹又是十二年。有一年生日，我坐在叔叔跟前，就像你们现在坐在我跟前，这都是猴年马月的事啦。他把旧网安在波特海姆上游……喝吧，茶水多得是。”他从大壶里给茶壶添水，“你们知道波特海姆，对不对？不过那时候情况可不一样，当时波特海姆还没有房子，更别提风力泵了。河上几乎没有游艇，只有芦苇船之类的，还有在桥下载货的小船。那儿有好多人下网捕捞梭子鱼，还有许多飞禽……”

“有没有人照顾鸟儿？”汤姆问，他想到了黑鸭子俱乐部。

老人笑了。“有猎人。”

“他们捕猎鸟儿？”皮特问。

“没错，他们打鸟，跟我打鱼一样多。”老人说。

“啊……不是麻鸭吧？”汤姆说。

“数也数不清，那时鸟多得是，后来就越来越少，快要消失了。现在他们说鸟儿又回来了。如果我带着老枪在希克林路上，我就……”

“可您不能打麻鸭啊。”皮特吓坏了。

“为什么不能？”老人反问道，“以前我们打了许多鸟，那时有许多鸟可打。”

“所以鸟儿才会消失。”汤姆说。

“你们别相信那一套，”老人说，“是因为他们把芦苇丛割了。他们就喜欢搞什么游艇……”

汤姆跟黑鸭子俱乐部的其他几位成员面面相觑，不知道他们怎么看待这种可怕的说法。

“但鸟儿开始回来了，”乔说，“现在禁止打鸟。鸟儿越来越多了。去年春天我们发现了两只鸟巢。”

“谁买了那些鸟蛋？”老人问。

“没有人买。”乔说，“我们压根就没卖鸟蛋。我们没拿走鸟蛋，但要不是我们看着，鸟蛋就会被人拿走。”

“有些人真是傻瓜。”老人说，“我要是知道鸟巢在哪里，钱就能跑到

我的口袋里，老烟斗就能塞满烟了。”

黑鸭子们面面相觑。跟老哈利争论没什么用，但老船夫至少说对了一件事，如果让乔治·欧顿这样的人拿到鸟蛋，他就能弄到一大笔钱。

老人注意到了皮特脸上的表情。

“你心里肯定想，老哈利·班盖特是个老贼。”他说，“那是你的想法。我说，我可不是贼。鸟儿来这儿有什么用处？不就是给人打猎用的吗？”

“但如果您一直打鸟，这里就不会有鸟了。”乔说。

“我们打鸟的时候，这儿的鸟可多得是。”

显然，老人没法理解黑鸭子俱乐部的成员们为什么整个春天不分昼夜地保护鸟儿。汤姆明智地改变了话题。

“再给我们讲讲那时候的故事吧。”汤姆说。于是老人讲起那个年代，当时几百艘小船来来往往（他自己年轻时也是船夫），在巴顿湖举行赛舟会，在布雷顿湖上比枪法。布雷顿湖五十年前发大水，人们用铁链封闭了一些较小的浅滩入口，因此还发生了争执。此时大家都没有注意到时间的流逝。最后，老人抬起头，看了看钉子上的旧钟，起身打开舱门，让清凉的夜晚空气灌入船舱。

他说道：“我们该去看看老鳗鱼了。”

他点燃孩子们的防风灯，然后从钩子上取下自己的防风灯。“你们会用得着的。我留两盏灯在这里，带两盏灯走。船上再没有更多的了。”

“谁走前面？”汤姆问。

没有任何争论。老渔夫的船漂浮到他的旧船屋旁，他在黑暗中拉住最近的两个人，恰好是汤姆和比尔，告诉他们跳过去，不要作声。过了一会儿他也离开了。

汤姆和比尔坐在小船的船头，防风灯搁在脚边。他们面前没有划艇手的座位，只有一只大贮水箱，有船身那么宽。他们看到老人从船头探出身去。

“小船怎么在动?”汤姆轻声问。

“他在拉绳索吗?”比尔轻声说。

天色很暗，除了他们脚边和旧船屋其他地方的防风灯以外，伸手不见五指。灯光穿过开着的门口，在皮特和乔看来，仿佛切穿了船板。

小船停了下来。老人取下一根顶端有挂钩的长杆。

“来吧，”他说，“你们一个人拿着灯，另一个人扶我一把。”

长杆拉起一圈渔网，依靠里面的柳条环保持形状。

比尔和老渔夫在船上抬起渔网的一端。汤姆以为渔网里面是空的，但他突然看到渔网狭窄的一侧有膨胀的、闪光的白色东西。他知道，这是鳗鱼的肚子在反射防风灯的光芒。

“打开水箱。”老人说。汤姆一手提着防风灯，一手拉开船中间的贮水箱盖。老人把渔网打着结的末端提到水箱上面，解开网结，放出闪闪发亮的鳗鱼群。然后，他拉紧系带，关上渔网末端的小口，重新打好结，最后把渔网扔到船的一侧。

“好多鱼啊!”汤姆说。

“管用了，管用了。”老人说。

小船慢慢调头，穿过河流。

抬升渔网

“有收获吗？”他们听到皮特的声音从旧船屋上传来。

“有不少。”皮特跟汤姆想在防风灯的照耀下数一数鳗鱼，但这样做其实并不容易。原因在于水箱里有一半是水，鳗鱼在里面游来游去，上面露着黑色的脊背，让人看得清的白肚皮不会露出来。

“下次该我了。”他们爬回旧船屋时皮特说。

“只要你不睡着就行！”老人说。

茶壶一直在炉子上滚滚作响，他们又喝了些茶。煮得久了，茶水越来越浓。老人说起了鱼。“它们要往哪儿游？”皮特问。汤姆告诉他，它们在遥远的大西洋里产卵，小鳗鱼怎样寻路返回英格兰跟大鳗鱼会合，而大鳗鱼如何舒适地生活在溪流中。皮特说：“真是野蛮。”但老人不同意这个说法。对他来说，鳗鱼生于泥浆，沿河而下，为的是领略海水咸咸的滋味。“它们闻到海潮的味道，就跟着下来了。”

“您抓到过多大的鳗鱼？”汤姆问。

“有条很大的我没抓住。”老人说，“我没能逮着它，但那家伙够大。我的旧鱼矛飞过去，扎在它的尾巴上。它摇摇尾巴，把我的鱼矛甩进芦苇丛里。它差一点弄翻了我的船，然后游进激流，像摩托艇一样把两岸甩到身后。你们有没有听过这个故事？一条老鳗鱼穿过布雷顿湖，游到黑德姆，跟国王交换了王冠。还有一个故事说，海蛇通过雅茅斯到戈尔斯顿的河岸游下来。其实那不是海蛇，而是条了不起的老鳗鱼，就是我见过的那家伙。”

一个多小时过去了，老人又看看挂在钉子上的旧钟。他又一次打开舱门，放进夜晚的空气。这一次，皮特和乔上了老渔夫的小船，汤姆和

比尔则留在旧船上守候。小船在河面上拉着网慢慢移动，灯光在黑暗中若隐若现。

“他们现在停下来了。”比尔说。

防风灯举起。他们看到拉网中聚集的鳗鱼在不断地扭动，闪闪发光。

他们听到皮特的叫声：“大家伙！”

他们听到泼溅的水声，那是鳗鱼从拉网游进水箱的声音。“天啊，这一网可真够多的！”那是汤姆的叫声。

现在灯光越来越近，他们回程了。

“好几百条哇。”乔把手伸进水里搅动。

“太棒了，孩子们！”老人说。

“他要送给我们一些鱼。”皮特说。

又到了喝茶的时间。舱门被关上了，防风灯挂在舱顶上，伴随着不断变暗的光线，湿衣服不断冒出蒸汽，老人的烟斗升起烟雾。

“这些鳗鱼，我们怎么吃啊？”比尔问，“要不清炖？”

“清炖，”老人说，“熬汤、煎、熏都行。但最好不要做熏鱼，因为需要靠近火边，把它们悬在烟囱上。”

“我们有炉子。”乔说。

“我们的烟囱怎么样？”比尔说。

“那就做熏鱼吧。”皮特说，“我们还从来没有熏过呢。就用我们的炉子……”

“您具体是怎么做的？”比尔问。

“先剥掉皮，洗干净，然后挂起来用烟熏。”老人回答道。

听起来很简单。既然死神与荣耀号上有炉子和烟囱，不好好利用一下就太可惜了。

“我们做熏鱼吧。”比尔也说。

“带两条给你妈妈。”老人转向汤姆说，“你不要做熏鱼，达钦太太喜欢清炖。”

“我想试试做熏鱼。”汤姆说。

“你来分我们的嘛。”乔说。大家都同意这个安排。

尽管喝了不少浓茶，皮特从夜风中回到热气腾腾的船舱里以后，还是忍不住直打瞌睡。老人继续和大伙儿聊天，又不时地自言自语，但问题越来越少，最后全都停了下来。他挨个扫视客人，自己咯咯轻笑，重新装满烟斗，又给自己倒了一杯茶。天色渐渐变亮时，他觉得应该再去捞一网鳗鱼了。他又看了客人们一眼，但没有叫醒他们，悄悄离开了。

第四章

迷惑的外表

比尔第一个醒来。老渔夫的防风灯此时发出苍白的光芒，船舱的窗口在黑墙上映照出一块明亮的光斑。皮特熟睡时滑向了一边，依偎着汤姆。汤姆此时也沉浸在睡梦中，任由皮特靠着。乔张着嘴打呼噜，声音不大，但节奏均匀，仿佛可以永远持续下去。老渔夫哈利已经走了，没有带走防风灯，死神与荣耀号的防风灯则搁在地板的角落里。此时窗口更亮了，比尔向外望去，东方的天际已经露出了鱼肚白。下游河面银光闪闪，碧水飞溅。霞光明晰起来，最后几颗闪耀的星星也渐渐湮灭在光明之中。

门开了，老渔夫走了进来。

“你们该起床啦！”他说，“现在轮到我上床睡觉啦，鳗鱼差不多都走了。”

乔的呼噜声停住了。他突然坐起来，眨着眼睛。

“天哪！”汤姆说，“我居然一直在睡觉！”

“我没睡着，”皮特说，“您刚刚说到……”

“都过了一个多小时啦。”老人笑着说道，“多美好的早晨啊，但我大概看不了几年了。我是晚上捕鱼，白天睡觉。”他又给自己倒了一杯茶，加了牛奶，倒空了一小罐糖，又切了一块圆面包，把一块厚厚的培根放在面包上，吃起了早餐，“上床以前吃点冷培根肉，就不会空着肚子醒来。你们也吃点吧，自己动手。”

但黑鸭子们谁也不想吃东西，他们只想安安心心睡会儿觉。

“算了，”汤姆说，“现在天都亮了。”

“快起来，皮特。”比尔说，“回你铺位去睡吧。我和乔还要把船开回码头去。”

“没有风。”乔说，“用引擎吧。”

“汤姆掌舵。”比尔说，“嘿，皮特，不要再睡着了！”

老人送他们出去，嘴里还在嚼着面包与培根。“这些鳗鱼你们怎么拿呢？”他问。

“我去把我们的水桶拿来。”比尔说。

“我的水桶借给你们吧，”老人说，“我晚些时候下码头来喝杯酒，到时候再从你们那儿拿回来。”他上了他的小船。“你们准备什么时候熏这些鳗鱼？”他问道。

“等我们睡够了再说。”比尔说。

“那我给你们留着。”老人说。他打开水箱，向里面张望。他粗糙的双手在鳗鱼当中飞速捕捉，犹如苍鹭的尖嘴，每次出手都能捉住一条疯狂滑动的鳗鱼。啪！他抓住鳗鱼的尾巴，把鱼打得晕头转向。接下来，他用刀沿着鳗鱼脊骨刺入脑后，将它扔进桶里。紧接着，他的手再次伸进水箱。一条接一条，他选出六条鳗鱼，将它们打昏、宰杀，再扔进桶里，从容不迫，一声不出，仿佛脑子里在想其他事情。黑鸭子们还记得自己捕获鳗鱼时的狼狈样：割伤了手指，黏糊糊的鳗鱼纠缠在渔网上疯狂挣扎。此刻看到老渔夫如此麻利的操作，他们都惊呆了。

“您是怎么做到的？”汤姆说。

老人抬起头。“你是说捉鳗鱼吗?”他问,“熟能生巧咯。”他说,“看我这岁数,七十岁了。”

他把水桶递给孩子们,说他们如果还想捕一晚上,可以改天再来。然后,他爬回自己的旧船屋。孩子们谢过他,沿着芦苇丛生的河岸,水花飞溅地回到了死神与荣耀号上。一走出温暖的船舱,九月早晨新鲜的冷空气便刺痛了他们的面颊。等到他们登上死神与荣耀号的甲板,把船驶入平滑的河道,连皮特都完全清醒了。

“小皮特,你还是下去把觉睡够吧。”比尔说。

“不要,要睡你去睡。”皮特说。

比尔和乔一人一桨,把船划入河道正中。汤姆虽然无事可做,但仍然留在船尾右侧,握住舵柄。皮特站在舱顶,一手扶住桅杆。霍宁的方向传来一只公鸡报晓的鸣叫,远处另一只公鸡也随之应和。一条鳊鱼哗地一转身,在前方的水面上划出一个大水环。

“天哪,”汤姆说,“太有趣了。等桃乐茜和迪克来了,我们可以再试一次。”

“不知道司令喜不喜欢鳗鱼。”乔说。

“我们还有好多事情要做。”比尔说,“我们可以把旧船随便停放在什么地方。”

放漂船只的事情此时已被他们抛在脑后。有人把船放跑了,起初人们以为是他们干的,但他们没有。夜捕鳗鱼之后,他们的心思完全不在这里。他们稳稳地划桨,沿河而下,绕过老哈利下游的河湾,眼看就要到达码头。这时,皮特突然叫了起来。

“那是什么船？”他说。

“怎么会停在这个地方？”比尔问。

“肯定是外面来的。”汤姆说。

旅馆下面的河湾，浓密的树荫遮盖着水面。在此之前的短暂航程中，只有一个停靠地。游艇领队，甚至是陌生人，按照常理一般都会避开这里。就在这里，一艘游艇停在树下。

“右转舵！”乔说，“我们过去看看。”

“那艘游艇有问题，”比尔说，“看看它怎么停的。”

他们渐渐靠近，发现情况确实不对劲。游艇既没有在河上抛锚，船头到船尾也没有顺着河岸的方向，而是在水流中歪歪斜斜。除了桅杆顶部，没什么控制游艇移动的东西。

“嘿！”比尔说，“这就是原先系在我们前面的那艘游艇啊。”

“开始水上救援！”乔说，“皮特，准备好绳子。”

“这艘船到底在这里干吗？”汤姆问。

“在水中漂荡，正好被这些树拦住了。要不然，它还会沿河而下。刚才涨潮期间，它一定是在随波逐流。”

“我们出发时还在涨潮，不久就退潮了。”比尔说。

“我们走的时候，它明明还好好的。”乔说，“我看到过它。对吧？我还很担心我们的船会碰到它。”

他们现在已经离游艇很近了，抬头能看到游艇的顶杆。救援小队发现一根粗大的树枝横在桅杆和前桅支索之间。

“你打算怎么办？”汤姆问。

“把它带回码头，固定起来。”乔说，“总不能把它抛在这儿吧。”

“瞧它这副歪歪扭扭的样子。”皮特说。

“那家伙抛锚时一定很不留心。”乔说，“轻一点，把挡泥板扒出来。皮特，别让船碰到前舷。比尔，把船桨放下。”他在指挥的同时放下了自己手中的桨，让死神与荣耀号与游艇之间保持一段距离。随后他跳上游艇，皮特跟在他身后。

“你们把船头扶正。”比尔说，他拉住船尾系着的缆绳，两股缆绳一起拉动底下的圆锚。

“动了，”比尔说，“但怎么把它开走呢？”

“往侧面拉，跟它来时一样。”乔说着瞥了眼横在桅杆和支索之间的枝条，“汤姆，我们用缆绳拖，缆绳就在你坐着的地方。握紧绳头！”

他把另一端绳头系在游艇桅杆上，叫比尔把死神与荣耀号开到河中央。“动作轻一点，我们可不想把它给撞坏了。汤姆，别用舵了，还是划桨吧。”作为造船工的孩子，这种水上救援的工作对三个孩子来说可是得心应手。汤姆虽然年龄更大，却甘心听从指挥。毫无疑问，这种时刻是乔说了算。

死神与荣耀号开动了，缆绳收紧，一阵树叶从桅杆上纷纷落下。乔观察着情况，举起手。比尔和汤姆随即放松拖绳，然后根据乔指示的新方向重新拉紧。头上传来一阵刮擦声，细枝嫩叶坠入甲板和河里。游艇经过一阵摇摇晃晃，终于挣脱开来。

“干得好。”汤姆说。

“皮特，掌舵。”乔说，“半速拖动前进。稳当点！”

救援小队慢慢向码头驶去，游艇被拖在后面。皮特在游艇上掌舵。乔把船头船尾的系船索卷起来，准备靠岸。

“慢速前进。”他叫道。这时，他们正经过旅馆下面的河湾。

旅馆突然打开一扇窗，女招待探出身来甩一块抹布。清晨的霍宁，已经苏醒了。

“我现在解缆绳，”乔叫道，“准备收回拖绳。一切就绪！”他跑到船尾，“小皮特，向前开，准备靠岸。我引导船进港。”

游艇沿着码头缓缓地滑行着。汤姆和比尔把死神与荣耀号泊回了原来的泊位，它就在不远处的下游。皮特和乔从游艇跳上岸，一人拿一具上了缆绳的船锚。他们刚把船固定到系环上，两个大孩子就骑着自行车转过船棚，沿着码头过来了。两个大孩子跳下自行车，看着他们的一举一动。

“又来了。”一个说，“好哇。这一次有两个证人瞧见你们了。喂，我说你们别动这些船索。幸亏我们经过，听到没？别动那些船索！放了别人的船，还撒谎说没干！”

“得啦，我们没有。”皮特说，“就是这样。你们看得出来，我们是在系船，不是放船。”

“装得挺像！哼，做坏事被我们逮个正着！系船索已经松了。快点，乔治，我们赶紧去报告警察。”

“等着我们从诺里奇回来，”乔治·欧顿说，“现在别浪费时间。人赃俱获！年轻的汤姆·达钦也参与了。”

汤姆火冒三丈，跳上岸来。

“我们没有放船。我们看到船在随波逐流，缆绳松开，桅杆卡在一棵树上。你们看看甲板上的树叶！要不是我们把它拉回来，天知道会出什么事！”

“我们进行了一场水上救援！”乔说。

“得了，解开玛格丽塔号你们也说是什么水上救援。”乔治·欧顿说，“你们急着把缆绳给系回去，别想等我们走后再解开。我们都看得清清楚楚！”

“我们本来就是要系船，你们又不是没看见。”乔说。

“我们看见你们解开缆绳放船。”乔治·欧顿说，“我想你们还要说你们和别的船都没关系。我猜你们会说，你们没动过陶泽家的划艇，没动过绿色的船屋，也没动过流星号吧？”

“你说什么？”汤姆叫道，“有人动了流星号？”

“难道不是吗？你们应该最清楚。我猜流星号、划艇、船屋，等等，都是自己跑开的，对吧？这一次缆绳就在你们手里。拉尔夫，快点。我们告诉其他人去。”

乔治·欧顿和他的朋友骑着自行车，沿着马路骑远了。

“真可恶！”皮特说。

“没关系。”汤姆说，“我们都知道我们是在哪儿找到船的。”

比尔并不放心。“谁来证明我们的清白？”他说，“昨天他们都以为是我们解开了摩托艇。但我们知道，我们没有碰过它。”

“其他的船是怎么回事？”乔问。

“哈利·班盖特知道我们一宿都跟他在一起。”汤姆说，“我们不可能一边捕鳗鱼，一边放了别人的船吧。”

“我们运气不错。”乔说。

他们回到死神与荣耀号上。

“你挑些鳗鱼吧。”乔说。

汤姆从水桶里挑了两条鳗鱼。“这些就够了。”他说，“你们接下来打算怎么办？”

“先睡上一觉，”乔说，“你瞧皮特打哈欠打得脑袋都挂不住了。柴火就继续烧着吧，谁不睡觉就负责添煤。”

“那我走了。”汤姆此刻也是哈欠连连，“我先去睡一会儿，过会儿再回来。我的油布雨衣在哪儿？”

他一手拿一条鳗鱼，把油布雨衣夹在腋下走了。

“我恨不得一觉睡到下个礼拜。”皮特说。

送牛奶的男孩骑着三轮车经过码头。他看到死神与荣耀号，眼睛直瞪，跳下车，把三轮车推到船前。

“哈啰，”他说，“你们怎么不在渡口？”

“为什么会在渡口？”比尔还没睡醒。

“救船呀！有六艘船漂到渡口啦。”

“我们需要睡一会儿。”乔说。

“是你们放的？”送牛奶的男孩问。

“不是。”乔说。

“有些人认为是你们干的。”男孩说。

“他们爱怎么想就怎么想。”比尔说，“我们跟着老哈利·班盖特捕了一晚上鳗鱼。”

“有收获吗?”

“抓到好多。”

“你们没放别人的船?”

“去你的,”比尔说,“离我们远点,我们还要睡觉呢。”

“问一问都不行吗?”送牛奶的男孩骑着三轮车走了。

比尔弯腰走进船舱,又拿着一块告示板走出来,上面写着铅笔大字:

正在睡觉,请勿打扰。

“我妈妈生病时,爸爸就挂出这块牌子。”他说。

“好。”乔说。

他们把告示板固定在舱顶上。然后,他们迷迷糊糊、不知不觉地回到船舱里,踢掉靴子,连衣服都没脱就倒在铺位上,转动身子把毛毯裹在身上,接着就开始美美地补觉了。

第五章

山雨欲来

“正在睡觉，请勿打扰。”有人念着比尔写的告示板。

“真不知羞耻！”传来另一个人的声音。

“我就要把他们吵醒！”第三个人说道。

乔、比尔和皮特躺在死神与荣耀号的铺位上，一连睡了几个小时，感觉好多了，但也不急着起床。他们听到人们在近处说话的声音。突然，舱顶上传来一声巨响，惊得他们一下子站了起来。他们冲进驾驶舱，发现码头上挤满了人。他们所救游艇的主人一边查看缆绳，一边在跟乔治·欧顿说话。绿色船屋的主人正在对人们说他如何半夜醒来，发现船在河上随波逐流。陶泽家的两个男孩在说他们如何发现划艇钩在了渡口的铁链上。流星号的主人在解释他们虽然前一天亲手系好缆绳，但小赛艇在河上没有撞成碎片，不过是运气好而已。警察泰德先生之前敲了舱顶，此时正咬着铅笔头翻看笔记本。人们七嘴八舌，但当死神与荣耀号的船员走进驾驶舱时，愤怒的议论声突然化为一片死寂。

“这么说，又是你们干的。”泰德先生说，“你们做这些事情到底是为了什么？昨天晚上很晚的时候，我就看见你们窗口有灯光。今天早上又有人看见你们在解游艇……”

“是系上。”乔说。

“你们为什么要放漂我的船屋？”

“还有我的划艇是怎么回事？”

“你们差点给我的流星号造成五十英镑的损失。”

“我们没有碰过这些船，你们可以问汤姆·达钦。”乔说。

“汤姆·达钦，”有人笑了，“他说去问汤姆·达钦！就是汤姆·达钦起的头！”

“你们昨天晚上十二点以后去哪儿了？”泰德先生还没等他们回答就说，“你们上哪儿去了？把别人的缆绳解开，放漂一路上的所有船只，是不是？”

“我们没有！”乔说。

“不把他们赶出去，这条河就没法太平。”一个声音说道。

“这儿发生什么事啦？”

“爸爸！”皮特呼喊道。他的父亲从人群中挤了过来。

泰德先生转过身来。“你们家皮特有麻烦了，”他说，“到时候吃罚款的就是你。你怎么不管教好自己的孩子？”

“皮特，你干什么啦？”他父亲问。

“什么也没干。”皮特说。

“什么也没干？”好几个人嚷嚷起来。

皮特的父亲听着。

“闭嘴！”他突然说，“皮特，告诉我，你有没有动过他们的船？”

“没有。”皮特说。

“听见了没有？”皮特的父亲说。

泰德先生让所有人安静下来。“我来调查。”他说，“昨天晚上十二点以后，这艘船在哪里？”

“在上游。”乔说。

“你是说在下游吧！”有人掺和。

“在上游。”乔又说。

“你们在船上干什么？”

“我们不在船上。”

“啊。”泰德先生匆忙在笔记本上记下来。

“他们上岸放漂了我的船屋！”

泰德先生挥挥铅笔，让那老人安静。

“你们当时在做什么？”

“捕鳗鱼。”

“鳗鱼！听起来挺像的。让我们瞧瞧。”

比尔一句话没说，把水桶提了出来。泰德先生一本正经地看了看桶底的鳗鱼。

“我们跟哈利·班盖特在一起拉网。”乔说。

“我敢打赌他在撒谎！”乔治·欧顿说。

“马上就见分晓。”皮特的父亲说，“看，老哈利正好过来了。”

老渔夫顺流稳稳地划船过来。人人都认识他，还有那顶破旧的黑帽子下直披到肩上的灰白头发。他们呼喊他。老渔夫四下张望，不知道他们为什么朝他喊叫。接着，他默默地划桨，直到他的旧船停在死神与荣耀号的船尾旁。

“水桶有问题吗？”他问。

比尔把鳗鱼和黏液从老渔夫的桶里倒进自己的桶里，随即开始冲洗

老渔夫的水桶。

“哈利·班盖特，”泰德先生说，“这些孩子说他们昨晚跟你在一起拉网捉鳗鱼？”

“是啊，”老渔夫说，“鳗鱼跑得可欢啦，这些滑溜的家伙。”

“这些孩子跟你待了多久？”

“潮水转向时，他们就来了，”老人说，“那时候差不多十二点吧。他们跟我一直待到了天亮，那个时候鳗鱼不出来了。出什么问题了？”

“我告诉过你们，”皮特的父亲说，“他们从没有动过你们的船。”

码头上的人看上去是失望了。比尔把水桶还给老渔夫。老渔夫把桶放在船底，自己上岸向小酒馆蹒跚走去。泰德先生合上笔记本，依次看看他们。

“真是怪事。”他说。

“他们耍了花招！”一个船主说，“除了他们，再没有别人了。”

“两个晚上都放漂船只。”泰德先生挠了挠头，“昨天是乔纳特先生的摩托艇，今天又被放漂了这么多船。”

“如果不是他们，”绿色船屋的主人说，“那么警察就有义务找到这是谁干的坏事，一定要把坏蛋绳之以法！找不到这个乱解缆绳的恶棍，我就时刻都睡不好觉。”

“他们看上去没问题，”乔治·欧顿说，“可我亲眼逮着他们在放漂这艘游艇。”

“我可是昨天晚上亲手系好的。”游艇主人说。

“我们发现它的桅杆卡在树上，”乔说，“甲板上还有树叶呢。你如果早点来就会看到我们把它解救出来的全过程！”

“你听到了。”皮特的父亲说。

“反正看上去他们就是在放漂别人的船。”乔治说。

一时间，一群人七嘴八舌地同时向泰德先生说话。

“有些事情非做不可。”

“你到底有没有在履行监视的职责呢？”

“警察又不能一天二十四小时到处监视。”泰德先生说。

“我们现在必须全天候轮流监视！”

“只要你愿意，我们就做得到！”

人群渐渐散去，船主们现在也没事可做。乔治·欧顿和他的朋友仍然缠着准备离开的泰德先生，喋喋不休地说着要采取什么行动。

“汤姆说对了，”乔说，“他们证明不了什么。”

“让他们见鬼去吧！”比尔说，“对了，我们怎么熏鳗鱼？”

“等会儿，早饭怎么办？”皮特问。

“早饭？”乔叫道，“我们早睡过头了，现在该想晚饭怎么办！”

“把水壶搁在普利默斯汽化炉上。”比尔说，“谁都用不着回家了。我们有面包，有奶酪，有苹果，有一罐牛奶，还有茶呢。袋子放哪儿了？我和乔去给炉子找些木柴，等我们回来的时候水就开了。”

二十分钟以后，他们吃上了并在一起的早饭和晚饭。驾驶舱里多了一袋碎木片和废木屑。乔和比尔之前照例拿着空袋子去乔纳特先生的船棚，谁知船夫仍然认为他们是昨天那些麻烦的罪魁祸首，愤怒地要求他

们离开。幸好下游的船棚还算客气，他们得到一大袋非常好烧的油松木和雪松木，还有他们认为容易冒烟的桃花芯木屑。

“烟囱又好又宽，真棒！”乔说，“我们把上面的盖子取下来，很容易。再把一根棍子横过去，把鱼挂上去就完美了。”

“我去弯一些金属钩子。”比尔说，“我存了许多电话线，就知道它们能派上用场！”

下一步是给鳗鱼剥皮。乔和比尔一起动手。乔先是在鳗鱼的颈部划开一个口子。比尔隔着一块布握住鱼头，免得它滑脱。乔转动刀具，把鱼皮剥下约一厘米长，然后隔着另一块布抓住鱼皮一拉。手滑了几次失败后，乔和比尔费了好大劲，终于把鱼皮向脱手套一样剥了下来。接着，他俩把剥好皮的鳗鱼交给皮特，皮特清理掉内脏和脊椎骨附近的黑血，乔和比尔又开始给下一条鳗鱼剥皮。

“这是鱼胆。”皮特用刀剜掉。

“这些全都不要，”比尔说，“吃下去可要中毒的。”

接下来的步骤就是把鳗鱼挂在烟囱里。他们把防止烟气倒灌的烟帽取了下来。比尔用电话线做了四只S形钩子。然后，乔握着一根粗壮的棍子，把鳗鱼挂在上面，接着，他们把鳗鱼从烟囱里放下来，直到棍子的两端靠在烟囱的边上。在此期间，皮特已经点上火，爬到舱顶上查看他们的进展。

“上面没有多少烟冒出来，”乔说，“你下去把火拨旺点。”

皮特下去了，又急急忙忙赶上来。

“烟倒灌得很厉害，船舱里都是烟。”他说。

“果真如此。”乔说。

“没法控制。”比尔说。

“那就把烟帽放回去?”乔说。

“可能管用。”皮特说，“那样就不会倒灌了。”

“火不能烧得太旺，”比尔说，“现在有很多烟在往上冒。”

“船舱里的烟更多。”皮特说。

三个人一起下去。

皮特被呛得不轻，乔也咳嗽起来。比尔揉着刺痛的眼睛。

“我们都要被熏死了。”皮特说。

“烟熏鳗鱼怎么能没有烟呢?”比尔说。

“还没有完成一半呢。”皮特说。

“我们既然开始了，就要把它熏好。”乔说。

“把门关上试试。”比尔说。

“快把烟帽盖上!”乔说，“如果一直倒灌下去，火就要灭了。”

比尔把锡帽固定回烟囱。好像有一点作用，但并不解决问题。倒灌到船舱里的烟跟冲向鳗鱼的烟一样多。但是，正如比尔所说，如果火太旺，那就成了烤鳗鱼而不是熏鳗鱼了。

皮特呛咳得越来越厉害，停不下来。

“小皮特，你最好还是出去吧。”皮特跌跌撞撞地出门，进了驾驶舱。

“关门。”乔说。比尔在皮特身后关上门。几分钟内，皮特不再大口喘气，重新打开了门。一张红通通的脸蛋从船舱的烟雾里冒了出来，要他关上门，再不要打开。他听见两个人在火上加了更多的柴火。成团的

烟雾从烟囱里滚滚而出。不久，门突然打开了。乔伸出头大口喘气。“现在油都滴到火上了。”他气喘吁吁地说完，又一次消失在烟雾里。

接着，比尔伸出了头。眼泪顺着他的脸颊倏倏流下，但他反而开心地露齿而笑。

“我想去钓鱼。”皮特说。

“去钓吧。”比尔说，“我们要用些竿子，乔和我得把这些鱼给熏完。”

“关门。”乔在烟雾缭绕的船舱里叫道。比尔深吸了一口气，再次把门关上。

一小时又一小时慢慢过去了。皮特坐在舱顶上钓鱼。负责熏鱼的两个男孩又咳又呛，一次又一次伸出头来喘气，免得自己窒息。他们长时间都没有说话。门一开，烟就往外直冒，一只脑袋露出来，另一只脑袋也跟着探了出来。他们只要能憋得住，就把自己关在烟雾里熏鱼。

在码头上想要钓到一条鲈鱼可不是什么难事。皮特用小红虫作诱饵，这是他在苔藓中挖了一个星期才弄到的好货。这种红色的虫子又肥又红又亮。但不知为何，鲈鱼总是在木堆和帐篷附近游来游去，就是不肯上钩。皮特钓到两条小鳊鱼。如果没有什么好鱼，来上一条大鳊鱼也凑合，但小鳊鱼不适合上餐桌，皮特一钓到就放回了水里。他焦急地盼望着看到两只浮标下沉，这样就说明鲈鱼吃到了他的诱饵，但总是没有鱼咬钩。现在，浮标向旁边滑动，在水中下沉了零点五厘米，浮标此刻已经无法在溪流中保持稳定了。每当它有点动静，皮特就兴奋起来。如果他够快，就能看到每一次都是鳊鱼脱钩，游回水里。每当此时，皮特都失望不已，但好歹钓鱼要比像鳗鱼一样被熏着好受。

七点四十，他心想，也许是七点五十了？老鲈鱼快来呀！但就是没有鲈鱼上钩。他开始丧失了兴趣，有点心不在焉了。刚刚有上钩的动静他也没注意到，转而看起了上游驶来的一艘小摩托艇。

他立马认出，这不是一艘本地的船。它像所有的摩托艇一样，有官方的船舶编号。船身前端的字母不是代表布尔河的B，而是代表韦弗尼河的W。这一定是从南方来、途经雅茅斯的船。

摩托艇开得很慢。船舵前面的人看到皮特在钓鱼，减速靠近。他甚至关闭了引擎，任由摩托艇无声地滑行。皮特仔细打量了一番，发现它也不是一艘普通的摩托艇，而是专门用来钓鱼的钓鱼船。他看到舱顶的座位上放着钓竿，驾驶舱的栏板内还有其他钓鱼的座位。

不知道他的运气如何，皮特心想。

他看到船头上的名字“抹香鲸号”，想到这应该是某种鲸鱼。他看了看浮标，立刻逮住一条鳊鱼。他取下鳊鱼，扔回水里，刚放下去又有鱼差点上钩。

“嗨！”摩托艇上的人打招呼道。

皮特往四周看了一圈，没有看到任何人，这才意识到这个人是在跟自己打招呼。皮特像桨手一样举手致意，表示他已经听到了。游艇于是慢慢转了过去。

“你愿不愿意明天给我弄些鱼饵？”那人问。

“可以。”皮特说。

“你有没有放鱼饵的网兜？”

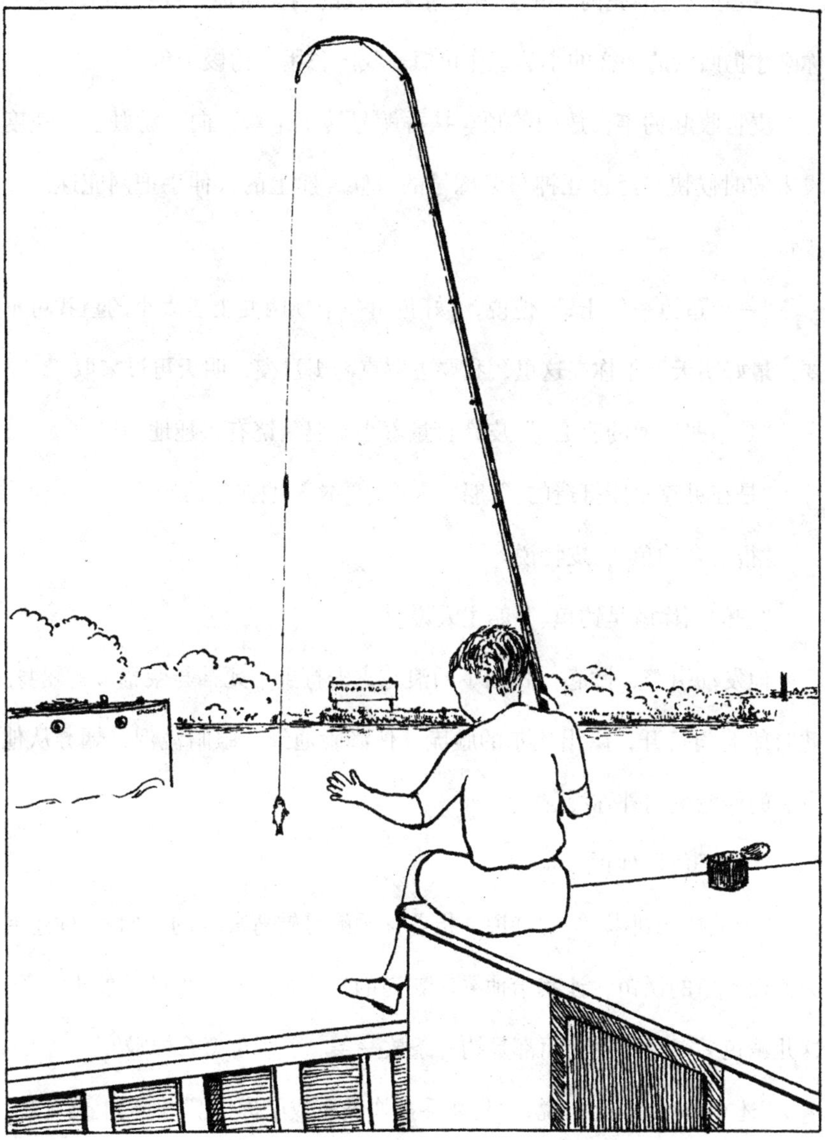

又放回一条鱼

“没有，”皮特说，“但我们有只水桶。”

“最好放进网兜内。我会顺便过来把我的网兜给你。我想要十二条跟你刚才扔回去的一样的小鳊鱼作鱼饵，我准备用来钓梭子鱼。”

皮特收起钓竿，放回舱顶。抹香鲸号转了个弯，向下游驶去，速度没来的时候快，经过死神与荣耀号的时候，船上的人伸手把网兜递给了皮特。

“一个鱼饵一便士，”他说，“好鱼饵一个顶两便士。太小的鱼我可不要，最好明天下午你在这里，我要去罗克瑟姆过夜，明天再过来取。”

“是韦弗尼河的船吧？”皮特打量着小游艇，饶有兴趣地问道。

“是在贝克尔斯打造的，”船主人说，“本季度刚刚下水。”

“很适合钓鱼。”皮特说。

“它的用途就是钓鱼。”船主人说。

他发动引擎，掀起一阵细小的浪花，击打到了死神与荣耀号的船身。此时船舱门打开，露出比尔的脸庞。他满脸通红，眼睛流泪，烟雾从他身后的船舱里向外弥漫。

“什么事？”他说。

“天上掉馅饼啦。”皮特说，指着抹香鲸号转弯离开的方向，“他想要买钓梭子鱼的诱饵，让我给他弄。普通的一便士一条，大的两便士一条。这儿鳊鱼多得是，我前面都是钓一条放一条。熏鳗鱼怎么样啦？”

“还在熏呢。”比尔说，“我和乔都快被熏成腊肉了。”他爬上驾驶舱，以便更好地观察快要消失的抹香鲸号。

乔也爬出船舱换口气，站在驾驶舱门口，一边擦去脸上的汗水。“我

们以后再也不熏什么鱼了，”他说，“熏鱼需要比我们的大得多的烟囱。”

“皮特马上就要赚大钱了。”比尔说，“那个人是不是今天晚上就来拿他的诱饵？”

“明天下午。”皮特说。

“那就是说，我们不能提前出发。”

“出发？”皮特问。

“离开这里。”乔说，“我和比尔一直在讨论，我们打算只停留一晚，明天就沿河而下。”

“虽然走不远，”比尔说，“但是船已经准备就绪。离开这里，来一次实验航行。正式出发以前，我们要先准备一些钱，免得来回跑回家要吃的。小皮特，你估计能弄到多少鱼饵？”

“多得很。”皮特说。

“你可以给他钓上十几条，”比尔说，“我们有两只浮标，可以逮到好多。”

这是个让人心动的主意。皮特开始着手钓鳊鱼，另外两个男孩则继续熏鳗鱼，与此同时自己也得挨熏。

现在真正轮到钓鳊鱼，它们反而不那么上钩了。咬钩的鱼儿越来越少，到晚上就完全没有上钩的了。网兜挂在死神与荣耀号的船身上，里面只有可怜的四条鳊鱼游来游去。皮特想起那些被他放回水里的鳊鱼，后悔得不得了。那时，他还不知道鳊鱼能派上这种用场。

汤姆·达钦终于睡够了觉，划着他的小山雀号朝着码头过来了。路上，陶泽家的男孩拦住他，问他黑鸭子俱乐部在搞什么鬼，为什么要放漂他们的船。比尔和乔现在认为鳗鱼已经熏制成功了，恼人的烟气终于可以停下了，就打开船舱把烟放出去。接着他们爬上舱顶，跟汤姆、皮特会合。他们把泰德先生和其他人怎么盘问他们昨天夜里发生的事情原原本本地告诉了汤姆。

“那你们有没有告诉他们拉网捉鳗鱼的事情？”汤姆问。

“我们说了，哈利·班盖特也亲自过来说了事情经过。”

“但别人还是在议论我们。”比尔说。

“他们在巡查码头和这一段所有的河道。”乔说。

“我们明天就往下游走一段，”比尔说，“出发前先带一点钱。如果这一带再出什么事情，也不会赖到我们头上了。”

就在这时，老渔夫抵达码头，解开他的船，准备划船离开。他看到四个人坐在死神与荣耀号的舱顶上，一脸严肃。

“你们昨晚该不是先把他们的船放漂了，再上了我的船吧？”他狡猾地问。

“当然不是了。”汤姆说。

“好多人都认为是你们干的，”老人说，“那种事情你们可千万不能再做了啊！”

“我们根本就没有做过啊。”汤姆说。

老人没有说话，他把船桨放入水中，稳稳地划着船走了。

“听见了吧。”比尔说，“如果人人都这么想，那我们最好换个地方。”

“可是迪克和桃乐茜后天就要来这里了。”汤姆说。

“我们不会走太远的。”比尔说。

“那些鳗鱼呢？”汤姆问。

“现在应该可以了。”乔说。

“烟雾都已经赶跑了，”比尔说，“我们可以吃晚饭了。”

“熏鱼闻上去真香。”汤姆说。

乔冒着烫疼手指的危险，取下烟帽。比尔举起木棍，上面挂着的四条鳗鱼被烟熏成黑色，油光锃亮。

“我有条手帕。”皮特说。

“我们最好先洗一下，再给你妈妈带回去。”几分钟后，比尔说。

“这熏鱼看上去还真不错。”汤姆说。

“一人一条。”乔说，“皮特，你负责切面包。”他举起自己脏兮兮的手，示意不方便干切面包的活儿，“比尔，看看你对那只水壶干的好事。”

“那些以后再说吧。”比尔说。

他们在船舱内坐下，吃鳗鱼晚餐。

“真是个辛苦活儿。”乔说。

“辛苦也值。”比尔咬了一大口，咕哝着说。

大家沉默了几分钟。

“不错。”比尔满怀希望地说。

“有点烟味。”乔说。

“多加点盐试试。”汤姆说。

“皮特，继续吃呀。”比尔说，“你难道不饿吗？”

“这鱼不怎么好吃。”皮特说。

“现在正好不冷不热。”汤姆说。

“鳗鱼有好有坏，”比尔说，“但说实话，这条也算不上好。”

话说到这里，他们放弃了吃鱼，把盘子里剩下的东西倒进了河里。

“这样会引来鱼的。”皮特说。

他们接着用面包和奶酪完成了晚餐。

“第一次尝试都是值得的！”乔说。

“我们说要做熏鱼，现在就说到做到了！”比尔说。

晚饭后，乔和比尔拿起钓竿，跟皮特一起钓了一会儿鱼。汤姆在旁边看着。三个人都没有鱼儿上钩。

“钓竿太多了。”皮特说。

“皮特是渔夫。”比尔说。

“我明天早点起来，”皮特说，“趁它们吃早饭时抓住它们！”

孩子们穿过码头，看到泰德先生、乔治·欧顿和他的朋友，以及陶泽家的两个男孩，他们正在热切地讨论着什么。

“他们该不会真的整夜盯着我们吧？”汤姆说。

“他们就是这么说的。”乔说。

“我们睡觉吧。”比尔说，“还要早点叫小皮特起床呢。”

汤姆随即准备离开。

“我说，汤姆，”汤姆正要划船离开，比尔说，“告诉你妈妈，可不要自己熏鳗鱼。”

“清炖，”乔说，“既省力，也更好吃。”

第六章

摆脱困境

这一夜，他们两次被吵醒。

第一次是夜深之后，他们听到了桨声。

乔听到声音，溜出温暖的舱室，走进夜晚的寒气中，他想弄清楚是谁这么晚了还在河上活动。小船已经向上游驶去，但船桨有规律的声音和桨架的扭动声仍然依稀可闻。他想，桨架大概需要上油了。不久，声音又大了起来。那艘船调头驶来了。昏暗的夜色中，他觉得自己好像看到水上有东西在移动。

“是谁呀？”他叫道。

“河上巡护队。”

“什么？”

“查看有没有船只被放漂。所以你们别以为自己不会被逮住。”

“我们可没有……”乔开始说。

“那你们在等什么？”这个声音说道。

船漂过来了。有人划了根火柴点烟，乔看见了那张脸。

“我知道你是谁，吉姆·陶泽，”乔说，“我能看见你。”

“看不见你也知道你是谁。”黑暗中的声音说，“你们再试试放漂别人的船，看看会是什么下场。杰克，现在几点了？”

另一个声音回答了他。

“午夜十二点半。他们起来了，准是寻找机会下手。我们会报告的。

快点，吉姆。”

船桨又一次拨动水面，船只在夜色中远去。

乔爬回铺位。

“外面是怎么回事？”比尔说。

“是陶泽家的男孩在巡河。”乔说。

“那祝他们好运。”比尔懒洋洋地说，“希望他们逮住那家伙，然后我们就能清静了。”

“但他们认为是我们干的。”乔说。

“晚安，”比尔说，“幸好你没有吵醒皮特。”

两小时过后，他们又被吵醒了，这次是死神与荣耀号轻轻摇晃了起来。

“烟囱是冷的。”这个声音乔很熟悉。

“他们好像在睡觉。”

“泰德先生，一定要弄清楚，”第一个声音说，“这时候他们可能上了岸，忙着放漂别的船只。”

这时，舱顶上猛地一响。

“那是什么声音？”皮特跳了起来，脑袋撞了一下。

“是泰德和乔治·欧顿。”乔轻声说。

“好吧，乔。”比尔说，“这次我出去见他们，你刚才去过了。”但乔已经离开了他的铺位，摸索着到了驾驶舱。一束手电筒的灯光照在他的脸上。

“只有一个人。”乔治·欧顿说。

“皮特和比尔也在里面？”泰德先生问。

“出什么事了？”比尔问，“你们逮住谁啦？”

“三个人都在的话，就不大可能了。”乔治·欧顿说，“除非是汤姆·达钦干的。”

“汤姆从来不……”

“闭嘴！”乔治说，“人人都知道汤姆会干这种事。皮特在不在？”

“我在这儿。”皮特说着走了出来，在手电筒的光照中眨着眼睛。

“你们最好还是回去睡觉吧，”泰德先生说，“我们只想确认一下你们在哪儿。这种放漂船只的行为一定要被坚决制止。”

“您看，”乔说，“我们都在睡觉，真的。”

“那都回去睡。”乔治说。

“一切平安无事，”泰德先生说，“但我得告诉你们和你们的爸爸，最好在家里的床上睡觉。”

“好吧，有件事情，”乔说，恼怒地钻进铺位，“明天就不会有人吵醒我们了。西风一起，我们就将沿河而下。”

“现在风平浪静。”比尔说。

“早上就会起风了。”

“要等船主人取走他要买的鱼饵，我们才能走。”皮特说。

“如果你打算明天早起，那现在就得睡觉。”比尔说，“晚安。”

“晚安！”乔嘟囔着说，“早安……”

钓鱼经常就是这样：早早起床，牺牲了被窝里的温暖时光。刚过七点钟，皮特就开始钓鱼。这一天风平浪静，没有一丝风。太阳越来越大，都要让人以为河里钓不上一条鱼了。比尔和乔吃过早饭，回家去拿东西——牛奶啦、奶酪啦、面包啦，还有培根。他们还去皮特家里告诉他妈妈，说他们要驾驶死神与荣耀号顺流而下，来一趟小小的下游之旅。他们在回来的路上，正好经过泰德先生的花园，拔了一些野草，挖了几条蠕虫，以防皮特钓鱼的虫子不够用。泰德先生此时出来见他们。

“是你们？”他说，“抱歉昨天晚上把你们吵醒了。我太太说，我不该叫你们。但警察工作不能靠运气吃饭。听我说，如果再有船被放漂，我就不能让你们到警察总部去挖虫子了。”

“要我把虫子放回去吗？”乔问。

“这次你们可以留着。”泰德先生看看锡罐，匆匆说道，“不过别再对那些船动手脚了，船主们都气得发疯。再说有了问题，他们就会找到警察。”

“我们从来没有动过船。”比尔说。

“那就再也别动那些船了。”泰德先生说。

“要是汤姆从来没有放漂玛格丽塔号就好了。”在回码头的路上，比尔说道。

“可他当时别无选择。”乔说。

“大家都记得。”比尔说，“看来谁也忘不了这种事情。”

“真是讨厌！”乔说，“无论如何，我们今天晚上就不会扯上这桩破事了。”

“快来点风吧。”比尔说。

整个上午皮特都在钓鱼，越来越气馁。在此期间，其他人忙着修补船舱（怕吓跑鱼儿，他们甚至没有用锤子），时不时往码头望去，生怕在抹香鲸号到来之前，皮特没能钓上一打鱼饵。

皮特的注意力全在钓竿上。“普通鱼饵一便士，好的两便士。”他自言自语，要是鱼儿像昨天一样不断上钩就好了，多得皮特还要不停地钓起来又放回水里。九点的时候，他终于钓到一条，这条还不错。十点半时，又有一条上钩了，这条马马虎虎。然后，又来了一串不够格的小鱼。多挣一便士，死神与荣耀号就能多一批储备，这样他们才能去更远的地方，用不着每天回家拿吃的。他二话不说，沮丧地把小鱼扔回水里，但又开始微笑着等待值两便士的大猎物上钩。他甚至从来没看过周围一眼，尽管中间受到几次干扰。那个时候，码头上的人就站在他背后，看着他，嘴里还在议论放漂船只的事件，就像平常围观钓鱼人，想知道他有没有收获一样。

午餐时间到了，网兜里有五条鱼，大概能值五便士。另外还有三条也能凑合。幸好目前为止抹香鲸号还没影儿。河面波平如镜，天空也是万里无云。霍宁居民的烟囱源源不断地冒着烟，笔直地升向凝滞的空气中。

“风帆用不上，只有靠引擎了。”乔说。他沾湿手指，举起来试图感受风力。

“皮特，过来吃点东西吧。”比尔在船舱里说。

“麻烦帮我拿过来吧。”皮特说，“浮标刚刚动了。”

他一下午都在钓鱼，收获比上午好多了。不过，乔和比尔此时不再

希望抹香鲸号晚点出现了，而是希望它快点到来。日暮已近，仍然没有起风。要知道，即使引擎开到最大，死神与荣耀号要是没上风帆的话仍然是一艘慢船。

“如果他不快点来，我们哪儿都去不了。”乔说。

五点临近。乔提议不要等了，立马出发。

“也许他根本就不来了。”比尔说。

“他说过在这里见面的。”皮特说。

“可以让人转告他，说我们往下游去了。”

“要是我们拖着网兜里的鱼一起走，说不定好多就被折腾死了。”皮特说。

“你弄到多少？”比尔问。

“我放在一起了，”皮特说，“当时是十六条，那现在就是十七条，其中有十二条好的，能值两便士。”

“他想要多少来着？”

“他说十二条左右。但他可能不要小的。”

谁也不愿意失去这些在网兜里游动的钱。

“我说，”乔说，“我们已经做好了随时出发的准备。只要他一来，我们就可以出发。”

“要是他根本不来呢？”比尔说。

“他来了！”乔叫道，“比尔，快把缆绳系上。皮特，把钓竿举起来。转一下网兜的位置，免得他过来的时候把网给挤坏了，我来用挡泥板遮住。”

此时，小渔艇绕过码头上方的河湾过来了。

“我们弄到鱼饵啦！”皮特大喊。

抹香鲸号的主人挥手致意。他把小渔艇停在死神与荣耀号下方，引擎嗡嗡作响，慢慢地靠近。比尔拉起船头缆绳，乔则是拉着船主从船尾扔过来的缆绳。此时，皮特从水里拿起网兜，银色的鳊鱼离开了水，不停地扑腾。

“不错嘛，”抹香鲸号的主人说，“你钓到多少？”

“十七条，”皮特说，“但只有十二条大的。”

“看上去正是我想要的。把网兜拿过来吧，我要把它们全部倒进鱼饵罐。”

刹那间，一大堆鱼都被倒进了抹香鲸号驾驶舱那只巨大无比的鱼饵罐里。

“你说十七条来着？”

“嗯，十二条大的。”

“大的两便士一条，十二条就是两先令。还有五条一便士的……我全都要了。总共半克朗，对吧？”①

“正是。”皮特说。

抹香鲸号的船主把两先令六便士递给死神与荣耀号的船员们。

“一切准备就绪？”乔问，“我们马上就要出发了。”

“嘿，”抹香鲸号的主人说，“你们也去下游？”

① 当时英国货币分为英镑、克朗、先令、便士。1英镑相当于4克朗，1克朗相当于5先令，1先令相当于12便士。

“没错，我们等您来了就走。”乔说，“运气不好，没有风，但我们还是要走。”

“你们要去哪儿？”

“下游。”

“我去波特海姆。要是你们愿意，我可以拉你们一程。”

“太棒了！”乔说。

“我们去不去？”比尔问。

“你说去波特海姆？”皮特问。

“为什么不去呢？”船主说，“今天太晚，没法捕鱼了，所以我也不急。你们有缆绳吧？不，最好用我的，给你。开始拖船以前，先别拉紧……”

“我们知道怎么拖船。”乔说。

“皮特，”比尔说，他握住抹香鲸号船头的缆绳，“你妈妈在邮局那儿，快去告诉她我们要去哪儿，再让她转告我们家里人。就说我们往下游走一点……”

皮特跳上岸，从码头奔向大街。有人正好从乔纳特的船棚那边拐过来，皮特跟他撞了个满怀。

“对不起。”他一边说，一边穿过马路。

“你好像有地方要去。”乔治·欧顿说。

皮特没有理他，对妈妈喊道：“妈妈，我们要去波特海姆。您跟乔和比尔的妈妈说一声！”

“波特海姆？”皮特的妈妈说，“你今天肯定到不了。”

“有拖船拖我们！”皮特说。

“你可要按时上床睡觉，”他妈妈说，“乔和比尔向我保证过。吃的东西够吗？”

“只够一晚上。”皮特转念一想，妈妈很可能会去给他再拿些吃的，要是那样的话死神与荣耀号可能等不及他就开走了，于是改口说：“够了够了！我们明天早上就回来参加黑鸭子俱乐部的会议，桃乐茜和迪克要来了。”

“别做傻事。”妈妈说。

“嗨！皮特！”

喊叫声从死神与荣耀号上传来。皮特跑回去，跳上甲板，抹香鲸号正驶入河道。比尔放开了死神与荣耀号前甲板系在船柱上的缆绳。乔开始掌舵，死神与荣耀号拨动水面，离开原位。接着，比尔拉紧拖绳，抹香鲸号朝着旅馆那儿的河湾绕了个圈，死神与荣耀号也跟在后头，水花啪啪作响，拖绳紧绷。随着抹香鲸号的引擎嘎嘎响起，河道两岸熟悉的景观逐渐往后远去。

“今天晚上不会有人吵醒我们了。”比尔说。

似乎离开了霍宁，这几天的麻烦事也都被抛在脑后了。

“还记得那次前进号把我们从布雷顿湖一直拖到阿克莱吗？”皮特说。他突然停下来，那次光荣的征途他可是记忆犹新，但那正是发生在解救玛格丽塔号的事件之后。玛格丽塔号——就因为这次事件，大家才一口咬定，如果有船被放漂，黑鸭子俱乐部肯定参与其中。

但是现在完全犯不着回忆这些事情。

他们一路航行，经过达钦医生的住所，也就是那座房顶有金鳊鱼风向标的房子。他们看到汤姆正在使用割草机，忙个不停。

“嗨，汤姆。”乔叫道，“我们要去波特海姆。”

“波特海姆?”汤姆喊道，“乔，迪克和桃乐茜明天就要来了。”

“我们会回来的。”乔回喊道。二话不说，抹香鲸号船尾紧拉着死神与荣耀号，越过了法兰先生的住宅。然后，他们一路经过荒野、旧磨坊、渡口和旅馆。他们注意到堤岸挂着布告，警告通过霍宁的船只时速不得超过八千米。船主查看了一番，发现他们并没超速，于是挥了挥手，提高了速度。抹香鲸号的引擎随即发出一连串急速的噗噗声。

“全速前进!”乔欢快地说道。比尔也欢笑着前后挥动双臂，表明自己的双手终于不用划桨了。

他们一路前进，越过教区牧师的住宅，水鸡和黑绵羊在河边的草地上徘徊。他们又越过通向兰沃思的水道，越过霍宁的老市政厅，越过安特河河口，越过圣贝尼特修道院的废墟。一个接一个的地标从他们的眼前不断闪过，认识的和不认识的，当然还少不了一架架硕大的风车。

“它的首次出航怎么样?”乔问道。

“明天一定要有东风。”比尔说着，想到他们越走越远，明天该怎么回家。

“不见得，”乔说，“现在风平浪静，天气晴朗。”

“要是那样，我们就得划上一整天船了。”比尔说。

“别说了，”乔说，“明天会有东风的，我们能轻松回去。快点，皮特，你来掌会儿舵。注意不要碰上前面的船，否则就会向其他方向偏航。”

转由皮特掌舵，他把两腿叉开，开始工作。他必须让抹香鲸号的船尾和死神与荣耀号的船头之间保持一定的距离。船头那面“B.P.S.”三角旗在小旗杆上随风飘扬，皮特不比乔和比尔差劲，他也会开船。嗯，或许乔更胜一筹。哎呀！船跑偏了，右舵歪了一厘米……现在左转舵……现在稳住了。终于有点像掌舵的样子了，需要不断调整才能保持稳定！

他们经过了几艘风帆游艇和小游艇，但数目不多，因为租赁游艇的旺季已经快结束了，来度假的城里人差不多都已返回。风帆游艇慵懒地在河上移动，因为没有足够的风让它们满帆前行。

“要是东风不来，明天的活儿可就不轻了。”比尔说。说话时，他们遇见一艘运气不佳的帆船，正用篙杆拨动水底，勉强前行。

“我打包票，明天肯定刮东风。”乔说。

“要是明天不刮，你准会抵赖。”比尔说。

乔拍拍口袋。“只管放心就是，我有把握。我们只要盼着，准会刮风。你们等着瞧吧。”

太阳快落山了，他们也到达了瑟恩河河口。路标指示从布尔河通向阿克莱下行的路线，以及从瑟恩河到波特海姆上行的路线。他们向左转，驶向瑟恩河。夕阳下的影子落入芦苇丛，轮到比尔掌舵了。皮特指着穷追不舍的影子，又试图指着自己在河边草丛上的影子保持不动。

他们逐渐接近了波特海姆平房区，黄昏也渐渐降临，抹香鲸号的主人放慢速度，又过了一会儿，他关闭了引擎，以便跟孩子们讲话。他问

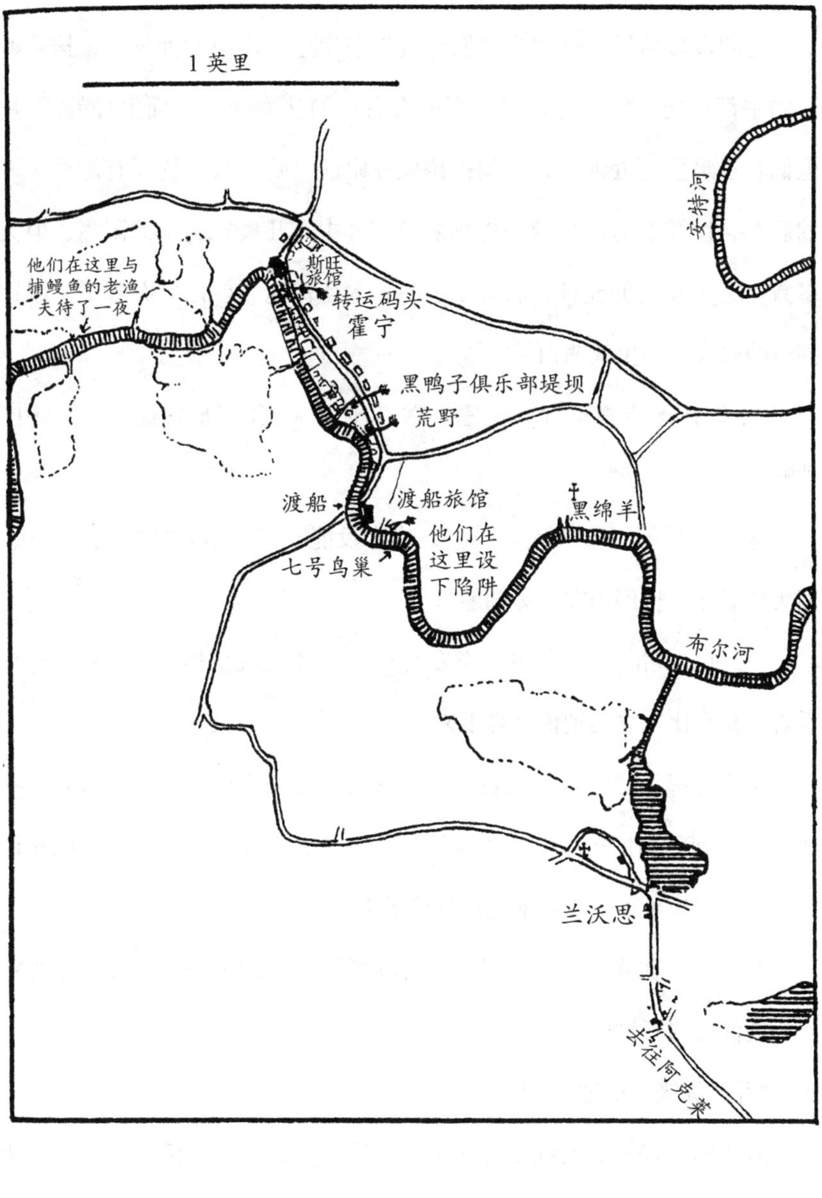

1 英里

安特河

他们在这里与捕鳗鱼的老渔夫待了一夜

斯旺旅馆

转运码头

霍宁

黑鸭子俱乐部堤坝

荒野

渡船

渡船旅馆

黑绵羊

他们在这里设下陷阱

七号鸟巢

布尔河

兰沃思

去往阿克莱

他们想要停在哪儿。

“停在桥的这一边。”乔喊道。

他们慢慢前进。每次当他们经过坐在岸边平房前的渔夫时，抹香鲸号船主都会把引擎关掉，渔夫们就看着他们从面前的水面上静静漂过。他们转过最后一处河湾，看到拱桥就在眼前，映入眼帘的还有那些硕大的船棚，以及沿河停泊的一排排游艇，其中有几艘拉起了遮阳篷，但大多数杵着光秃秃的桅杆，收好了船帆，等待被拖入船棚。乔看了一眼这拥挤的码头，心里就明白了。

“我们在那边根本没有位置停靠。”他说，“我们最好穿过去。嗨!”他喊道。

抹香鲸号的引擎声太大，主人或许没能听到。他好像听到了什么，回头指着那一排停泊在一旁的船只。

“穿过这些桥，”乔叫道，指着上游，“我们先降低桅杆。皮特，你来看着，我和比尔立马把桅杆降下来。”

船主挥挥手，表示他明白了，让抹香鲸号几乎稳住不动。这时，乔和比尔跑到前面的舱顶上，把支撑杆放下，轻轻降下桅杆，乔支撑住杆座，比尔则从舱顶上缓缓地把桅杆传了下来。

船主一直在观察，乔做了一个“准备就绪”的手势，抹香鲸号便驶向那座低矮的石拱桥。

“乔，你来掌舵吧。”皮特说。

但他们已经没有时间换舵手了，抹香鲸号已经驶入桥下，死神与荣耀号跟在后面。

“保持方向，”乔说，“它可以穿过去的。”

“当心烟囱！”皮特喊道。

乔蜷伏在前甲板上，比尔则在驾驶舱后面，准备闪避。他们穿过桥洞时，还伸出双手触摸拱桥的石头。

“呼！”他们穿出拱桥，乔松了一口气。他往回看了眼，说：“太险了，正正好穿过。”

过了一会儿，他们又通过了铁路桥。接下来就是寻找停泊地点，此时抹香鲸号开始靠岸。他们穿过多个空闲的泊位。船主指向前方，站在前甲板上的乔手中已经准备好了圆锚，指向右方。两艘船都快彻底停下了，就在它们快碰到一起的时候，乔和船主一起跳上了岸。

“就是这里？”船主问。

“对，太谢谢您啦。”死神与荣耀号的船员们说。

“您准备在这儿钓鱼吗？”皮特问。

“还要再往上游一点，”船主说，“到疯驴旅馆下面那个河湾去。我上星期在那儿，差一点就逮着了一条大鱼。明天早上你们也来吧，看看你们的鱼饵管不管用。”

“我们会去的。”乔说。

“那好，晚安啦。”船主说。他把抹香鲸号的船头从岸边推开，跳上甲板，慢慢向上游驶去。

孩子们目送他消失在视野外。

“我们抓紧时间去波特海姆。”皮特说。

“干什么去？”比尔问。

“现在我们有半克朗可以花了，可以去看望鲍勃·科滕。”

“商店已经关门了。”比尔说，“等会儿，我们还是点起灯弄些吃的，然后再好好休息一下。小鲍勃一定在家陪妈妈了。”

“不知道他有没有收获。”皮特说。

“要是我们准备去看看的话，明早可要早点起床了。”乔说。

他们点起炉子，把船舱烘到最热，直到觉得不能再热了为止。乔把他的小白鼠放了出来，吹起口琴。其他人则烧水、切面包、分奶酪。他们吃完了晚餐，还有上床前最后一件事——走进驾驶舱，好好呼吸一下夜晚的凉爽空气。

“还是没风。”比尔说。

“我说了，明天会有的。”乔说。

“看来今天晚上泰德先生只能吵醒别人了。”皮特说。

第七章

鱼　王

晨间的浓雾弥漫在河面和两岸湿润的田野上。田野比水面低，要靠围堤的阻挡才不致河水泛滥。死神与荣耀号船员沿着围堤前进，俯视在田野上吃草的牛马，它们厚重的毛皮苍白而湿润。

乔沿着狭窄的小路走在最前面。他惊吓到了一匹拖货车的马，马儿嘶叫着逃走了，凌乱的马蹄在湿地上溅起一片泥浆。

“它出发了。”乔说，仿佛那匹马是一艘船。

一只苍鹭正在寻找猎物当它的早餐，被他们惊扰之后，突然发出嘶哑的“发发发发发”的叫声，拍击双翅，消失在浓雾中。

拂晓时分，他们匆匆吃过早餐，把波特海姆沉睡的平房抛在身后，向肯德尔坝靠拢。他们每时每刻都盼望看到抹香鲸号和昨天碰面的朋友。

“在那儿！”乔叫道，“他停泊的位置不错。”

抹香鲸号粗矮的船身出现在前方的浓雾中。他们迈开脚步奔了过去。

“哈啰！说你们呢！悠着点走！”

沿着堤岸他们又近了点，看到了船主的身影。他在迷雾中转过身来，一手拿着牛奶罐，一手拿着空麻袋。他向孩子们点头致意，走回来跟他们会合。孩子们继续向前走，步伐尽可能像猫一样轻巧，而不是像大象一样沉重。

“你们的鱼饵我已经用了一个。”他说，“水面上的雾还没散去前，没什么事可做，但没有必要吓跑鱼儿。我这就要去一趟疯驴旅馆。昨天晚

上，他们答应今天早晨给我留一些牛奶。你们替我看着船。如果要上船，注意不要弄出声音，不要动钓竿。我一两分钟后就回来。”

“没问题。”乔说。

“要是有人来捣乱，你们可别在这儿淹死他们哟，那会把梭子鱼吓跑的。如果有人在这儿跺脚，就像你们一样，把他带到上游去，悄悄干掉他。”

“扔进水里。”皮特说。

船主向他们挥了挥麻袋，沿着芦苇丛生的堤岸向迷雾中走去。

抹香鲸号停泊在一块坚固的堤岸上，因此从那里上岸或上船都很容易。他们站着，欣赏这艘船。一圈薄薄的蓝烟萦绕在舱顶那只短烟囱闪闪发光的通风帽上面。

“看到了吧，”比尔说，“炉子已经生好了。”

“他跟我说过，”皮特说，“那是为钓鱼而准备的。这艘船跟我们一样，冬天都在外面。”

缆绳被拴在船头，绷得很紧，他们又查看了一下圆锚。

“恰到好处，”乔说，“抛锚的地方正合适。”

“瞧他的钓竿，”皮特说，“不是那一根（乔在抹香鲸号船头，正打量着舱顶的一根鳊鱼专用钓竿），是他钓鱼用的这一根。”

他们看到驾驶舱栏板上硕大的梭子鱼钓竿，仔细观察它的大瓷环、黑黝黝的漆面、巨大的绕线轮。竿长两米，伸向河面上空，尾端有一根浅绿色渔线直接探进水流。

“浮标在哪里？”

“跑了。”乔说，“不，在这里，漂到芦苇丛下面去了，专门对付大鱼。”

“他说，我们可以上船。”皮特说。

乔爬上船，站在驾驶舱里。比尔跟在后面。

“哎，你，”乔说，“脚步放轻点。你把河里的鱼儿都吓跑了。”比尔进了驾驶舱以后，乔指着河上的一道涟漪，“该你了，皮特。”

“不知道鱼饵有没有用。”皮特说。

下游二十米开外，两只小浮标和一只白顶大浮标在水面上轻轻浮动，浅绿色的渔线系在钓竿顶端。它们一动不动，令人怀疑下面的鱼饵是不是已经死了。皮特聚精会神地观察，仿佛钓鱼人就是他自己。

乔在用手指拨弄绕线轮。他轻轻拖拽上面的渔线，听到绕线轮转动的声音。他又去查看绕线轮背面，触动铜扣。

“这样它就可以自由旋转了。”他说。

“跟我们用的绕线轮不一样。”比尔说。

乔拨动铜扣，由轻到重。突然，铜扣滑落，渔线旋转释放，速度越来越快。

“他说过不要碰钓竿的。”皮特说。

“他会挖出你的五脏六腑。”比尔说。

过了一会儿，乔还是没法把铜扣拨回去。他摸索了一阵，钓竿顶端下降，撑直了竿身。在下游远处，原本随波逐流的浮标突然静止不动了。

“我的天！”乔说，“我还以为渔线都要跑走了。”

“下次千万不能动了。”比尔说。

“鱼饵动了！”皮特突然说。

白顶的大浮标两次向侧面倾斜，然后又漂回原处，标身再次潜入水中，只剩两只小浮标漂在水面上。

“是不是被一条大梭子鱼咬住了？”皮特说。

“有可能，”乔说，“看它还动不动。”

有那么几分钟，他们站在驾驶舱里沉默不语，注视着下游一两米外芦苇丛中两只小浮标和一只大浮标的起伏。乔和比尔很快就厌倦了。

“我们去围堤上瞧瞧。”比尔说。

“拜托，”乔说，“他说过不要让别人靠近这儿。”

“浮标又动了。”皮特说。

另外两人正要上岸，又改变了主意。看浮标现在的情形，肯定有事情发生。

“如果梭子鱼在把鱼饵往下拖，我们该怎么办？”比尔说。

“听天由命了，”乔说，“我们也做不了什么。”他停顿片刻，又说道：“这艘船是摩托艇，应该有喇叭。就在这里！只要按下按钮，就算是死人也能吵醒。”

“那是启动引擎的按钮。”比尔说。

“可能吧。”乔说，“嗯，这儿肯定有雾角。皮特，你盯住浮标。”

他犹豫不决地打开舱门。舱门原本是船主关上，防止雾气侵入的。他看到火焰在整洁的搪瓷炉中熊熊燃烧。他看到一张舒适的床铺，过夜后被子还没有叠。桌子上则是备好了的早餐。接着，他看到了他想要的东西——一支小小的铜制雾角，挂在门后，这位置方便伸手拿取。乔从钩子上取下雾角，放在嘴边。

“别吹！”比尔着急了，“他会以为出事了。”

乔轻轻向雾角内吹气，毫无反应。他稍加气力，雾角突然呜地发出巨响，把他们吓了一跳。

“浮标动了！”皮特说。

“别乱跳！”乔说，“瞧你搞出的波浪。”他仔细地将雾角挂回钩子上，关上舱门。

接下来的几分钟他站定不动，注视着浮标沿着芦苇丛生的河岸逆流而上，心里有点期待船主能赶紧回来。但浮标没有再次移动，仿佛鱼儿睡着了。船主还没有回来。乔认为一切正常。毕竟，雾角的那声巨响在舱内听起来够吓人的，时间却很短。

“谁去侦察一下周围的情况？”

“我去。”比尔说。

他们竭尽所能，无声无息地上了岸。

皮特仍在盯着远处的浮标，说道：“我也去。”

“那就去吧。”乔说。

皮特又看了一眼。浮标还在活动吗？没有。其他人已经开始沿着围堤前进了。他最后又看了一眼浮标，转而加入他们的行列。

“把刀子咬在嘴里。”乔说。

“我们不需要打开刀子。”比尔说。

在这种雾气蒙蒙的寒冷早晨把童子军小刀咬在嘴里可是一件尴尬事，即使早就在口袋里焐暖了也没什么区别。三个人弯下腰，咬着刀，沿着

河岸前进。芦苇从遮住了船只。这时，领路的乔突然停下来，取下嘴里的小刀。

“暗号是‘死亡与荣耀’。”他轻声说。然后大吃一惊地问道：“那是什么？”

一阵刺耳的咔咔声，好似秧鸡的叫声，从他们身后传来。皮特的小刀从口中掉落，他在地上摸索着。比尔把刀拿到手中，目瞪口呆地倾听着。

“咔咔咔……咔咔咔咔……咔咔咔咔……”

“皮特，让开。”乔喊道，“比尔，注意。这是绕线轮的声音……是条梭子鱼……”他匆匆回船，其他人跟在后面。

“咔咔咔咔……咔咔咔……咔咔咔咔……”

钓竿上下起伏。绕线轮开始转动，又停止，再重新转动。

“咔咔咔咔……咔咔咔咔……”

钓竿被拉得紧绷，绕线轮停止转动，乔登上了船。

“安静点。”其余两人蹑手蹑脚地下到驾驶舱和他会合。

“浮标不见了。”皮特说。

“三只都不见了。”比尔说。

“它把所有浮标都带下去了。”乔说。

“看看渔线在哪里。”皮特说。

渔线不再直接向河下游伸展，直接消失在抹香鲸号前面不远的水中。毫无疑问，梭子鱼上钩了，它先顺着下游拖动钓竿，然后又调头向上游游去。

“它咬脱了,”乔说,“脱钩跑了。”

“不，它没有,”皮特说,“渔线在动。”

渔线尽管没有拉紧，却在逐渐向上游移动。

“还咬着。”比尔说。

“那儿有只浮标。”皮特喊道。

一只小浮标出现在抹香鲸号上方，慢慢移过水面。另一只浮标在它前面冒了出来，最后，白顶大浮标也浮上了水面。

“它把浮标放了。”乔嘟囔着。

“我们应该把它击晕。”皮特说。

“还是收线更好。”乔说。

突然，浮标再次没入水中。渔线被迅速拉紧，绕线轮发出呼啸。钓竿跳起来，乔赶紧使出全身力气抓住钓竿和渔线。

钓竿几乎快折成两段了。这时它的顶端猛插入水中。渔线被带出去，割到了乔的手指。

“它来了!”乔叫道，指着跳起的钓竿,“它来了……嗨！喂！谁去吹雾角……继续！快……坚持住……喂!”

比尔立刻打开舱门，抓起雾角，不断地吹号。

“天哪，好大的声音。”乔把住弯曲的钓竿，手指摁住旋转不停的绕线轮手柄。

“赶紧收线!”比尔说,“你要是停不下来，渔线马上就会被放光的。”

“继续吹号!”乔气喘吁吁地说,“不。停下来，没有用的，他走远了。”

“收线收线！”比尔说。

这时，渔线突然松弛下来。乔感到难以在握住沉重的钓竿的同时将渔线收回，于是他把钓竿搁在驾驶舱栏板上，然后一圈一圈缠绕着把渔线往回收。但渔线依然松着，好像另一端什么东西都没钓到。

“别吹了，”乔说，“再吹也没有用。我们没钓到……好大一条梭子鱼没了。”

“看那浮标！”皮特叫道，“在那儿……往水下去了……它在动，往下游去了。收线……收线……鱼还在钩上，只要渔线还没断就跑不了。”

乔一圈一圈地收回渔线，弯曲的渔线慢慢拉直了，几乎是切过抹香鲸号对面的河水。突然，钓竿没入水中，绕线轮再次疯狂尖叫，旋柄砸伤了乔的手指。他举起钓竿，任渔线旋转放出。

“比尔，再给他吹一次号。他还在外面。皮特，到舱顶上看看他有没有回来。喂！喂！喂！”

下游约二十米处，水下似乎发生了爆炸。不过片刻间，一条大鱼就一跃而出，又扎入水底。硕大的鱼头、宽阔的黑脊和健壮的鱼尾瞬间进入了他们的视野，又立马消失在了水里。

比尔使劲地吹着雾角。乔紧握钓竿，感到大鱼沉甸甸的拉力。他使尽全身力气大声呼叫，但抹香鲸号的主人仍然踪影全无。大鱼转过身，再次向上游游来。乔拼命收线，看到渔线在船边几米外切入水面，梭子鱼再次向上游冲去。绕线轮依然不停尖叫着。乔想用拇指刹住绕线轮，差一点把皮磨破。

“抓住它！”皮特说。

“我抓得住吗？”乔气喘吁吁地说，“那家伙怎么不回来？喂！喂！喂！”

绕线轮停止转动，乔开始重新收回渔线。收回几米后，他的指头放开手柄。紧接着，梭子鱼再次向上狂冲。然后，大鱼转向下游。这一次，它潜入深水，因此他们看不到水面上的浮标。渔线再次拉紧。梭子鱼突然又冲了很长一段距离，坚持不懈，仿佛要直抵雅茅斯才罢休。没多久它又停下来，水面上的浮标再次出现在下游的大片芦苇丛上，梭子鱼上钩之前就在这里。几只浮标在此停留了片刻，便又翻滚着，重新向芦苇丛漂过去。

“它想逃回自己的老窝，”皮特叫道，“拦住它！拦住它！它要跑啦……”浮标突然往一侧移动，漂进了芦苇丛。

乔拉了拉渔线，动作好像在拖干草堆。他转动绕线轮，直到钓竿顶端重新露出水面。他试图提起渔线，渔线带着水珠抖动上升。乔放开绕线轮，放松渔线。不起作用，梭子鱼仍然咬着钩子在芦苇丛深处一动不动。一时间，战斗仿佛停止了。

“让我来试试。”比尔说。

“你拉不动的，”乔说，“要是把渔线弄断就糟了，那样鱼就跑了。天啊，真希望那家伙快点来啊。”

比尔企图收线，乔在一旁疯狂地吹雾角。突然他停了下来。“我们不能让它一直咬下去，这样会脱钩的。我们得把它弄出来。皮特在哪儿？”

皮特的声音从下游远处、芦苇丛后面传来：“它在哪儿？在这儿吗？”

芦苇丛的顶端一阵剧烈摇晃。

“再往下走点，”乔叫道，“我这就拿篙杆过去，你坚持住。比尔，等它出来了再收线。你先一直吹雾角。我们一把它弄出来，我就马上回来。”

乔从抹香鲸号上取出长长的篙杆，跑到芦苇丛后面，跟皮特会合。芦苇非常茂密，连水面都看不见。乔用篙杆拨开面前的芦苇，摸索着前进。抹香鲸号的雾角响个不停。突然，雾角掉落在驾驶舱地板上，发出哐当一记声响。

“它动了！”比尔叫道，“它刚才拖了一下……不，现在又停下了。”

雾角声再一次响起，绝望地求援。

“可能就藏在堤岸下面。”乔说，“皮特，快点。我们要把它赶出去，使劲惊扰它。”

他用篙杆不停地拨水，皮特紧靠岸边，用脚搅动水面，顿时水花四溅。

“我摸到了！”乔叫道，“天啊！是条鱼王。”河水汹涌澎湃，波涛不断扑向芦苇。

“它过来了。”乔叫道，“皮特，继续！搅水！搅水！”

皮特穿着水手靴，向前跨进水中。他没有稳住，滑了一跤，头朝前跌倒了。这一跤制造的动静比刚才靴子搅出的水花更大。芦苇前后摇摆，他挣扎着从软泥中站起来，抓住黏滑的草根。

“你没事吧？”乔说，“来，抓住篙杆。”

“没事。”皮特把嘴里的水吐掉，急忙说道。“哎哟！”他突然叫起来，然后又跌倒了，这次四肢都扑向了水面。“乔，我踩到它了。”他说。

“它出来了。乔！乔！”比尔在船上大叫。乔跑回来，皮特跟在他的身后。

“这儿在闹腾些什么呀？”

船主不急不慢，一手拎着满满的牛奶罐，一手抓着满满的麻袋，顺着小路归来。他看到皮特站在抹香鲸号旁的岸边，浑身泥浆，身上不停滴着水。

“喂，”船主说，“掉进水里啦？”

雾角又响了起来。“喂！喂！”乔喊道。

“钓到梭子鱼了！”皮特大声叫道，“我们刚把它赶出芦苇丛。”

船主赶紧奔过去。

乔进了驾驶舱，从比尔颤抖的手中接过钓竿。远处河中央，一大丛芦苇漂浮在水面上，慢慢穿过小溪。乔收回渔线，芦苇便向上游漂来，左右摇晃，仿佛底下有东西在愤怒地拖拽。比尔仍在狂吹雾角。

船主在他们身后的岸上开口说话了。

“以前有没有捕过梭子鱼？”

“没有。”比尔说。

“逮到了。”乔回过身说。

“上钩了多久？”船主问。

“不知多久了。”乔说。

“那就再撑会儿。”船主说，“你们干得不错。”

“真是个大家伙。”乔说。

“把我们折腾来折腾去，”比尔说，“到肯德尔坝搞了半天，然后又钻进了芦苇丛。”

“你们怎么把它弄出来的？它好像带了一大堆草过来。”

“赶出来的。”乔说，“皮特踩着它了。”

船主转向皮特。皮特正在岸上，身上还在滴水，但他一心只想着鱼。“听着，”船主说，“我可不想看到你们丢了性命。赶紧脱掉衣服，踢掉靴子，钻到船舱里去……别让渔线松了！收紧，伙计，收紧！”

梭子鱼掉头游回抹香鲸号。乔竭尽全力收回渔线。“逮到啦！”他说，“逮到啦！”

船主安静地上了船，伸手要接钓竿，但随即改变了主意。“不该由我来。”他说，“钓鱼、捉鱼、赶鱼都是你们，我现在可不想把你们的功劳给抢了。嘿，多漂亮的鱼……来吧，皮特，到船舱里去吧。别担心水，它会自己从船底流走的。”

“让我看看它被捕的样子。”皮特说。

“现在它来了。”船主说着，伸手从舱顶取下长鱼叉，“你拿好钓竿，再收一点。现在举起来……轻轻地……”

他们第一次看到这条梭子鱼有多大。一条硕大的鱼，夹杂着浅绿色与橄榄色的身躯慢慢浮出水面。芦苇从鱼身上散开、漂走。它张开白色的大嘴，摇了摇那跟人脑袋一样大的头，然后又一头扎进水底，留下一串旋涡。

“总共不下九千克。”船主平静地说，“一点都不夸张。现在它跑不了啦。等它下一次游回来，那样的话……”

“浮标动了。”皮特说，“它来了，在那儿。”

“别动。”

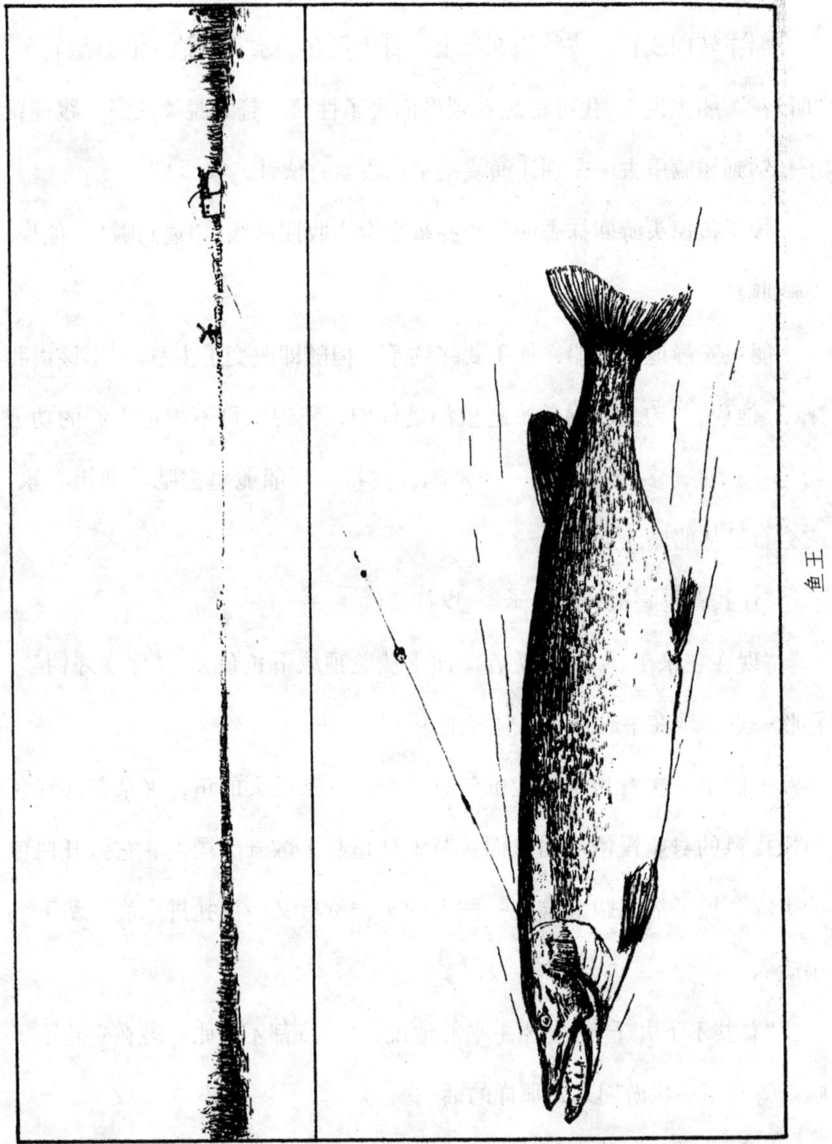

鱼王

船主斜靠在驾驶舱上，把长鱼叉深入水中，大鱼再一次浮上水面。船主突然举起鱼叉。

“当心！”他叫道。刹那间，大鱼飞进驾驶舱，大尾巴在他们脚下扑腾。

“您准备怎么杀了它？”比尔说。

船主从驾驶舱里拿起一把椅子，从下面的柜子里取下一根沉重的短棍，猛击梭子鱼的头，一次又一次。最后，大鱼不动了。

“它咽气了。”船主说，“说真的，这家伙生前一定是河里的霸王。九千克？我看不下十一千克。”

乔站在那里，手里依然握着钓竿，感到双膝发抖。

“要不要称一称？”比尔问。

船主从柜子里取出弹簧秤。“不知道管不管用。”他说，“这台秤最多称十千克，再重就称不了了。”

“要想知道准确的重量，只得去疯驴旅馆了。”他重新把鱼放回驾驶舱的地上，“我第一次见到这么好的鱼。”然后，他想到了皮特，“皮特，快到船舱里来，你们全都进来吧。我们帮他脱掉衣服，在衣服烘干之前给他披上毯子。别让他妈妈说我们谋杀了他。”

“快点啊，皮特。”乔说，“你踩到它的时候，有什么感觉？”

皮特微微一笑，牙齿在咯咯打颤。

五分钟以后，皮特裹上了红毯子，跟船主坐在抹香鲸号船舱铺位的一侧，另外两个人坐在对面的靠椅上。船主给炉子添火，噼啪作响的火苗直冲烟囱。皮特的衣服挂在烟囱周围。船主从旅馆带来的麻袋里取出

四瓶姜汁啤酒。桌上放着四只茶杯，每只茶杯里只装了一半。一口炖锅里装满了豌豆汤，在炉子上面热着。他们从头说起梭子鱼的事情。

“除了试一试，我们没有别的选择。”乔说。

“我差一点把雾角吹坏了。”比尔说。

“然后它躲进了芦苇丛。如果不是小皮特一脚踩到它，它可能现在还藏在那儿。”乔说。

皮特全身在红毯子里面裹得严严实实的，只露出脑袋，咧嘴笑道：“也许踩到的是鳄鱼呢。”

船主两次打开船舱门，查看驾驶舱里的大鱼还在不在。最后，他让门一直开着，也许是为了把皮特烤干衣服的蒸汽放出去，也许是为了继续盯住鱼。

“您要去疯驴旅馆称鱼吗？”比尔问。

“我还有一个去那儿的理由。”船主说，“如果你们也去，就知道是怎么回事了。我跟老板打了一个赌，上个星期我一直在逮这条鱼王。他见了这条鱼，肯定会大吃一惊。”

第八章

疯驴旅馆

烘干皮特的衣服花了不少时间。船主把它翻来覆去地烘了一遍，就差没烤熟了。他把靴子挂在舱顶，紧靠滚烫的烟囱。死神与荣耀号的船员们在抹香鲸号上安顿下来，听船主讲怎样建造抹香鲸号，还有他即将开始的计划——利用冬天这个梭子鱼品质最佳的季节好好捕捞一番。接着他们又听船主讲，他怎样一次又一次寻找大鱼，从诺里奇直奔而来，因为北方水域的鱼品质更好。他端上超大碗的豌豆汤、冷烤牛肉、土豆片和果酱馅饼。午后不久，皮特的衣服就干了，他重新穿上衣服。不过，灯笼裤沾上的泥浆仍然太潮湿，没法刷掉。饭后，他们把餐具洗刷干净、整理好，船主在一旁坐着抽烟，打量着大鱼。

“现在该去疯驴旅馆了。”他最后说。

浓雾升起，随后又被一阵轻轻拂过的东风吹散。柳树叶瑟瑟发抖，芦苇丛沙沙作响。比尔此时松了口气，他之前一直担心，如果东风不起，他们就得划船回家。“我不是向你保证过嘛。”乔说。

“你们想不想再钓会儿鱼？”皮特问。

“这么大的鱼，不会有第二条了。”船主说，“不，我们得去疯驴旅馆给这鱼称称重量。要是我们动作够快，就能穿过雅茅斯。这鱼实在太大，不好放，我要带到诺里奇去填料。我最远可以把你们的船拉到瑟恩河河口，然后你们正好顺风回家。”

他走进抹香鲸号船舱，拿出一块长条形的船板。“拿这个作担架怎

么样？”

比尔和乔把木板放在抹香鲸号旁边的小路上。船主带着大鱼上了岸，把它放在木板上。

“最好给它盖点东西。”他说，“让疯驴旅馆的人看到之前，我先去和旅馆老板说说。”他回到抹香鲸号上，拿了两只空麻袋，充满仪式感地罩在死鱼上面。

乔抬起木板一端，比尔和皮特走到对面，合力抬起另一端。

“准备好了？”船主问。

“准备好了。”乔回答道。

“葬礼开始。”船主说。他们沿着河边小径前进，然后向右转，拐上通向疯驴旅馆的窄河堤。

小旅馆看上去并不热闹。从河道通向疯驴旅馆的支流只够划艇通过，所以大多数游艇和摩托艇只是路过而已。哪怕是在旅游旺季的夏天，顶多也就一两个古怪的游客坐在旅馆那格子窗外的座位上。今天一个人都没有。屋顶破旧得一塌糊涂，亟需添加新的茅草。门口旗杆上的绿旗破破烂烂，“欢迎光临”的字样漆都掉了，标志牌上的图案也已经起泡脱落，图案是一头站在绿色草地中的白驴在撕心裂肺地吼叫。

“等他的壁炉架上面有了这样一条鱼，”船主说，“这儿就会挤满顾客。”

“达钦医生就有这样一条鱼，”皮特说，“放在他给我看舌头的房间里。但他那一条远没有这一条大。”

“人们会从四面八方赶来看这条鱼。这么大的鱼，就在附近几米外的地方被逮住，太稀奇了。”

“似乎不止几米。”乔说。他发现抬着木板前进还真是一件辛苦的差事。

“等他把这条鱼摆到大厅里，一年四季都会有人赶来，希望再逮一条这样的大鱼。”

“天鹅旅馆也有一条。”乔说。

“这条鱼更大。”船主说，“你们三个，往那儿看，这里就是特许经营的旅馆。我不能带你们进去，你们先在院子周围转转，在这里等我。别让人看见你们弄到了什么。”他快活地向大门挥挥手，便走进旅馆后面的院子。他在低矮的门廊里弯下腰，免得碰了头。

刚抬过担架的孩子们在院子里四处转悠。

“我们最好到凉棚底下去，”乔说，“免得有人出来打听。”

他们走进院子一侧的敞篷中，把抬鱼的担架放在木柴堆上。皮特掀起盖在上面的麻袋，又看了一眼大鱼。

“我可不想把手伸进它嘴里。”比尔说，“它的牙齿简直跟耙齿一样大。”

“有人来了。”乔说。皮特把麻袋盖回原位。一个女孩从旅馆的后门出来，拿起水桶穿过院子，在水泵上灌满水后又走了，没有注意到他们三个人。他们仨还想着万一她问他们来干什么，他们该怎么回答呢。

后面的箱子里有东西在动。一只身材细长、屈曲、毛色苍白的动物身上粘着稻草，伸出爪子抓住了箱子前面的金属网。

“是雪貂。”乔说。

葬礼队伍

他们走过去看。

“喂，皮特，别用手指头碰那铁丝。”比尔说，“记得老饲养员那次给我们看的。他有一只上了年纪的母貂和四只小貂崽。那饲养员说：‘不用怕，你只要把手背露出来，它们就不会碰你。’结果他把手塞进去，捏成拳头。不一会儿他就大呼救命。所有的雪貂都扑上来咬他的指头，鲜血淋淋的。”

旅馆的后门又开了，这次他们听到了船主的声音。

“你是说，超过九千克的部分，一千克鱼肉值一先令？”

“没错，吉米，正如你所说。”有个人笑着说。

“那好吧，如果鱼真有这么大，那也值了。不过你瞧，先生，今天不是愚人节。”老板说。他是个红脸矮胖子，穿着灯芯绒裤子，好像以为有人在愚弄他。两三个工人从他身后走出来，瞧瞧是不是船主真的逮到了大鱼，而老板输了赌注。

“死鱼就在外面。”船主说，“我让他们抬去院子了。喂！你们进来吧。”

皮特、比尔和乔抬着担架，走出船棚。

“你觉得怎么样？”船主一边说着，一边把袋子扯下来，露出下巴上还挂着钓具的大梭子鱼。

那几个人都盯着这条大鱼。

“这是我二十年来见过的最大的鱼！”一个人说。

“付钱吧，吉米。”另一个人说。

“真是个大家伙。”老板一边说，一边用手指摸着那紧实、闪闪发光

的鱼身，“其他鱼都奈何不了它。”

“水禽也不行。”有人说，孩子们认出他是芦苇收割工，“这样的鱼根本不把小鸭子放在眼里。”

老板走进棚屋，从墙上取下一块秤砣，挂在房梁上。

“我们从十千克称起，”船主说，“它肯定有这个重量。”他已经把长矛从担架上抬起来，带进棚子里。

在一个人的帮助下，他把鱼挂在秤砣一端的钩子上，把它举起来，让它的尾巴不至于粘上地上的灰尘和糠壳。老板则在秤上放了一英石①、半英石和两千克的砝码。这时，鱼的尾巴几乎垂到了地上。

“十一千克。”老板说完，又加了零点五千克的砝码，但似乎没有什么区别。

“十二千克。”有人用充满敬畏的语气说。

老板又加了零点五千克的砝码。然后，他干脆换下之前几个零碎的砝码，重新放上一个一英石的砝码。

“十二点五。”他喃喃道，接着又加了个零点五千克的砝码。

“十三。”

他又加了个零点五千克的砝码，鱼儿慢慢升起，然后又下沉。

“这条鱼十三点五千克都不止。”船主说。

再加了零点五千克的砝码，平衡终于被打破。老板把刚加的砝码取下来，沿着秤杆加上一系列小砝码。鱼和砝码分处两端，彼此摆动了一

---

① 英石，英国质量计量单位，1 英石约等于 6 千克。

阵子，最后终于不动了。

“十三点八千克。”老板说，那口气仿佛是在教堂里做礼拜，“十三点八千克……”然后，他拍拍膝盖，“付钱！”他几乎在吼叫了，“我心甘情愿付钱。我哪怕花掉最好的五英镑，也要把它给整好！玛丽！快出来。要是这条鱼不能给咱们疯驴旅馆带来生意，我就放弃旅馆，去开家禽养殖场。出来吧，玛丽，瞧瞧这家伙。”

老板娘跑了过来。

“这条鱼一定会给咱带来好运的，”老板说，“把它放在玻璃柜里展示出来，所有的渔民都会蜂拥而来。消息一传出去，他们就会从伦敦、曼彻斯特，还有其他不知道什么地方赶来。从六月到明年三月，连我们的备用床位都能住满！”

“你可能要开家大点的旅馆。”他妻子笑着说。

“世事难料啊。”老板说。

“我不在乎你怎么做，”船主说，“只要你别管它叫‘宾馆’就行了。”

老板扑哧笑了出来。“它现在的名字就不错，”他说，“现在只需要我们习惯……当我们把这样一条鱼展示出来时……来吧，伙计们。我请大家喝一杯……还有，玛丽……给孩子们拿汽水来。”

他们刚刚在抹香鲸号上饱餐过一顿，但当老板娘拿出三杯姜汁啤酒和三块水果蛋糕，他们顿时就觉得还有吃下去的胃口。直到船主和老板再次走进院子，这几个孩子还没有吃完。

“把这个一英镑换成二十先令的零钱，”船主正说着，“反正对你来说都是一回事。”

老板掏出钱包，收回一英镑钞票，换成二十先令，交给船主。

“快点，孩子们，”船主说，“我们要赶快。把鱼抬上来，我们好走人。我想尽快顺流而下，赶到雅茅斯。”他转向老板：“好，我会把要求说清楚。全部交代好，鱼就是你的了。”

他们再次把鱼抬上木板，沿着堤岸抬回抹香鲸号。船主告诉他们，从诺里奇来的那人会给鱼制模，剥掉鱼皮，让鱼皮在模具里干燥，然后给它上油、上漆、填满砂子，再安置在玻璃橱里，弄上蓝色的背景。玻璃橱里放置了芦苇丛，仿佛大梭子鱼在水中静静潜伏，随时可能扑向路过的鳊鱼。

“你们准备好出发了吗？”他一边问，一面登上抹香鲸号，从孩子们手中接过鱼。

“我们得先把桅杆降下来，”乔说，“用不了一分钟。”

“那就赶紧动手吧，我马上就下来。你们一准备好，我就把缆绳递给你……等会儿……”他从口袋里掏出三张十先令的钞票，“你们的鱼总重十三点八千克，老板付钱也很爽快。给你们三十先令六便士，也就是每人十先令两便士。别告诉别人怎么挣来这钱的啊，听到没？否则你们就要被烦个不停啦。还有，这钱别往银行里存，花钱爽气，挣钱容易，就是这样！”

孩子们目瞪口呆。

“这些都给我们？”乔说。

“十张大钞票。”乔说，“十张白花花的钞票啊！”

“还有每人两便士。”船主说。

“霍宁的男孩谁也没有过这么多钱。”乔说。

“霍宁的男孩谁也没有钓到过这么大的鱼。”船主说，“这样的鱼再也不会有第二条了，你信吗？鱼是你们钓的，钱也是你们挣的……”

“可钓竿是您的，”乔说，“鱼饵也是您的。再说是您亲自下了鱼饵，老梭子鱼也是自己上的钩。我们什么也没做，只是坚持下来，等您把鱼拉出来。”

“你们做的我都瞧在眼里。”船主说，“要是没有你们，鱼现在还在河里，我的渔线、装备和最好的钓竿恐怕也都在河里。咳，不管钓竿在谁手里，如果皮特没有下水，像西班牙猎犬一样追着它钻进芦苇丛，谁也逮不住它。快拿着，把钱在口袋里藏好了，等鱼从诺里奇回来以前，可要守口如瓶。然后我们一起去疯驴旅馆，所有人到时候都会大吃一惊。现在先回你们的船上去，做好准备，等我回来。”

他进了船舱，留下死神与荣耀号的船员。他们几个手里攥着钱，面面相觑。

“走吧。”比尔说，他们一路跑回死神与荣耀号。

“每人十先令……真是在做梦！”乔边跑边说，“可以买新缆绳……一只铁烟囱……”

“还有储备物资。”比尔气喘吁吁地说，“这样我们可以连续航行一个月……”

“太棒了！”皮特说，“我们要去告诉汤姆·达钦。”

“现在还不能说。”比尔说，“他说给这条鱼加工要多久来着？天哪！我真想带着汤姆去疯驴旅馆看那玻璃柜里的大鱼。”

他们爬上死神与荣耀号的甲板，放下桅杆，就在这时，他们听到河上传来一阵轻微的隆隆声，抹香鲸号正向他们驶来。

“比尔，把前锚放到甲板上。”乔叫道，“我和皮特握住船尾缆绳，让它转向。我们要对准正确的方向……好了……船头向外……出发!”

在与梭子鱼的战斗中，他们曾经使出浑身解数吹响雾角。此时一声简短的雾角声响起，片刻后，抹香鲸号出现在视野中。船主倒开引擎，把船刹住，慢慢地从他们身边漂过。一根盘绕的绳子飞到了比尔身边。他接住绳子，在前甲板的绳柱上绕了一圈。

“皮特，快上船。”乔一边叫道，一边匆忙卷起船尾的缆绳，连绳带锚一起拉上船。他登船掌舵，拖绳渐渐被拉紧了。

“一切就绪。”他叫道。

船主举起手，示意听到了指令。片刻后，死神与荣耀号船头四周泛起一片水花。他们起航了。

正当他们穿过铁路桥时，一个老人坐在岸边的椅子上，看着下面几米处漂浮着一条梭子鱼，抹香鲸号的驾驶员停下引擎，悄然滑行。老人举手致谢，喊道：“今天什么收获都没有。吃了早饭到现在一条鱼都没上钩。”

“我们逮着一条。”抹香鲸号驾驶员说。

“多大的?”

“还不错。”

他再度开大引擎。

“想知道他所谓的不错到底是有多好。”乔说。

“看好你的钞票，别弄丢啦。”比尔说。

皮特赶紧把他的钞票往口袋深处塞了塞。

他们来到铁路桥桥洞前，小心翼翼地经过立在水中的石墩。不过，跟来的时候一样，他们每一次觉得差不多要碰上时，其实空间还绰绰有余。他们正在桥下时，看到一个小男孩在码头上狂奔。

“那是小鲍勃，”比尔说，“他怎么啦？”

那男孩拼命挥手。

“他看上去有话对我们说。”皮特说。

“唔，他说不成了。”乔马上说。他忙着跟随抹香鲸号调整方向。这时，抹香鲸号正在向右转弯，避开一艘游艇。那艘游艇被前面的船用缆绳拖着，拖船上的两个人正把船朝码头驶去。

比尔和皮特兴高采烈地向黑鸭子俱乐部的小哨兵挥手致意。鲍勃不停地打手势，直到河湾的房子阻挡了他们的视线。

“那是旗语。”皮特说，“复活节的时候，迪克和桃乐茜教过我们。”

“他要表达什么？”

“我没懂，”皮特说，“我都忘光了。但他是在打旗语。”

“他大概也想上船吧，”乔说，“可抹香鲸号急着赶路，没法停下。”

“我们当然停不下来。”比尔说，“我们跟船一样着急赶路。不知道迪克和桃乐茜现在有没有到霍宁。”他从口袋里摸出十先令的纸币，确认一下钞票还在那儿。他发现皮特盯着他，又赶紧把钞票放回去。

“三十先令呢！”他说，“几乎没有我们干不成的事。”

他们把矮平房甩到身后，抹香鲸号引擎的嗡嗡声此时改变了音调，变得更快、更急。

“风驰电掣！”皮特注视着飞驰而过的河岸，说道。沃玛克河河口马上就要映入眼帘，抵达瑟恩河河口也不过是分分钟的事情。

“天哪！”乔说，“我们该把桅杆竖起来了。皮特，你来掌舵。”

皮特掌舵。乔和比尔竖起桅杆，准备扬帆。他们即将抵达瑟恩河河口，船主放慢抹香鲸号的船速，折向右方。

“一切就绪！”皮特在死神与荣耀号前甲板上叫道。

抹香鲸号驶入布尔河与瑟恩河交汇的宽阔地带。一番调整过后，抹香鲸号驶入布尔河，死神与荣耀号也朝着家的方向驶去。

“比尔，准备。”乔说。

“放帆！”比尔说。

船帆踉踉跄跄地爬上桅杆，终于稳稳当当地撑满了桅杆。比尔进入驾驶舱与皮特会合。

“准备好解缆了吗？”船主叫道。

“准备好了。”

“解缆！”船主叫道。乔让缆绳顺势滑落，大家看到船主双手交替着拉起缆绳，在脚边卷好。死神与荣耀号已经扬帆出航，抹香鲸号绕着它转动。船主举起大梭子鱼，死神与荣耀号船员报以欢呼。

“回头见。”船主叫道，“记住要守口如瓶。”他操控着抹香鲸号沿河而下，就在它快要转弯、消失在孩子们的视野中时，他们看到船主站在驾驶舱里，转过身来面对着他们，张开双臂以示感谢。

第九章

有钱花啦

乔说得没错，在强劲的东风驱使下，死神与荣耀号在河道上扬帆疾驶，船头下的水面上冒着愉快的气泡。三人轮流掌舵。皮特把大望远镜拿出来，但几乎不用。乔不掌舵的时候，背对着船舱坐在驾驶舱里，吹着他的口琴。三个人都知道他们比预定的时间晚了，但除了口袋里的钱，似乎什么都不重要。他们的口袋里也并不是一直都有钱。他们不停地把钞票摸来摸去，看个不停，好像每时每刻都发现了什么新大陆似的。这几个本本分分的男孩，一夜之间就发了横财，每个人都分到了十先令两便士，还有皮特捉鱼饵挣的半克朗。

他们不断地经过渔夫们停泊在河岸边或是拉上岸的船只。他们会对我们刮目相看的，只要他们知道……

“运气怎么样？”比尔摆出抹香鲸号船长的腔调说。

“没啥收获。”每当死神与荣耀号上的船员听到这样的答复，都会心照不宣地看着彼此，露出神秘的微笑。

“在老梭子鱼装在玻璃柜里被送回来之前，”乔提醒他们，“我们什么都不要说。”

“我真想知道这些人看见我们的大鱼会怎么说。”

“他准是高兴坏了。”乔说道，“你看，要是他知道我们逮到了大鱼，给了我们半克朗，我们也就心满意足了。但他给了我们三十先令六便士，整整三十先令六便士啊！多少人一个礼拜都赚不到这么多钱！”

天色渐晚，他们驶过渡口的河湾，进入回家的航道。

“真想知道迪克和桃乐茜会不会来。”皮特说。此刻他们驶近医生家的屋子，那茅草屋顶上高高挂着金色鳊鱼形状的风向标。

汤姆在草坪上挥手。“进来吧，把船拴牢了，”他喊道，“他们来了。”

一个小男孩戴着硕大的黑边眼镜，一个小女孩梳着稻草色的辫子，穿过草坪飞奔到水边，跟汤姆会合。

乔驾驶着船慢慢地驶近。

“黑鸭子俱乐部大聚会。”汤姆说。

“别停船，”乔说，“我们要趁商店还没关门赶到码头。”瞧，这就是口袋里塞满了钱的效果。他转向比尔，悄悄说道：“咱们请他们吃一顿吧。”

“好主意。”比尔回答道。

“黑鸭子俱乐部在我们的船舱里聚会。”皮特也跟着说。

“你们仨一起跟着去码头！”乔喊道，“一起来死神与荣耀号吃晚饭。”

“就在我们的船舱里！”皮特也喊道。

岸上的三个孩子匆匆说了几句，提到要告诉巴拉贝尔夫人下次有空要上死神与荣耀号参观一下。

“好啦，”汤姆喊道，“但是他们俩得先告诉司令一声。”

“没错，”比尔说，“正好给我们留出时间。”

“我们请客，”乔说，“请些什么呢？”

“罗伊商店里应有尽有……蘑菇汤什么的……味道可好了……还有牛排和腰子……汤姆有一次在小屋里招待过我们……”

“圣诞布丁！”皮特说。

“好呀！”比尔说，“真好，我们一定要办得体体面面的。”

死神与荣耀号此时正缓缓驶向码头。

“喂，”正在掌舵的乔喊道，“加内特爵士号把我们的位子给占了。我们只能在它前面靠岸了。准备好降帆。等等……没关系。等停好了再降吧。潮水已经涨起来了，转向其实更方便。”

加内特爵士号是河上行驶得最快的商船。船长是吉姆·伍德尔，大副是老西蒙，他们都是死神与荣耀号的老朋友了，和汤姆·达钦也很熟。毫不夸张地说，这条河的上下游到处都有黑鸭子俱乐部的成员，加内特爵士号也经常拜访这些地方。吉姆·伍德尔刚刚关上舱门，手上拿了只小包，而大副老西蒙正用力将拖在船尾的崭新草绳拉出水面，卷起来。两个人都挥手致意，死神与荣耀号也举手还礼。

男孩们把死神与荣耀号开到码头，停在加内特爵士号旁边。吉姆·伍德尔正从船上下来。

“我们坐公共汽车去罗克瑟姆，”老西蒙说，“明天早上再出航。”

“你们去哪儿呢？”比尔问道。

“雅茅斯。”

“这绳子真漂亮。”乔说。

“新的才不好用。”老西蒙说，他把最后一段绳子绕好，“好啦，我也要走了。麻烦你们帮我们留点心，别让人骚扰这艘船。”

“有我们在，没人敢动这艘船。”乔说道。老西蒙下了船，往他的农舍小屋走去。

“来吧，皮特。”比尔说，“我们得抓紧了，商店可要关门了。乔，你也快点。”

乔最后瞧了眼死神与荣耀号的系绳，又把船尾的一根缆绳微微松开，将船头的一根缆绳系紧，再拖动另外两根绳子。

他们穿过马路朝商店走去。可就在这个当口，乔治·欧顿和他的朋友突然骑着自行车冒了出来。

“这么说，你们又来了？”乔治问。

“又有船被人放漂了？”比尔问道。

“你们又不在，谁来放船？除非是小汤姆。”乔治·欧顿说道。

“有我们盯着，不大可能。”乔治的朋友说。

他们骑上自行车走了。

“你应该说点什么才对。”乔说。

“呵，没事。”比尔说，“快点。乔治·欧顿算什么东西？我们现在先去哪儿？”

“罗伊商店。”皮特答道，“我们要在大伙儿来之前，把所有的东西准备好。”

他们走进罗伊商店，感觉自己好像是百万富翁。以前他们口袋里有点小钱的时候，要在橱窗外看上好久，掰着指头算着这钱该怎么花。要是买了香蕉，就只能牺牲巧克力，要么就不买香蕉，买好久没吃过的水果罐头。今天就用不着思前想后啦！他们脑子里的目标就只有一个——准备黑鸭子俱乐部的盛大晚餐！

“蘑菇汤，”皮特说，“他们三个人，加上我们三个人，估计得买上三罐才够。”

“牛排和腰子，”乔说，“需要一罐大的。”

“要不要再来几罐豆子？”比尔问。

“圣诞布丁，”皮特说，他拿起一罐，大声读出标签上的说明，“‘加满水，煮沸半小时。’这好办，跟牛排和腰子一个做法。我说，比尔，我们要不要点火？”

“点火好办。”比尔回答道，“要不要来点洛根莓？再多要点牛奶巧克力，就像上次在阿克莱桥他们招待我们的那种。”

他们在商店里逛来逛去，研究着架子上琳琅满目的罐头食品，这些罐头都是为夏季来此租船度假的游客准备的。他们读到告示：“任君挑选，未开封食品可申请退货。”男孩们脑袋里最后一丝节俭的想法也因此烟消云散。“皮特，继续挑，”乔说，“你想要什么就拿什么，通通拿到柜台去。”

柜台上的罐头越堆越高。牛排和腰子、炖牛尾、腌牛肉、豌豆、青豆、梨子、桃子、橘子和草莓果酱、浓缩牛奶、可可粉、原味的和坚果味的巧克力，还有一打姜汁啤酒。店员和他们很熟，看着这么多东西都开始琢磨男孩们是不是在跟他开玩笑。

“这么多东西，你们谁来付钱呀？”店员问道。

“我们有钱。”乔一边说，一边掏出他那张十先令的钞票。

“那就没问题了。”店员说，“你们的船来了没有？”

“我们刚刚把它系上。”皮特说。他不明白店员为什么笑。

他们满载而归地回到死神与荣耀号上。比尔给炉子生火，把炖锅里

的水煮沸。接着，他蹲在炉火旁，点着汽化炉，搁上一壶水。他们把新买的东西一一放进碗橱，只把晚宴需要用到的东西留在外面。他们发现口袋里的手电筒没电了，赶紧派皮特回商店去买电池。等他回到船上，乔正在搭桌子。这张老式折叠桌原来是一艘出租游艇上的，坏了就被扔了出来。如今乔把它修好了，又成了死神与荣耀号上另一个值得骄傲的物件。搭好的桌子几乎占满了铺位的整个空间。

“这桌子看上去还挺好的。”乔说，“等他们来了，我们就安排他们坐在这里，这边坐两个，门口那边再坐一个。我们就坐在靠炉子的这一边，拿东西方便。”

“黑鸭子永远在一起！”客人们已经在码头上叫喊了。

“永远在一起！快进来吧！”

“我说呀，”桃乐茜说道，“这艘船真可爱。我们都快认不出来了。瞧，有实实在在的铺位，还有只炉子！真难想象你们是怎么做到的。”

“炉子原来可差劲了，”皮特说，“好在我们搭好了烟囱，否则这烟直往上冒，火星总落在甲板上，要是变了风向，倒灌的烟气可把我们熏得够呛。现在涂成绿色还不错，谁也看不出这儿有只烟囱。”

“看上去真棒，”桃乐茜说，“我也很喜欢你们橙色的窗帘。”

“我妈妈做的。”皮特说。

“快进来，”乔说，“你们走这边。来看看我们的橱柜怎么样，还不错吧？”他把橱门打开，排列得整整齐齐的罐头便呈现在眼前，“迪克，进来吧，你坐在桃乐茜旁边。汤姆靠门坐……”

“那是什么？”皮特问。

“照相机。”迪克一边说着，一边把照相机晃来晃去。

“你最好把它挂在钉子上。”乔说，“你们来了多久？还准备去那艘老起绒草号吗？”

“这次不去了，”桃乐茜回答，“司令忙着画画，但我们准备和汤姆乘着山雀号起航。”

“我们明天要去兰沃思。”汤姆说，“我们刚才和司令说过，迪克和桃乐茜明天要来我家吃早饭，这样我们就能早点出发。”

“我们要拍照，”迪克说，“司令让我把浴室改造成暗房。我说呀，我要给死神与荣耀号拍张照片。我们还要在这里过完暑假。到了复活节我们还要来，给这儿所有的鸟巢都拍照。”

“他最近一直在练习，”桃乐茜说道，“他现在甚至会在黑暗中照相了。”

“用闪光灯，”迪克解释道，“但是我现在还不是很熟练。”

“你的小说写完了吗？”皮特问道，“关于水上‘逃犯’的？”

“完成一大半了。”桃乐茜说。

“进来坐下吧，汤姆。比尔在准备汤。”

汤姆坐在驾驶舱的地板上，把脚伸进船舱里，一站起来又撞到了头，绕弯进了门口的角落。比尔忙着照看两只生火的炉子，他把豌豆汤倒进三只杯子和三只碟子。乔拿出六把汤勺，五把是好的，剩下一把磕坏了柄，坏了的就留给自己用了。皮特则在切面包。

比尔急着喝汤，结果烫到了舌头，从热水里取牛排腰子布丁罐头的时候，不小心又烫到了手指。他想用一把钥匙开罐头，结果把钥匙弄弯

了，只好改用开罐器。

“哎哟！”比尔扭动着弄疼的手指，喊道。

“把它们舀到黄油里面。”汤姆说。

乔拿出三只盘子和三只碟子，用来装牛排和腰子。比尔这次终于比之前成功了些，一连打开了两罐青豆。

“我说，”汤姆心中有数，死神与荣耀号上的船员大多数时候都是靠面包和奶酪充饥的，“你们这次可是花了血本啦！有人过生日吗？”

“啊哈！”乔说。

“我们有好多钱，”皮特说，“都是挣来的。”乔瞥了他一眼，他马上不作声了。

“那些被放漂的船只可是引来了不少流言蜚语，”汤姆说，“昨晚大家还巡视河道了。泰德先生老是纠缠爸爸，都是因为那个该死的乔治到处在说看到我们试图解开缆绳。”

“好在后面没出事。”乔说。

比尔正在观察渐暗的天色，出于某种原因，他正盼望着黑夜的降临。此时太阳已经落山了，黄昏来临，船舱内却不像他意料中的那么昏暗。

“皮特，别狼吞虎咽的，”他说，“有的是时间。”

大家都听从了建议，慢条斯理地吃着饭。炉子上的炖锅不断地往外冒着热气。他们谈起复活节假期时，玛格丽塔号上的船员疯狂追逐汤姆的事。他们谈起山雀号和死神与荣耀号结伴出行的打算。他们说起人们把船系好、船又被放漂，把责任推到无辜者头上的愚蠢行为。他们谈起双胞胎姐妹“左舷”和“右舷”被送到巴黎上学的事情。他们谈起明年即将到来的美好时光，说到鸟儿们筑巢的时候，黑鸭子俱乐部有了迪克和他的相机，就能把河上所有的鸟巢拍成照片集，制作成鸟巢目录了。

天色越来越暗。

“灯笼呢？”皮特问。

“马上就好。”比尔说。他手里拿着一只大罐头，在使用开罐器的时候，罐头外的抹布总是滑脱，烫伤了手指。

“你都看不见自己在干什么。”汤姆说。

“乔，你把盘子上的油污擦掉。”比尔说。他打开罐头，把里面黑乎乎的东西全倒进了煎锅里。

“要不要用我的手电筒？”迪克问。

“不用了，谢谢。”比尔说着，背对着大家，把煎锅放在炉火上。

他们听见比尔划火柴点炉子的声音，但是比尔背对着他们，看不见他在干吗。他们听着比尔划了一根火柴，接着又是一根。

“比尔，怎么了？”乔问道。

“没有，一切正常。”比尔说，“你们就不能耐心点吗？”

又一根火柴在火炉前被划亮，然后熄灭。片刻的黑暗过后，他们听到液体从瓶子里倒出的咕咕声。

另一根火柴点亮了，一会儿比尔退入船舱，把圣诞布丁放在一片蓝色的火焰之中。

“这个怎么样？”比尔问。

“我说呀……”迪克说。

“我觉得很可爱。”桃乐茜说，“你该不会把火焰弄得到处都是，把每

只盘子都点着吧？”

比尔犹豫了片刻。

“还是不要了，”他说，“等火熄灭吧。”

他把盛着“火焰布丁”的煎锅放在桌子上，转向灯笼。明亮的灯笼挂在舱顶下的钩子上。此时，布丁周围一圈蓝色的火焰逐渐收窄、熄灭，又再次燃起、熄灭。酒精的气味清晰可辨。

比尔把布丁切开，往三只盘子和三只碟子里分了分。他紧张地观察着客人们的脸色。

“布丁要多加糖。”他说道。

大伙儿自己动手往布丁里一次次地加糖。最后，每一份布丁都被吃得一点不剩。

“刚才的火焰真漂亮。”桃乐茜说。

“窍门就在这里，”此时的比尔大松了一口气，“先加上酒精，再点火。”

他们先喝了姜汁啤酒，然后是橘子汁，把酒的味道都冲下去。虽然多加了糖，但是布丁里还是有点酒味。在场的所有人都一致认为这场晚宴堪称一流。

比尔刚传递完一包糖果，大伙儿叽叽喳喳说个不停。就在此时，船舱顶上突然传来一阵敲击声。

“是谁呀？”乔喊道。

汤姆坐在门口，把头伸进外面的夜色中。

“不，我不是来找你的。”是警察泰德先生，“我来找小乔和那几个孩子。”

客人们坐在门口，死神与荣耀号的船员们都出不来。迪克和桃乐茜来到驾驶舱，来到汤姆旁边。

“不，也不是你俩，”泰德先生说，“很高兴看到你们回来。”

乔弯腰经过一个铺位，比尔经过另外一个铺位，皮特已经到了门口。

“现在，小乔，”泰德先生说，“你昨天晚上不在这里。”

“不在，但昨天晚上没有被放漂的船只，乔治·欧顿说的。”

“这里的确是没有。”泰德先生说，“你们昨天晚上在哪里？”

“在波特海姆桥上游。”

“啊，”泰德先生说道，“我听说你们在那儿，你们放漂了多少船？有消息说昨天晚上波特海姆桥下被放漂了六艘船。”

“我们没有动过那些船。”乔说。

“你们就在那儿，”泰德先生说，“我跟波特海姆那儿打过电话，你们早上还在那儿。”

他离开了，径自往下走去。黄昏时分他的声音显得格外清晰：“他们就在那里，没错，谢谢你告诉我。”

“谁跟他在一起？”比尔问。

“只有乔治·欧顿。”汤姆说。

“又是他。”比尔说。

“可他们没法怪到我们头上，”皮特说，“我们从来没去过桥下，也从来没动过波特海姆的那些船。”

“别说波特海姆了，其他船我们也没动过，”乔说，“但是泰德先生认

为是我们干的。”

欢快的聚会顿时没了气氛。

“只是运气不好罢了。”汤姆说。

“实在是太不公平了。”迪克说。

“我们的爸爸会叫我们别去河上。”比尔说。

“噢，他们不会的。”桃乐茜说，“你们又没做过什么坏事。”

“那没有什么区别。”汤姆说。他跟乔、比尔和皮特一样，都清楚造船工的想法。不仅泰德先生和乔治·欧顿，所有人都习惯沿着河岸系船，相信谁也不会动船。因此，就连巴拉贝尔夫人都一度怀疑他们干了坏事，连汤姆的父亲也是。

“他们必须移民。”桃乐茜说。

“什么？”比尔问。

“受到迫害就移民呀。当初五月花号[①]就是这样出发的，结果就建立了美国。我们一起去兰沃思。你们可以藏在那里，就像汤姆逃亡时那样。”

“我们行吗？”皮特怀疑地说。

“无论如何，我们明天都要出发。”汤姆说，“我们在山雀号上吃早饭，顺便等你们。”

“照我说，”桃乐茜说道，“我们应该回家。我们今天刚到这里，司令让我们明天早饭前过去。”

---

① 五月花号（The Mayflower），历史上第一艘载着移民从英国前往美国的船只。清教徒们为逃离迫害，登上此船，离开英国。

死神与荣耀号的船员们在收拾餐桌，此时的气氛有点沉闷。

“要是我没钓到那些鱼饵就好了。”皮特说，“没钓到那些鱼饵，抹香鲸号就不会拖着我们走，那些傻瓜放漂船只的时候，我们就根本不会待在波特海姆了。”

他们折叠起桌子，物归原处，开始准备过夜。

最后时刻，乔有了个主意。

“快来，”他说，“不能让加内特爵士号被放漂，我们过去看看它的尾绳。”

“谁也不会动那艘船的。”比尔说。

他们仨爬上码头，在黑暗中一路摸索下面大船的系船索。每一根系锚索都牢牢地系在锚环上，结结实实地打着水手结。

“一切正常。”乔说，“吉姆·伍德尔永远不会打松结。我只想确定，我们走后没有人在附近暗中捣乱。”

在黄昏的微光下，可以看到加内特爵士号巨大的桅杆临空耸立。他们依稀可见码头边又长又矮的船身，现在感到好受些了。加内特爵士号是大河上最出色、最著名的小船。无论其他人怎么想，吉姆·伍德尔船长仍然是他们的好朋友，再说了，老西蒙大副要求他们帮忙看船，说明男孩们是值得大伙儿信任的。

“一切正常。”乔又说，“快点，小皮特，我们答应过你的妈妈，你可要按时上床睡觉。”

半夜里，皮特从炉火前的铺位上爬起来，把手伸进甲板下面。

“怎么了？”比尔睡眼惺忪地问。

“我做梦了。”皮特飞快地回答，“我梦见我们把老梭子鱼系在船尾。它拼命拍打尾巴，把我打翻了。它的脑袋摆来摆去，眼看就要挣脱。我抓住铁环，但还是拉不住，它扭来扭去的。我还看到绳索从我手里滑脱了……”

“别说了。”比尔说，“你肯定是布丁吃多了吧。”

第十章

达钦医生家的早餐

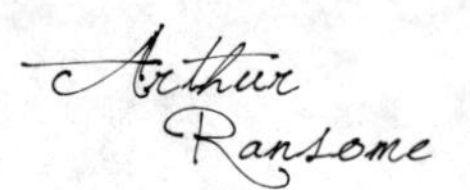

早餐的铃声响起时，迪克和桃乐茜正从屋角走来。汤姆连下了八级台阶，在大厅里跟他们会合。

“汤姆！”他妈妈从餐厅里叫道。这时，他刚到一楼，脑袋最后撞了一下。

“没事，妈妈，谁也没有听到。”病人通常不会在早餐前就来看医生。

“我呢？”他父亲说，“还有我们的宝宝？总有一天你会自己扭伤脚踝的，要我给你免费治疗是吧？哈啰，两个孩子。很高兴见到你们。”

不一会儿，所有人都坐在了自己的麦片粥前。达钦太太倒咖啡时，宝宝躺在屋角小床上，向父亲微笑，嘴里还吹着泡泡。他比春天时又长大了许多。

“你们说要去哪儿？”达钦太太问。

“兰沃思。”汤姆说，“黑鸭子俱乐部的探险之旅，死神与荣耀号也会跟着去。”

“对你那些小伙伴可要长点心眼。”达钦先生说，“昨天晚上你去睡觉后，泰德来过。他跟波特海姆的索宁先生通了电话。”

“可他们什么都没有做，”汤姆说，“完全是误会。他们只是在桥的上游停靠，在那儿过夜，昨天就回来了。他们从来没有动过别的船。”

“索宁先生的说法完全不一样。”他父亲说，“他说，有人看到他们穿过波特海姆桥。这没问题。可是天黑以后，河上没有人了，他们下来

放漂了六艘系好的船。那天早上码头上的人都在忙着把船给弄回来，这三个孩子却都不见了。后来，他们就被一艘摩托艇给牵走了，拦都拦不住。”

“我敢发誓，他们从来没有动过别的船。”汤姆说。

“警察告诉他们时，他们自己都大吃一惊。”桃乐茜说。

“我觉得他们不是那种孩子。”达钦太太说。

“我也不相信。”达钦医生说，“但你得承认整件事情非常滑稽。一次巧合倒也罢了……可是三次！”

“但是您看，爸爸，”汤姆说，“我之所以确信他们没有放漂游艇或是码头上其他的船，是因为他们发现游艇时，我也在场。要不是乔治·欧顿看到我们把船拉回来、在那儿系船绳，没人会相信我们和这件事情有关系。”

“是啊，我知道。”他父亲说，“可那天晚上被放漂的其他船只呢？每一次有船被放漂的时候，他们都在现场。他们到了波特海姆，那儿就出同样的事情。汤姆，你知道，我心里总会不自觉地想起你放漂的摩托艇。我也难免认为他们像你一样，根据自己认为正确的原则行事。”

“但您自己说过，”汤姆说，“当时我别无选择。玛格丽塔号恰好停在我们的黑鸭子的鸟巢顶上。黑鸭子妈妈……”

“陈年旧事就别多说了。”达钦医生说，“但你要对这些孩子长点心眼，提醒他们放漂船只可不是闹着玩的事情。”

达钦太太转移了话题，问他们去兰沃思干什么。迪克吃早餐时把照相机挂在椅背上，告诉她，他们要去给几只旧鸟巢拍照作为练习。这样，他们以后给鸟巢里栖息着的鸟儿们拍照时才能得心应手。

他们喝完了粥，又开始忙着吃培根和鸡蛋。达钦医生照例一边吃早饭，一边看报纸。他突然笑了起来。

“又是和你的黑鸭子们有关，”他说，“听听这个。有人一定是气坏了，给报纸写了这封信。”

他大声朗读起来：

尊敬的先生：

迄今为止，贵市的名声一直良好——除了一座海港小镇，我不需要说出它的名字。而这座城市由于其优秀、热心公益的市民，已经为掩盖某些有污点的人的行为做了很多工作。不过，最近我明白，我只是许多流氓行为的受害者之一，这种行为正困扰着一个曾经以文明的便利设施而闻名的地区。曾使船民受益的设施如今却化为噩梦，一艘又一艘的船在合法停泊之处被肆意放漂，造成全方位的损失。我获悉，众所周知，这是一帮打着无辜幌子的男孩所为，他们的名字是众所周知的，却能够不受阻碍地继续其卑劣的活动，这是对我们所谓的警察的极大讽刺。请允许我建议，他们应该把更多的时间投入到他们的工作中去，而不是沉迷于在农业展览会上赢取奖品。

您卑微的义愤填膺者

“这是在攻击可怜的老泰德，”达钦医生说，“他在农业展览会上拿过

银奖对吧？我想，这位‘义愤填膺者’的意思并不是说男孩们精通园艺，而是话里有话，讽刺警察。”

“我真想知道这位‘义愤填膺者’是谁。”达钦太太说。

“他不可能是波特海姆的人，”汤姆说，“因为波特海姆昨天早上才出事。他可能是那艘卡在树上、被我们救出的游艇的主人。他应该好好感谢黑鸭子俱乐部，而不该批评我们。”

“好吧，”达钦医生说，“他自然知道如何把这件事情炒热。用奖牌的事情刺激泰德，准会把他气得七窍生烟。”

“爸爸！”汤姆叫道。

达钦太太笑了起来，桃乐茜也放声大笑。达钦医生说这是玩笑，他没有恶意。

“这个段子不错。”桃乐茜说。

“谢谢夸奖。”达钦医生说，“我们现在先不管这位‘义愤填膺者’的说法，他的措辞我们倒是可以欣赏一番。桃乐茜，来点烤面包，要不要加点果酱或是蜂蜜？‘所谓的警察’也说得很妙。我想接下来你们会发现泰德先生到处传唤别人……”

“噢，不，爸爸，”汤姆叫道，“他不能这样。您要去制止他。他们什么都没有做，就是运气不好，出现在别人放漂船只，或是没有系好船只的地方。”

“泰德先生找不到证据，不会传唤人，”达钦医生说，“这一点你可以放心。但我可不能保证他真的找不到证据。再说不光是泰德在追踪他们。如果他们……”

“他们没有。”汤姆说。

“如果有人在波特海姆放漂索宁先生的船，他不会坐视不管的。你也知道他的律师是什么来头。”

“不是弗兰克叔叔吗？”汤姆问。

“就是他，弗兰克从不手软。如果索宁先生去了‘法兰德、法兰德和法兰德’公司的办公室，那他就是下定决心查明真相了。”

“但他拥有‘左舷’和‘右舷’，她们也是黑鸭子俱乐部的成员呀。他应该知道死神与荣耀号不会干这种事情的。”桃乐茜说。

“他对你那些小朋友的看法又不一样。”达钦医生说，“我们就希望他们不会陷入什么新麻烦吧。他们现在在哪儿？”

“在码头。”汤姆说，“要不就在去码头的路上。我们打算一起去兰沃思。”

“码头还有其他船只吗？”达钦医生问。

“没有，”汤姆说，“没有小船，只有加内特爵士号，没人敢放漂它……”汤姆突然停下来。他从餐桌边的位置向窗外望去，那里是河畔的草地。草地一侧有灌木丛，他看见有什么东西在灌木丛上方移动。

“它正往下游驶去。”他说，“比尔告诉我，老西蒙说他们今天就要穿过雅茅斯一路顺流而下。他们肯定有什么安排，不走上游。我刚好可以看到船上的风信旗露出树顶。你们马上就会看到船。它来了……快点，爸爸，快！”

达钦医生几乎跟汤姆同时出了门。如汤姆所说，加内特爵士号正往下游驶去。可是，船上空无一人，无人掌舵，显然是在漂流。船上的鱼

叉和大黑帆仍然跟昨天晚上一样。没有了任何控制，它正自个儿沿河奔流而下。

汤姆和他的父亲急速跑过草地。迪克和桃乐茜跟在他们后面。达钦太太从窗口观察他们。

“它快要靠岸了。”汤姆说，“它就要碰上了……它会……”

船头突然传来一阵长长的碰撞声，随即转向上游而不是下游，撞在草地沿岸的木桩上。就在撞船的同时，汤姆跳上甲板，他的惯性让船又滑进河里，继续漂流，越来越远。

“汤姆，稳住！”达钦医生叫道，“别往回跳，赶紧俯下身子！”

不过，汤姆没去理睬。达钦医生懂得钓鱼，汤姆却是一名水手。他已经看到加内特爵士号的系船索在船头晃来晃去，就收回缆绳，尽快在胳膊上卷起来。再远五米可能就来不及了……又过了三米。“迪克，闪开！”他叫道，“爸爸，接住！”他一挥手，那卷缆绳从胳膊上解了开来，飞向空中。达钦医生接住缆绳。

“拉住，爸爸，拉住……绕在那根杆子上……松手…爸爸，干得好！”

顺流而下的小船分量不轻，很难拉住。达钦医生靠着标杆才把它拖住。但他没有绕绳子，而是放松了一两米。然后，船头摆动起来，再一次对准沿岸的木桩。汤姆跳上河岸拉船，迪克和桃乐茜也来帮忙。四个人一起用力，船终于停了，最后再把船系好。要是晚一分钟发现，一切都会完蛋。真是差一点就来不及了，船要是漂出了黑鸭子俱乐部的河岸，他们就没有第二次机会了。

“好吧，”达钦医生说，“有一件事我很高兴。我亲眼见证了你、迪

营救加内特爵士号

克和桃乐茜跟放漂无关。但其他人呢？要是我今天把所有黑鸭子俱乐部的成员请来吃早饭，而不仅仅是你们仨，我倒想看看这艘船还会不会被放漂。”

“我肯定他们没有动过船。”汤姆说，“乔兴高采烈的，因为老西蒙托他帮忙看船。”

“但是船跑到这里来了。”达钦医生说。

“天哪！”汤姆说，“看看这情形！我得驾驶起绒草号去一趟码头，告诉他们船漂到我们这里来了。”

“快点去，”达钦医生说，“越快越好。你就能发现你的黑鸭子们到底在干什么。如果老西蒙或是伍德尔在附近，给他们带个话。尽你所能把事情办妥。”

汤姆正要出发时，向河上瞥了一眼。一艘小艇沿河而下，有两个人在上面。从他们拼命划桨的动作，任何人都能看出他们很着急。

“是吉姆·伍德尔。”达钦医生说。片刻后，船主面红耳赤地在草地边停下小艇，跳下船来。大副老西蒙跟在他身后。

“这是什么鬼把戏？”吉姆愤怒地说，“我知道你们放漂了玛格丽塔号，可为什么要放漂加内特爵士号？我们干了什么事，你们要这样捉弄我们？”

“冷静点，伍德尔，”达钦医生说，“汤姆正在吃早饭，看到船漂下来，赶紧跳上船帮你系好，你应该感谢他才是，他跟放漂船只一点关系都没有。”

“那就是那些孩子。”船主说，“他们的爸爸应该好好揍他们一顿……

老西蒙，你把后缆绳搁哪儿啦？”

“我卷在一起放到舱顶上了，”老西蒙说，“你看见我收拾的，也真是见鬼了……”

他们这样上上下下，把全船查看了一番。大卷的新绳子不见了。

“可能滑出去了。”吉姆·伍德尔说，“他们是造船工的儿子……应该让他们坐牢……那卷新绳子有四十寻[①]长。”

“它会浮在水面上的，对吧？”汤姆望着下游说。

“用不了两分钟，没人能看见了。”吉姆说，“真是见鬼，那是我刚买的绳子……”他把加内特爵士号找了个遍也没找着。老西蒙拿着刷子上船，急着查看船的另一侧。

“没有损坏，”达钦医生说，“也许需要上点油。它好像撞歪了岸边的木桩，但所幸没有什么更糟糕的损坏。”

“它在哪儿都不会无缘无故受伤。”老西蒙重新上岸，说道。

“那可不是那些孩子的功劳。”吉姆·伍德尔说，“小汤姆，你去那些坏孩子那里，好好教训他们一下。”

“还有那些谎话真是太扯了，就像乌鸦叫。”老西蒙说。

吉姆瞪了他一眼。“你刚才不是上船了吗？”他说，“现在上来吧。解开船头绳，我们开船上行。我们要去雅茅斯，在那里也许能找到绳子。我们会经过诺里奇，可以带话给那些年轻人。这里从来没有过这样的事情。等我们回来……泰德干什么去啦？‘警察署’那块牌子挂在他门口难

---

① 寻，英国测量水深的单位，1 寻约为 1.85 米。

道就是摆设？离码头明明近得很。加内特爵士号都被放漂了，这个国家还有没有王法啊！”

他突然平静下来。

“好吧，汤姆。”他说，“医生能为你说话，我很高兴我错了。我看到你和船，才明白这一点。谢谢你好心拖住船，要不然它现在可能已经漂到渡口了，一切损失就都会落到我头上。对不起，医生，我本来早该明白不是你儿子。但我要是在码头遇见他们三个孩子……西蒙，动手吧……”

“我非常确定不是他们干的。”汤姆说。

“我也相信不是他们。”桃乐茜说。

迪克焦急地擦擦眼镜，重新戴上。“他们为什么要这么做？”他问。

“捣乱呗。”吉姆·伍德尔说，“他们会说是我自己放漂的。如果不是他们，还能有谁？等我回来的时候……西蒙，慢一点……好了，出发……”

加内特爵士号摆动船头，在河流中绕了一个大圈。老西蒙上了船，转动绞盘。吉姆·伍德尔解开系在草地标杆上的尾缆，拉上船，握住舵。大黑帆被升了起来。钓鱼用的挽钩一边摇摆，一边升起。河上最快的小船加内特爵士号上路了。

草地边的几个人目送它离去。

“好吧，汤姆。”达钦医生说，“吉姆·伍德尔心情不好可以理解，这件事对他来说大概相当严重。他看着这些孩子从小长到大，你看看他现在对他们是什么看法。”

“可他一开始还以为是汤姆干的，”桃乐茜说，“我们知道事情不是这样的。”

“你是说，一次弄错了，第二次也弄错了？”达钦医生说，“好吧，但愿是搞错了。你的黑鸭子俱乐部应该不容怀疑，但我担心的就是他们真的做了坏事。如果是他们拿了伍德尔的绳子……嘿，说曹操曹操到，他们几个小逃犯来了。我把他们留给你审判……”

“可他们不是逃犯。”汤姆说。

“那就最好把事情弄清楚。”达钦医生说，“我要回去工作了。我可不想问了个问题，结果听到的都是谎言。”

“他们不会撒谎的。”汤姆说。

“我不会给他们撒谎的机会。”他父亲说，“但你最好跟他们认真谈谈，弄清楚到底有没有他们的事。”

他回屋去了，把汤姆、迪克和桃乐茜留在水边。他们看着死神与荣耀号顺流而下，没有扬帆，而是比尔和乔在划桨前进，两人站在驾驶舱里，分别负责一支船桨。与此同时，皮特坐在舱顶前端，用手托着脑袋。

“他们看上去很不开心。”桃乐茜说。

第十一章

“我们要移民了”

乔和比尔上气不接下气，说不出话来。皮特咬着嘴唇，装出一副根本不在乎的样子。这时，死神与荣耀号绕过医生家的草坪，汤姆和迪克接过绳子。

“发生什么事了？”汤姆问。

“有人趁我们睡觉的时候，放漂了加内特爵士号。”皮特说。

“皮特第一个醒来，”乔说，“他叫道，船不见了。”

“于是我们就起来查看，”比尔说，“但我们想不出理由，船无声无息地就不见了。你们刚走，我们就查看过，那个时候船系好了水手结，看到它安然无恙我们才进船舱的。”

“我们自己都一头雾水。”乔说，“我们那时候刚吃好早饭，就听到老西蒙在码头上喊，问吉姆有没有给他捎个消息。然后吉姆·伍德尔来了，一见船没了，简直六神无主。然后他就以为是我们干的，朝着我们咆哮。有人去找了泰德，他们都在叫嚷，说要把我们赶出河面。乔治·欧顿喋喋不休大肆宣扬他上次看到我们放漂船只，就是我们系船那一次。乔纳特的船夫也在掺和摩托艇的事情。有人说，去找他们的爸爸。比尔对我说，我们最好避一避。于是我们就解缆绳，准备出发，可有人抓住我们的船，不让我们走。吉姆·伍德尔叫嚷着追问我们放船时是涨潮还是落潮。我们说我们根本没有放船，马路对面商店里的人都能听到叫喊声。我们的爸爸不在附近。我们不管说什么，都被叫喊声淹没了。最后，送

牛奶的小菲尔从车上下来，说他看到船顺流而下，应该没有漂出多远。吉姆和老西蒙赶紧上了一艘小艇去追。吉姆说，等他回来再跟我们算账。

“然后我们又想赶紧离开，但几个人抓住船不放。有人叫嚷着问我们去哪儿。我们说，只是跟你们去兰沃思。我是朝着乔治·欧顿说的，也只有他会为我们说话。他说让我们走吧，我们在兰沃思离开了河道，害不了人。他们又开始吵个不停，我们抓住机会起航。我们开走时，他们还在吵来吵去。”

“我们没法在河上活动了。”皮特无奈地说，“可我们什么都没做。”

“你说得没错，我们要移民了。”比尔对桃乐茜说。

达钦太太抱着孩子，穿过草地，来到水边。

“把事情的来龙去脉跟我讲讲吧。”她说。

“昨天晚上汤姆回家后，我们查看过绳子。”乔说，“扎得结结实实，军舰都逃不了。今天早上它就不见了。人人都认为是我们干的，可我们什么都没干。”

“你们在试绳子紧不紧的时候，会不会把它给弄松了？”达钦太太问。不过，她看到他们的脸色，继续说：“当然不是你们干的。我忘了你们自己就是船主。吉姆·伍德尔认为你们放漂了他的小船，还拿走了他们的绳子。你们一点没有碰过，哪怕连不经意的接触都没有吗？”

“他的新尾缆根本没有丢！”乔叫道，“唉，绳子还是崭新的。他们昨天就用它拖的船，我们还看见老西蒙收绳子来着。”

“绳子不见了。”汤姆说。

逃离码头

“这儿又不是雅茅斯。”乔恼火地说，“我爸爸说，雅茅斯人会从婴儿嘴里抢奶瓶。这里可没有那种人。”

“他从来没认为我们拿了他的尾缆，”比尔说，“他从来没这么说过。”

“他到了这里登上加内特爵士号，才知道有这回事。”汤姆说。

“那他找到了？”乔松了一口气。

“船漂过去，正好被我们拦住了。”汤姆说。

“你们一开始发现船不见了，是什么时候？”达钦太太问。

“皮特第一个醒来。”乔说，然后他们又把整个故事讲了一遍。她静静地听着，不断地把手中的婴儿摇来摇去。

“对天发誓，你们真的跟这件事一点关系都没有吗？”他们讲到如何从码头艰难逃出的情形时，她问道。

“对天发誓，除了昨天晚上去检查船有没有系好，我们从来没有动过它。”乔说。

她瞧瞧比尔。

“对天发誓，不是我们。”比尔说。

她又瞧瞧皮特。

“对天发誓。”皮特说。

“我相信你们。”她说。死神与荣耀号三位船员的眼神就像感恩戴德的小狗。

“就是运气太差，”达钦太太说，“倒霉事全都凑一块儿了。你们现在打算怎么办？”

“黑鸭子俱乐部巡航兰沃思。”汤姆说。

“再也不回来了。”皮特说，“他们接下来就要后悔把一切都怪在我们身上了。”

“胡说。”达钦太太说。

“我们今晚在兰沃思停泊，”乔说，“回来没什么好处。”

“我们要移民。”比尔说。

“你们的妈妈知道吗？”达钦太太问。

“我们没有时间去跟她们说了。”比尔说，“我们刚才好不容易才从码头挣脱，但他们不会眼睁睁看着我们走掉。我们的爸爸说，别人都可以出船，我们为什么不可以？”

“吃的怎么办？”达钦太太问。

“我们储备充足。”乔想起装满食物的橱柜，情绪有一点好转。

“现在，你们看，”达钦太太说，“我待会儿要到村里去。我去找你们的妈妈，告诉她们你们去哪儿了。码头上的人现在都被灌输了错误的想法，你们躲一躲也许更好。不过尽可能不要卷入其他麻烦。迪克和桃乐茜晚上可以回巴拉贝尔夫人家，汤姆给他们领路。但我敢说，他们明天早上就会到下游给你们带去消息，他们会说他们打算去给旧鸟巢拍照，是不是？”

“纯粹为了练习。”迪克说。

“好吧，你们去吧。”达钦太太说，“我敢说，等不到吉姆·伍德尔回来，一切误会都会烟消云散的。”

“不单单是加内特爵士号，”乔说，“波特海姆也有些船被放漂了。他们也都怪罪到我们头上。”

“所有其他的船。”比尔沮丧地说。

“无论如何，今天就别想这些了。”达钦太太说，“快点，汤姆，还有你们两个，给山雀号弄点储备。你们的三明治准备好了。”

五分钟后，汤姆驾着山雀号驶出了草地后方那片黑鸭子俱乐部的堤岸。随后，轮到桃乐茜掌舵，汤姆和迪克升起船帆，他们在河上逆风前行，死神与荣耀号也随之起航。两艘船都扬起风帆，船头水花飞溅，黑鸭子俱乐部的六位成员上路了。春天历险以后，他们还是第一次一起出航。

船头噗噗作响，这乘风破浪的声音足以疗愈世间大多数的烦恼，如果近旁还有另一艘小船也发出这悦耳的噗噗声，那这天籁般的协奏更是能驱散所有的苦闷。

风儿朝向西南，让这两艘小船的航行之旅变得轻而易举，死神与荣耀号虽然陈旧笨拙，但仍然能保持同样的速度。然后，河流转弯，西南风变成了逆风，山雀号来回横穿河面，不久就到了前面。如果风向合适、河道宽阔，死神与荣耀号也能走得不错。但旧船龙骨又长又直，既不能逆风航行，又不能根据风向迅速调整方向，除了开满引擎外，别无选择。这意味着当乔和比尔操桨前行之时，风帆带的却是逆风。皮特坐在船尾边上掌舵，远离驾驶舱里的两位工程师。虽然皮特最近受到的打击比别人都大，但他现在也快活起来了。

“右舷引擎半速前进，”他叫道，“左舷引擎全速前进……看好了！比尔，你那样操控可要撞上堤岸啦……现在用舵没法控制……两台引擎全速前进。有了！我们赶上他们了。汤姆现在没了顺风的优势。加燃料，乔，放松点……左舷引擎半速前进。全速前进……嗨！汤姆，上了引擎我们也不赖吧。两台引擎，坚持住！我们马上就会有风的。比尔！比尔！全速前进！全速前进！要不然桨叶就会撞上渡口的铁链。我们赶上去了……等等……等等……那是什么？"

"汽船给帆船让路！"汤姆叫道，"当心！"

"两台引擎，都停下来！"皮特叫道，"全速后退！哇，就差一点点……"

山雀号从他们船头穿过，只差一两厘米的距离就碰上了。

"现在全速前进！"皮特叫道，"跟进跟进！下一次调向他们就要跟在我们后面了。"

"你来掌舵吧，求你啦。"掌舵山雀号的桃乐茜说。汤姆抓住舵柄，竭尽全力，绕到河岸一边，又滑行到另一边，没有偏离航线。但死神与荣耀号的引擎正开足马力，山雀号回到河道当中时，已经不是对准死神与荣耀号船头了，而是对准船身。两艘船一时间并驾齐驱。然后，随着引擎的一声怒吼，山雀号被甩在了后面。

"成功超越！"皮特得意扬扬地转过身说。

渡口下面的河道又变得弯曲起来。风又一次从河岸吹来。螺旋桨推动小船稳定地前进，比起划桨前行快得多了。

"螺旋桨就够用了。"乔和比尔谢天谢地，收回船桨，放在舱顶上。

"那儿是七号鸟巢。"桃乐茜叫道。一时间，他们想起了那个复活节假期，顿时又开始心烦意乱。汤姆放漂了讨厌的船员们系在这附近的玛格丽塔号，因为那些人拒绝移动泊位。如今人人都相信黑鸭子俱乐部再

次放漂船只，原因就在这里。

迪克的心思不在这上面。“拍张照片怎么样?”他说。但两艘船已经驶过去了。

“春天再来吧。那时，黑鸭子身上还长着白色羽毛住在里面呢。”汤姆说，“再说兰沃思的鸟巢多得是。”

到了下一段河道，死神与荣耀号又需要引擎出力。随后的一段河道，风直接朝着船尾吹来，他们从河中央向河边草地漂去，草地上散布着水鸡和黑羊。然后，他们又仔细调整方向，转了一个大弯，进入兰沃思湖区。在这里，引擎准备发动，好带着船穿越狭窄的河道。

“就是在这里，‘左舷’开始追寻白天鹅羽毛，引开那些讨厌的船员的注意力。”桃乐茜说，“下一个河湾就是当初司令的起绒草号停泊的地方，我们在那里第一次见到了死神与荣耀号。”

“那时我们还是海盗。”皮特有点不好意思地说道。

两艘船转入狭窄的水道，死神与荣耀号降下风帆，经过一两次的调向，汤姆的船也跟在后面。他们都在水道里放慢了速度。

“看上去要下雨了。”比尔眺望眼前越来越阴霾的天空，说道。

“看着没错。”汤姆说，“我说呀，我们没带雨衣。”

“雨还没有下，”迪克说，“有的是时间拍照。”

“我们回家可以换衣服。”桃乐茜说。

“下不下雨，我们都无所谓。”乔说。

“那你们的船舱呢？经得住下雨吗?”汤姆问。

“我们已经把所有缝隙都堵上了。”乔说，“上次下雨之前，我们就堵好了。只有皮特的铺位滴水，后来我们也补好了。”

“那次我头上跟水龙头一样。”皮特笑出声来。

在水道半路上，他们遇见两个人正在往芦苇船上装芦苇。他们等在旁边，汤姆将山雀号划到一边，好让迪克拍照。

“焦距十五米，”迪克大声说道，准备好照相机，“曝光五十分之一秒……光圈值六点三……”

“你还没摁快门呢。”桃乐茜说。

“就是现在。”迪克说，他站在船上，按下快门，然后又匆匆坐下推入胶片，“我总是忘记这步，”他说，“结果我摁下快门，什么也没有。还有一件事，就是曝光以后要拉到下一张胶片。还有，记住胶卷要是已经拉上了，就不用再拉，免得浪费。”

“他拍的照片非常好，”桃乐茜说，“洗出来的都很不错。”

“给死神与荣耀号拍张照片怎么样？”汤姆说。

“等我们回到主河道再拍。”乔说，“等船扬帆航行时拍。”

现在，树林在两岸取代了芦苇丛。河道一分为二，一条用铁链封锁，通向某处私人水域，另一条渐渐变宽，通向开放的主河道。

“这里就是峡湾！”桃乐茜叫道，“那时山雀号就停在这里。汤姆深夜回来，我们看到那些亡命之徒孤零零的灯火。在这里，我们上了起绒草号。那儿是司令给我们刷上山雀号标志的地方。那里是兰沃思……”

主河道在他们面前渐渐展开。右边是树林和长满芦苇的群岛。兰沃思码头、旅馆和老啤酒屋在主河道正前方远处。小村庄在右边远处。老教堂的方塔尖耸立在树林上方。

风帆再次升起，风向平稳，码头水域开阔，无需担心河岸。迪克拍下了死神与荣耀号乘风破浪、全速前进的照片。拍照时乔掌舵，比尔操纵大桅索，皮特通过大望远镜眺望远方，仿佛他们在大洋上航行了一个月，第一次接近陆地。然后，汤姆竭尽全力赶了上来，死神与荣耀号则悠闲地拨浪前进。迪克把照相机递过去，然后大跨步跳到了另一艘船上，汤姆再次驶离。这样一来，乔、比尔和皮特可以从迪克照相机的取景器中看到那万物缩小的景象，然后迪克开始给山雀号拍照。桃乐茜手握舵柄，而汤姆躺在船底故意不出镜。拍好了这张，又轮到汤姆驾驶山雀号，桃乐茜不露面，迪克再拍照。不久，皮特看到一只凤头鸊鷉，于是乔使尽浑身解数驾驶死神与荣耀号，方便摄影师取景。然而，他们每一次靠近，鸟儿都会潜入水下，等到他们走远了再浮出水面。此时距离便太远，拍不了照片了。

“下次等到筑巢的时候，鸟儿多得到处都能拍到。”皮特说，“到时候我们只要安静地航行。你甚至可以走近去抚摸孵蛋的雌鸟。”

“不能划桨，那会惊扰鸟儿。”比尔说。

“扬帆可以，”皮特说，“黑鸭子也是这样，特别是那鸟儿认识我们，就更不会害怕。现在七号鸟巢就是这样。我们驶近时，它从来不会被吓到。”

“我们有没有机会拍到麻鸭？”迪克问。

“那要先找到它，”乔说，“但老巴特尔只要能不飞就不飞。它岿然不动，伸直脖子，扬起嘴。你就是在它跟前，距离跟你我一样近，都可以把它当成一丛芦苇。

“巴特尔是麻鸭的别名吗?”迪克拿出笔记本，问道。

乔看到迪克记下“巴特尔＝麻鸭”，不禁笑出声来。

“‘汉恩塞’是一种苍鹭，”他说，“‘法兰克’也是一种苍鹭……”

“你搅扰它捕鱼，就会听到它叫着‘法兰兰兰兰兰克’飞走了。”皮特说。

迪克忙着记下这些。

“我们要把它们全都拍下来，”他说，“把所有照片都保存在黑鸭子俱乐部的小屋里。”

“要是哪天黑鸭子俱乐部不复存在了，怎么办呢?”乔突然又郁闷起来，“如果河上没有我们，谁来监护鸟巢?乔治·欧顿会把麻鸭、莺儿和文须雀的鸟蛋统统卖掉，没有人会去阻止他。要是没人知道这些鸟巢的位置，又怎么去阻止他?”

“哈啰!汤姆回来了。”比尔说。

汤姆和桃乐茜早已把山雀号驶向主河道另一端，现在正乘风破浪驶回死神与荣耀号旁边。

“吃饭怎么办?”他靠近时叫道，“我们把船系在哪儿?”

“直接抛锚吧，”皮特说，“我们有泥底锚。”

“我没有。”汤姆说。

“那就拴在一起吧。”乔说，“公海抛锚。比尔，你去拿泥底锚。”

他跑到前面，降下风帆。比尔拿出沉重的泥底锚。他们把泥底锚系在缆绳上，越过船头慢慢放下去。泥底锚沉入主河道底部的软泥中。于是，死神与荣耀号在逆风中安稳地停止不动了。汤姆将山雀号停在旁边，

在兰沃思扬帆航行

把船系到一起。

“我说，”桃乐茜说，“这样比系在岸上好多了。”

比尔从死神与荣耀号船舱中拿出面包和奶酪。乔从后甲板取出一包黄油。汤姆递过去达钦太太准备的三明治和三瓶装在保温瓶里的热咖啡。皮特溜进船舱，从乔铺位下的储藏室里取出几瓶姜汁啤酒。

“我说，”汤姆说，“你们不该那样乱花钱。”

“我们有的是钱。”皮特说。

“再拿两罐梨罐头来。”乔说，“开罐器挂在烟囱后面的钉子上。再把我们的拉蒂放出来，让它放放风。”

杂七杂八饱餐一顿后，迪克给皮特的小白鼠拍了一张爪子捧着坚果的照片。然后，他们出发到芦苇丛中寻找旧鸟巢。不出所料，许多旧巢已经落入水中，或是四分五裂了。但他们还是找到了保存完好的黑鸭子鸟巢，好让迪克拍照。他们还给他指了废弃的鹏鹛巢，但已经丧失拍照的意义了。迪克拍了两张黑鸭子巢的照片，把不同的光圈数值和快门速度仔细记录到笔记本上。

“我说，”他说，“拍得够多了。我不能再多拍了，已经有七张了。”

“你拍了哪些？”

他让汤姆看笔记本上的记录：

（1）割芦苇的人和船

（2）死神与荣耀号的航行

（3）桃乐茜驾驶山雀号

（4）汤姆驾驶山雀号

（5）小白鼠

（6）黑鸭子巢：光圈值 6.3，快门速度 1/50 秒

（7）黑鸭子巢：光圈值 8，快门速度 1/25 秒

“天哪！”汤姆说，“我还以为你只拍鸟巢呢。”

“它们看上去不是很重要。”迪克说。

“那最后一张呢？”汤姆问，“一卷胶卷不是可以拍八张吗？”

“留一张今天晚上用，”迪克说，“给司令拍照。”

“那时就没有多少光线了。”汤姆说。

“我就是要天黑以后再拍。”迪克说，“所以我才把最后一张胶片留给她。这样我们上床睡觉以前，我就能洗出来。”

“用闪光灯，”桃乐茜说，“那玩意儿让粉末燃烧起来，光芒四射。”

“人们用它拍野生动物。”迪克说，“他们把照相机固定在有动物往来的盐岩或浅滩上，在黑暗中守着。等动物一来，他们就打开闪光灯拍照。”

“他只想把这个功能用在司令身上。”桃乐茜说。

没有了多余的胶片，他们继续航行。阳光仍然明亮，落下的雨让他们吃了一惊。

“这毛毛雨该不会越下越大吧。”比尔从死神与荣耀号上叫道。

“雨总归会停的，”汤姆说，“但眼下肯定会下大。当心点，我们还是进船舱等雨停，不要淋湿了。”

两艘船驶向码头，码头挡住了西南风带来的雨水。比尔和乔穿上雨衣，把两艘船都给系好。这时，山雀号全体船员都往死神与荣耀号的船舱躲去。就在此时，大雨倾盆而下，打在舱顶上水花四溅。不久，风渐渐停了，云层底部泛起一片光亮。皮特点起了炉子。黑鸭子俱乐部六个成员聚在舱内，从门口观看第一阵暴雨过后稀薄的雨雾，耳边响着舱顶流下的流水声。

雨终于停了。太阳重新从云后露了出来，驾驶舱在雨水冲刷过后闪闪发光，他们穿过潮湿的驾驶舱爬出来，站在码头上，俯视着这两艘经过雨水洗礼的船。

“它今晚就待在这儿，”乔说，“但我们先到处逛逛。我们可不想看到别的船被放漂，又赖到我们头上。”

他们沿着码头漫步，看到东岸停靠了两三艘船。都是小船，遮挡和挂靠都严严实实的。

“这里没有什么问题。”汤姆说，“我们到另一边看看。”

一片草坪从码头西岸延伸到了水边，这里是兰沃思人把渔船拖上岸放置的地方。这样的渔船大概有六艘，有些被完全拖出了水面，有些只是船头离开水面。所有的船都从船头拉出锚来，稳稳地扎进了草皮里。

“这儿的船不会无缘无故出事的，”汤姆说，“你们在这儿可以放心了。”

“估计我们整个假期都得留在这里了。”比尔说。

“这里值得观赏的鸟儿倒是很多。”迪克说。

“可是老待在一个地方！”桃乐茜说。

“总比让人赶上岸好。”乔说。

云层越积越厚，汤姆决定该回家了。他向死神与荣耀号借了一条毛巾，擦干山雀号上的座位。

“除非迫不得已，座位的确是要擦干了才能坐。”比尔说。“你们明天早上过来，对不对？”皮特问。

“我们一吃完早饭，马上就过来。”汤姆说，“我敢打赌，到那时加内特爵士号的事情已经水落石出了。”

“反正弄不清楚，我们不会回去的。”比尔说。

山雀号撑起风帆，把帆布上的水滴抖落下来。这一次轮到迪克掌舵。风从码头吹向主水道另一侧的岔口，死神与荣耀号船员清楚地看到它笔直驶出，只有两次因为看到鹳鹬而稍微拐了个弯。

“哈啰！”

刚进船舱的死神与荣耀号船员们听到有人来访，出门查看。

“哈啰，小罗宾，你来得太晚了。汤姆·达钦已经走了。”

“上船吧。”皮特说。

“别忘了擦擦靴子。”乔说。

小罗宾是黑鸭子俱乐部的小哨兵。他愉快地上了船，死神与荣耀号修了船舱以后，他就没有见过这艘船。这儿的一切对他来说都是新鲜事物，特别是炉子。比尔正在炉子上烧水，准备晚餐。他们还请罗宾吃巧克力，但一点也没有提到他们之前遭遇的种种。本来霍宁的事情已经够糟了，用不着让兰沃思人也开始议论。他没有待多久，雨又下起来了。第一滴雨刚刚落下，他们就听到有个女人的声音在呼唤小罗宾。

“小罗宾，你得走了。”比尔说，“那是你妈妈在叫你。”

小罗宾起身离去。

“你明天早上再来，我们带你航行。”乔说。

“对了，”比尔说，“让你妈妈给我们留些牛奶。”

“没问题。”小罗宾说，随即冒雨穿过了码头。

晚饭有可可、压缩牛肉、煮土豆，以及每人两只苹果。等他们吃完，雨也正好停了。他们上床睡觉前，先上岸在码头转了一圈。一切正常。临睡前，他们再次向外眺望。旅馆窗户里亮着灯。有人在唱歌，他们听到人们玩投掷游戏时欢快的喧闹声。

“一切正常，”他们收回视线，乔说道，“不会出事的。”

又过了一会儿，风吹过树林的声音将他唤醒，他又一次爬起来。最后一片云彩已经被吹散，夜空变得晴朗，空气凉爽。

“怎么啦？”乔回到铺位上时，比尔问。

“没事，”乔说，“只是风更大了。天哪，听听皮特这呼噜。”

第十二章

每况愈下

皮特渐渐醒来。光线从船舱窗口射进来，但他的铺位几乎没有亮光。皮特迷迷糊糊的。昨天和今天似乎交织在了一块儿分不清楚。他半梦半醒，仍然沉浸在昨天霍宁的喧闹中。他听到吉姆·伍德尔、泰德先生、乔治·欧顿和其他人一起吵吵嚷嚷。过了一两分钟他才发现没人在闹腾，只有乔和比尔规律的呼吸声，以及死神与荣耀号船尾微弱的流水声。唉，当然，他们不在霍宁码头，而在兰沃思，这里没有被放漂的小船给诚实的黑鸭子们找麻烦。

他拿起睡觉前放在身边的苹果，狠狠地咬了一口。他一边躺着吃苹果，一边想着汤姆会带来什么新闻。也许，现在放漂加内特爵士号的真凶已经现身，真相水落石出，再也不会有人向死神与荣耀号船员大吼大叫了。放漂别人的船这种事情，他们想也没有想过……即使想过也不会去做。想到死神与荣耀号走后，霍宁还会有新的麻烦，他就开始拼命地咬苹果。肯定有人向他们的爸爸告状。他爸爸绝不会相信他参加放漂小船或任何船只的事情，但乔和比尔的爸爸就不一定了。当然，乔和比尔的爸爸也可能会相信自己的儿子，却不一定相信皮特。如果他们三个人因此争吵起来，他们的妈妈也会有话可说。皮特最怕的一件事就是：即使黑鸭子俱乐部成员的父母们各持己见，但无论谁放漂了船只，他们都会认为避免麻烦最简单的方法就是让孩子们离开河面。这两天他们刚刚弄好船舱和炉子，本打算整个暑假和冬季的周末都在水上度过的。他们

也刚刚跟迪克和桃乐茜会合，死神与荣耀号和山雀号在一起有做不完的事情。接着，他又想到汤姆的父母。好吧，无论如何达钦太太总归相信他们是无辜的。

他吃完了苹果，弯下身把果核扔出甲板，又抬头看了眼天气。

夜晚的风比白天小多了，但仍然气势汹汹地吹过芦苇丛，从码头吹向河岸远方。皮特从温暖的铺位爬出来，站在驾驶舱里，摇得口袋里的钱币叮当作响。他知道天色还早。有多早呢？他回到船舱看了一下时间。可昨天晚上，乔忘了给这只老钟上发条了。皮特向码头对面望去，太阳正在升起。昨天刚下过雨，世间万物都显得格外清新。一只回窝的猫正在横穿旅馆前的马路，旁边传来一个男人的口哨声。为什么不溜出去找小罗宾，在其他人醒来前把牛奶带回来呢？想到这里，他便从后甲板拿了牛奶罐，爬上岸去。

皮特手里晃着牛奶罐，走向码头旁边的河堤。突然他猛地停了下来。他非常确定昨天晚上的河堤上是有许多船只的。咦，他明明记得汤姆和他们一起查看过，然后又到对面草地去看了拖上岸的渔船。但是，现在的河堤空空如也。他跑到码头对面。这里的船只也有一半不见了。岸上的几艘船还在，但在岸边抛锚的浮船和半浮船竟然都不见了。皮特向河道对面的芦苇丛望去，那边是什么东西？他没有多想，赶紧奔回了死神与荣耀号。

他把牛奶罐扔在码头上，跳进驾驶舱，弯腰冲进船舱，拿起他的望远镜。

比尔从铺位上向他眨了眨眼睛。“这么着急干什么？”他说。

“快出去看看。”皮特说，他拿着大望远镜匆匆回到驾驶舱，“真是糟糕，昨晚的风肯定刮得厉害。”

他举起望远镜，对准远方的芦苇丛。河面上涟漪阵阵，芦苇随风飘荡，一艘……两艘……三艘……天哪，芦苇丛里至少有六艘船，通过望远镜，他甚至能看到波浪拍打着船身。

“比尔，快来！”他叫道，“快点，乔。我们得找到这些船。”

比尔首先来到驾驶舱，乔紧跟在后。皮特已经上了码头，解开死神与荣耀号的缆绳。他推船下水，接着跳上甲板。

“快点，快点！”他叫道，“我们得在别人发现以前把它们弄回来！”

但乔和比尔的想法不一样。

“它们在芦苇丛里不会有事的。”比尔说。

“扬帆向上游航行。”乔说。

“我们不去救船了？”皮特说。以前，他们一看到船只有难，就会全速驾驶死神与荣耀号前去救援。

“不能两次上同样的当。”乔说，“要是有人看见我们和船在一起，就会说是我们放的船，就像上次乔治·欧顿看到我们从树丛里救出那艘船后说的一样。”

“想都不用想，他们肯定会说是我们干的。”比尔说，一边忙着升起船帆。

乔一手掌舵，一手拉紧船帆，眼睛还不忘向村庄的方向回望。

“还没人行动。”他说。

“我们接下来该怎么办？”皮特问。

“查明真相。”乔说。

他们已经在飞速行驶了。他们离陆地越远，船帆受到的风就越大，死神与荣耀号仿佛在被幽灵追逐，飞快地逃离兰沃思码头。

“要是不被看见就驶出这片湖区就好了。”比尔回到驾驶舱说。

“可他们昨晚已经看到我们在这里了。”皮特说。

“最糟糕的是，”乔说，“现在谁还会相信我们？”

“那些船我们就坐视不管吗？”皮特说。对于他们来说，眼睁睁看着三四艘敞篷划艇、一艘小摩托艇、一艘半甲帆船，还有两艘小艇在芦苇丛中随波逐流，可是一件痛心的事。

“我们只想撇清关系。”乔说，“这是我们唯一能做的事情，没别的法子了。比尔，有没有人露面？”风越来越大，他必须紧盯船舵。

“没有……至少……喂……现在码头上有人了。”

身后河对岸传来一阵遥远的叫声。一个人……两个人和一个小男孩站在码头上朝他们挥手。

“那是小罗宾，”比尔说，抓起皮特的望远镜看过去，“他会告诉他们，不是我们干的。”

“你脑袋是不是进水了？”乔恼怒地说，“他不知道是谁干的，但他知道我们是谁。”

乔继续掌舵，头也不回。比尔和皮特看到码头上的一个人勃然大怒，将码头上的东西一脚踢飞，落水溅起一大片水花。

“他们气疯了。”皮特说。

“他们朝着我们指指点点。”比尔说。

“那当然。”乔咬牙切齿地说，“他们问小罗宾，那是什么船。小罗宾只能告诉他们是死神与荣耀号。除此之外，他还能怎么说呢？”

“一朝被蛇咬，十年怕井绳。”比尔说，“我那一次从梯子上摔下来以后，就再也不敢从梯子下面经过。我可不是约拿[①]。”他疑惑地看看皮特。

“我也不是约拿。”皮特说。

“闭嘴，”乔说，“这儿没人是约拿。有人故意放漂船只。船只接二连三地漂走，这可不是运气问题，是有人故意放的船。岸上那些人现在要干什么？”

“放了一艘船出来。”比尔说。

“他们要来追我们！”皮特说。

乔回头眺望，然后重新面向前方。再过不久，死神与荣耀号就会驶出湖面，躲进树后通往主河道的河渠。

“他们现在追不上我们。”他说，“他们也不会追。解救芦苇丛里的那些船就够他们忙活了。但结果还是一样，他们会赖到我们头上，就像前几次一样。守住……”

不一会儿，兰沃思码头便在树林后消失不见了，死神与荣耀号沿河缓缓而下。他们遇见了迪克拍照的那艘芦苇船。那些人挥手致意，三个黑鸭子俱乐部成员也挥手还礼。

“完了。”他们驶出听力所及的距离，乔沮丧地说，“就算小罗宾不说

---

① 约拿，《圣经》中古以色列国的先知，不愿听从上帝的旨意，最终受到惩罚。这里指孩子们不承认自己不吸取教训，受到惩罚。

出去，这些人也看到我们了。”

“可我们什么都没有做呀。”皮特说。

“把这话跟泰德先生说去。”乔说。

他们驶出河渠，进入主河道。

“我们去阿克莱吧。”比尔说。

“不行，”乔说，“汤姆、迪克和桃乐茜要来。我们不能让他们去兰沃思。我们得原路返回跟他们碰头。调头！”

船帆迎风发生一声巨大的声响，死神与荣耀号逆流行驶。至少，这条路上既有敌人，又有朋友。

摆脱了追踪，他们开始想起早餐的事。他们离兰沃思越远，意味着离霍宁越近，心里也就越不着急。

“你们看，”比尔说，“汤姆给我们带来消息之前，我们不要回去。”

“现在随便停在哪里。”乔说。

他们经过有一群黑山羊的草地，迎风驶入河道。

“拿出桨来。”乔说。今天他无心讨论引擎，更别说现在早饭都还没吃。

他们沮丧地把船划过河道，然后在长芦苇丛的遮蔽下，在离七号鸟巢不远的地方停了下来。

“我们得用罐子装牛奶。”皮特说。

“那当然。”乔说。

“我看到船只被放漂时，刚好把牛奶罐从船上拿下来。”皮特说。

“罐子在哪里？”比尔说，盯着座位底下。

“哎呀，糟了！”皮特说，“那个人踢掉的就是我们的牛奶罐。我把它留在码头上了。”

这又是一次打击。

“别难受了，小皮特，”乔说，“那罐子的把手已经断过两次了，我们反正要买一只新的。”

“我们有钱买新的。”小皮特说，这个念头让他感觉好多了。

第十三章

一件事情，两种看法

汤姆已经驾着山雀号驶出河道，绕到医生家的草坪边上。这时，桃乐茜跑过来说很抱歉，他们迟到了。迪克还要再等两分钟才能过来，他正忙着洗照片。

“有没有拍到好的照片？”达钦医生问道。此时他正坐在河边的木椅上，刚吃过早饭，抽着一斗烟。

“有一张很不错，”桃乐茜说，“另外两张都拍到了同一张底片上。乔的小白鼠拍糊了，但他知道这是焦距的问题。那张用了闪光灯的海军上将的照片洗出来全白了。但死神与荣耀号那一张非常清晰，连皮特的望远镜都能看到。他昨天晚上睡觉前先把底片给拓好，今天早饭前才印出来的。他现在正在定影，所以我想最好来解释一下我们为什么会迟到一会儿。”

“那是什么？”达钦医生看到桃乐茜手中的练习本，问道，“假期作业？”

“是我正在创作的小说。”桃乐茜说。

“书名叫什么？”

“《亡命之徒》。”

“亡命之徒有几个人？”达钦医生一本正经地问道。

桃乐茜还没来得及回答，就有人从屋角绕了过来。

“您好呀，弗兰克叔叔。”汤姆说。

“你们好呀。”法兰德先生说。

“这位是桃乐茜。”达钦医生说。

“您好。”桃乐茜说。

“你好。”法兰德先生说，“好吧，汤姆。我希望你们不会坐牢。”

“为什么坐牢？”汤姆说。

“你和你那些小朋友。泰德先生列出的罪名可是相当严重。达钦，这就是我来找你的原因。他们似乎在波特海姆干了比放漂船只严重得多的坏事。”

达钦医生放下了烟斗。

“我的天，汤姆，我真希望你在那年春天没去动那艘摩托艇。不过说实话，我的确想不出你还能干出什么坏事来。如果泰德先生为放漂船只的事件来传唤你的三个朋友，我可就很难堪了。我自己清楚，我的儿子可是立了个榜样。”

“得了吧，”法兰德先生说，“汤姆当初又不是为了偷窃。”

“偷窃！”桃乐茜和汤姆一起叫道。

“今天早上，波特海姆的索宁老头又给我打了通电话。”法兰德先生说，“他之前只关心船只被放漂的事情，现在才发现那些小流氓闯进他的商店偷了不少东西。他说大概损失了一罗[①]半崭新的炮铜钩环。”

“但我确信不是他们干的。”汤姆说。

“索宁咬定是他们。”法兰德先生说，“他要我刊登悬赏广告，搜集证

① 罗，英国计数单位，一罗为十二打，一打十二个，故一罗共有一百四十四个。

据。他还说赃物一定已经被卖掉了，而且也只有造船工才会买这些东西。他认为不难找到证据。”

“但汤姆的年轻朋友们没有钱也一直过得很好。”达钦医生说，“我想，他们口袋里一辈子都没装过几个先令。”

汤姆看着桃乐茜。她脸色苍白，好像病倒了。他们都回想着黑鸭子俱乐部的三位成员从波特海姆回来的那天晚上在死神与荣耀号上举办的盛宴和塞得满满的橱柜。

达钦医生继续说：“法兰德，一切都没问题。但不光是汤姆，很多人都相信他们跟放漂船只无关。艾拉跟他们谈过，她也支持他们。泰德也来过，他跟我说昨天有人为此打了一架，小皮特的父亲被打肿了一只眼睛。泰德也想找到解决问题的办法，我说，就凭人家乌青的眼睛就知道别人动了手，除非他自己也打一架，他没法传唤他们。我想这样才是符合法规条例的做法。”

法兰德先生笑了起来。“说得没错。”他说，“对了，汤姆，现在他们在哪儿？”

汤姆犹豫不决地抬起头说：“您是不是想抓他们？”

“但愿我能，”法兰德先生说，“至少，但愿我们有充足的证据指控他们，把事情搞定。我只想知道他们的方位，以防其他人的船只又被放漂。”

“他们去兰沃思避风头了。”汤姆说，“这样，再有船被放漂就不会怪到他们头上。”

“他们可能玩腻了。”法兰德先生说，“毕竟他们干了三次……”

“可是他们根本没干过这事。”桃乐茜说。

“换言之，”法兰德先生说，“船只被放漂了三次，每一次他们都在附近，这只能是存心的。”

他跟达钦医生又寒暄了几句，就告辞了。不一会儿，他们听到他发动汽车的声音，回诺里奇的“法兰德、法兰德和法兰德”公司。

“我的天，汤姆。”达钦医生说，“我一直以为你们的黑鸭子俱乐部来头不小，但现在我可不敢肯定了。”

“可他们什么都没做呀！”汤姆义愤填膺地说。

“他们在哪里，哪里就出事。”他父亲说。

“假如，”桃乐茜说，“事情是别人干的，而且时机都选在黑鸭子们在场的时候，那就是故意栽赃给他们。”

达钦医生严肃地看看她。“波特海姆离霍宁很远。”他说。

“算了，但愿这样的事情不要再发生在他们出现过的地方，”汤姆说，“他们在兰沃思就能太平了。”

“如果兰沃思也出事，”达钦医生抽了口烟斗说，“那我或许会相信桃乐茜的高见，但我不相信还会有事情发生。无论这些小淘气鬼再怎么胡闹，他们并不是傻瓜。鉴于他们现在的名声，要是这里和波特海姆的船是他们放漂的，他们不会傻到再去放漂兰沃思的船只。不，那里不会出事，但也妨碍不了弗兰克叔叔和泰德先生对其他事情的调查。”

达钦太太拿着一只包裹穿过草地。

“厨房给你们做了一只馅饼。”她说，“我包了起来，留给我那些亲爱的无辜的孩子。”

“无辜的孩子！”达钦医生叫道。

“我确信他们是无辜的。”达钦太太说，“你也可以告诉他们，他们的父母也相信他们。他们都想带自己的孩子回家。但我告诉他们，孩子们什么坏事都没做，不应该这么残酷地对待他们。所以你转告他们，最好还是离开码头，等事情平息了再说。”

“艾拉，你还不知道最糟的事情呢。”达钦医生跟她讲述了钩环失窃的事情。

“孩子们干不出这事。”达钦太太说，汤姆和桃乐茜向她投以感激的目光。

迪克跑了过来，手上拿着湿漉漉的照片。

“对不起，我来晚了。”他说，“我必须先定影再冲洗，上路了还得继续冲洗。”

照片拍得很好，死神与荣耀号乘风破浪，船身下水花四溅。比尔和乔正在驾驶，皮特举着望远镜正看向远方。达钦太太越过丈夫的肩头打量着照片。“他们不是那种孩子，”她说，“一看便知。”

“我真心希望你的判断是对的。”达钦医生说。

山雀号沿河而下，给兰沃思的黑鸭子们带去消息。迪克把照片伸到船舷外，拽住一个角，然后换另一个角，仔细冲洗照片。汤姆和桃乐茜讨论着法兰德先生说过的话。

“司令认为不是他们干的。”迪克说。

“我们也相信不是他们。他们的父母，还有汤姆的妈妈都相信不是他

们。”桃乐茜说，“但其他人不相信。对了，汤姆，他们说买东西的钱是从哪儿来的？”

“他们说是自己挣来的。”汤姆说。

桃乐茜张开嘴想说话，但什么也没说出来。

山雀号在渡口停下，借着一阵风转过拐角。

“他们肯定在想到底发生了什么。”汤姆说，“我答应过一吃完早饭就尽快过去的。”

“他们一看到迪克的照片，就顾不上其他了。”桃乐茜说。

“那张用了闪光灯的照片怎么了？”汤姆问。

“拍糊了，”迪克说，“是我的错。我让闪光灯靠近司令，照亮她椅子上的毛线，却忘了它正对着照相机镜头。”

不久，他们在七号鸟巢旁转弯，看到死神与荣耀号正停泊在芦苇丛中。

“一群小傻瓜，”汤姆说，“他们应该停在兰沃思。要是没人看见他们，他们这计划又有什么用处？”

接下来，他把山雀号停在船边。三位黑鸭子俱乐部成员随即翻身上了死神与荣耀号的驾驶舱。

“出什么事了？”汤姆看到他们愁眉苦脸的样子，问道。

“有人放漂了六艘船。”乔说，“它们漂过整条主河道，扎进芦苇丛里。皮特出来看到的。”

“我把牛奶罐留在码头上了。”皮特说。

“你们怎么做的？”汤姆问，“把船救出来再拉回去？”

“根本不是，”乔说，“这样人人都会说他们看到我们放漂船只。我们扬帆起航，逃之夭夭。”

“有人看见了吗？”

“我们还没有驶出河渠，他们就到了码头。”比尔说，“小罗宾也在那里。他也是黑鸭子俱乐部成员，认识死神与荣耀号。没法更糟了……”

“好啊，真好！”桃乐茜说。

“你什么意思……好？”乔愤怒地说。

“意味着我们又多了一位支持者。”桃乐茜说。

汤姆解释说：“爸爸说如果你们在兰沃思的时候也有船只被放漂，他就会相信有人栽赃，因为你们没有那么傻。”

“我们可不傻。”乔说，“现在又有一大群人出来追我们。我们大概要完蛋了。”

“噢，不。”桃乐茜说。

“妈妈说，你们的家人说你们可以待在河上，至少在兰沃思没有问题，但最好不要靠近霍宁码头。”

“我们不能留在兰沃思，”比尔说，“现在不能。”

“我说，”乔说，“我们可以停在渡口上面的荒野里。”

“好啊，那儿离河面远，过去也方便。”汤姆说。

“换地方没什么好处。”比尔说。

“我说，”汤姆说，“你们知道，那天晚上你们拿的那些钱……”

“我们还有些，”乔说，“你们需要吗？”

“你说你们从哪儿弄来的？”

“挣来的，”乔说，“卖鱼……”他瞧瞧比尔的眼睛，使了个眼色，“三十先令六便士，加上皮特的鱼饵卖了半克朗。我们都兑成了硬币……”

“那就好，”汤姆松了口气，“我还以为……”

“以为什么？”乔说。

“你们知道吗？在波特海姆的船被放漂的那天晚上，有人从索宁先生的商店里偷走了许多崭新的钩环。”

“有人说是我们偷的？”皮特怒不可遏。

“他们把两件事合在一起，”汤姆说，“他们还在悬赏捉贼。”

“发告示了？就像上次那艘游艇一样？”

“没错，”汤姆有点不安地说，“他们认为小偷会卖掉赃物，可以通过这条线索抓住罪犯。”

“真希望他们抓到贼，剥掉他的皮。”乔说，“湖区又不是雅茅斯。”

“那我们就安心了。”比尔说。

“除了加内特爵士号、霍宁那些船，现在又多了兰沃思的这些船。”汤姆说。

“肯定是有人故意干的。”桃乐茜说，“但大家找不到合适的嫌疑人，人人都以为是黑鸭子俱乐部干的。”

“事情相当严重。”汤姆说。

“我们需要的是侦探。”桃乐茜说。

迪克从水里捞起照片，抖落上面的水珠。“我说，我能不能把照片摊在窗口晾干？”他问。

一时间，黑鸭子俱乐部的成员们把烦恼抛在一边，跑去围观自己的航行照。迪克上船把照片晾在窗玻璃上面，光线倾泻于上。乔、比尔和皮特欣赏着他们的船只。“顶部应该再高一点。”乔说，“这张照片拍得真妙。”

他们再次出了船舱，进入驾驶舱。桃乐茜坐在山雀号上面，跟汤姆讲话。

“我们为什么不自己去侦查呢？”她继续说，几乎是自言自语，“我还从没试着写本侦探小说呢。”

汤姆听到了她说的话。

“霍宁现在可不缺侦探，”他说，“人人都想证明是黑鸭子俱乐部放漂了船只。其实我们一艘都没有碰过。”

“我们干吗不自己当侦探呢？”桃乐茜问。

“我们知道自己什么也没干，还当侦探干吗？”乔说，“不需要侦察，我们就知道。”

“可以用我的照相机。”迪克说，“侦探都是有照相机的。”

死神与荣耀号的船员们面面相觑，摸不着头脑。

“全世界都相信他们有罪，”桃乐茜说，“他们白发苍苍的父母在悲痛中辞世……”她修改了一下，“所有的证据都对他们不利……我说……”她突然改变了语气，“威廉可以当一条优秀的警犬。”

“可威廉不是警犬，”皮特说，“一点都不像。”

“反正我们需要警犬，”桃乐茜说，“威廉就是我们能找到的最好的替代品。”

“照相机用来干吗？”比尔问。

“拍下线索。”迪克说。

“每当发生一桩谋杀案，”桃乐茜说，“侦探总是冲进去，把所有的东西拍下来。”

“但这不是谋杀案。”比尔说。

“或许会有的。”桃乐茜兴奋地说，“坏蛋走投无路时，什么事情都干得出来。”

比尔实在受够了桃乐茜，转向汤姆。“我们没人是那种十恶不赦的大坏蛋，”他说，“你清楚的。”

“谁说我们是了？”汤姆说，“但人人都认为我们是。种种情况加起来，搞得我们好像真是坏蛋似的。怎么了？你们认为是我放漂了码头的船只，我还觉得是你们干的呢！桃乐茜说得没错，如果我们想证明自己的清白、挽救黑鸭子俱乐部，就要找到真凶。一定有人在作案。”

“整个霍宁都想抓住他。”乔说，“泰德四处奔走，乔治·欧顿和其他人都在忙着巡视码头，还有陶泽一家、我们的爸爸、乔纳特的人、哈纳姆的人……所有本地人都在抓真凶。问题是，除了我们的父亲，所有人都认为是我们干的。”

“嗯，”汤姆又说，“我们有一点优势。我们知道不是谁干的，他们却不知道。”

“这些船被放漂不可能是意外事故。”乔说。

“而且那么多起。”汤姆说。

“可能是团伙作案。”桃乐茜说，“玛格丽塔号上那些坏蛋追逐汤姆的时候，你们到处放哨。我们不能如法炮制吗？”

“黑鸭子俱乐部成员全体出动？”乔说，“我们能行。现在用不着监护鸟巢，我们可以调动所有成员。告诉他们，我们会击败那个屡屡犯案却总能得手的罪犯。我们一定能行！我们可以动员兰沃思、波特海姆，还有阿克莱的成员……”

“那个胃疼的男孩？”桃乐茜问。

“他的胃疼不会突然再次发作的。”乔严肃地说。

“比尔有辆自行车。”皮特说。

“我们每人都有一辆。”迪克说。

“我也有。”汤姆说，“我们开始行动吧。先调动各地的黑鸭子俱乐部成员，一旦发生放漂船只的事件，就让他们过来报告，然后我们就立马赶去，调查肇事者。”

“我们要布下天罗地网，”桃乐茜说，“昼夜巡查。甘冒生命危险，抗击残暴的敌人。哪怕是只言片语，或是一个可疑的眼神都不能放过。电话铃不断响起……”

“但我说，”汤姆说，“这一套就免了吧。我们作为受害者不停地打电话就已经够受的了。再说接电话的总是爸爸妈妈，我没法整天守在电话机前。”

“好吧，”桃乐茜说，“这没关系。下达命令，侦探们谁也不要打电话，电话可能受到坏蛋的窃听。信使在暗夜出动，传递生死攸关的信息。”

“他们大多骑自行车。”乔说，“汤姆，你可以把线系在窗口。”

“我们最好马上动手，”迪克说，“趁线索还清晰。”

“我们现在没法知道波特海姆发生的事情。”比尔说。

“但可以从兰沃思下手。”迪克说，“如果坏蛋昨天晚上在那里放漂船只，可能到处都有作案的痕迹。”

“我们去看看。”桃乐茜说。

“我们不敢回兰沃思去。”乔说。

“我们三个可以去。”汤姆说，“就这么定了，你们驾驶死神与荣耀号前往荒野，我们驾驶山雀号去兰沃思。我们去找小罗宾，看看有什么线索，快去快回。听我说，妈妈给我们送来了一只大馅饼当午饭。”

桃乐茜把馅饼递过来。

“你们去了别也被当成罪犯。”比尔说。

“不会的。”汤姆说。他很高兴有事可做，而不是眼巴巴看着一切每况愈下，“迪克，跳上船！”

几分钟后，山雀号和船上的小侦探们就消失在视野中。

第十四章

第一条线索

过去几年来，渡口上游沿岸已经悄然发生了变化。原先一片荒芜的地方，现在已经建起一两座整洁的平房。荒野沼地上有着古老的风磨和成片的灌木丛，一条狭窄的堤岸贯穿河流与道路。荒野被一道木篱笆隔开，挂着锁的大门如今已经被废弃。要是从达钦医生家出发，穿过法兰德先生的花园，再沿着河岸走也能到达这里。这儿的河道比汤姆停泊山雀号的支流宽了不少，死神与荣耀号因此有足够的空间驶入。这条沟渠并不是笔直的，船要是开进了茂密的灌木丛，河面上的人没法看到。

乔、比尔和皮特驾着他们的船，绕过渡口，降下船帆，改用划桨，深入荒野的沟渠之中。他们在河渠的北侧停靠，方便随时开船跟汤姆会合。

“有没有人看到我们进来?”乔问。

“据我所知没有。”比尔说。

“无论如何，”乔说，“荒野上根本没有船可以被放漂。”

他们下了死神与荣耀号，回到河口，等待侦探们回来。皮特带了钓竿和鱼饵，钓了四条鲈鱼：三条大的，一条小的，解决了晚餐的问题。这虽然让皮特开心起来，却没有改善乔和比尔的情绪。他们脑子里想的仍然是人们指控他们偷盗钩环，还有他们的父亲开始认为最好的办法就是马上停用死神与荣耀号。比尔在削一根柳枝，好让自己有点事做。乔慢慢吹着口琴，把欢快的小调吹成了哀歌。他越吹越慢，最后比尔说他

实在受不了啦，乔才把口琴放回口袋里。

山雀号终于映入了眼帘。桃乐茜看到留守的黑鸭子们，他们也同时看到她兴奋地挥舞着《亡命之徒》第五卷的笔记本。掌舵的汤姆也在挥手，迪克则像是展示着什么东西，但距离太远，看不清楚。

“他们平安无事。”比尔说，“谁也别想把汤姆·达钦赶出河面。”

“他们有发现了。”乔说，“从他们挥手的样子就看得出来。”

皮特急忙收好钓竿。山雀号驶过来停在他们身边，乔稳住船身，抓住船舷的同时，桃乐茜把锚递给比尔。

迪克拿出一段小橡皮管。

“那是自行车打气筒上的。”比尔说。

“这是第一条线索。”桃乐茜说。

“我们去得正好。”汤姆说，“小傻瓜罗宾还以为是你们放漂了那些船。”

“他告诉了其他人。”乔不屑地说，“我就知道他会跟他们说看到了我们，这小兔崽子。”

“我告诉他，你们没有动船。”汤姆说，“但他们已经派人骑自行车去找泰德。我们去的时候，送信的家伙已经回来了。”

“他不是故意的，他就是被派去做事的。”桃乐茜说，“他回来后，把自行车靠在草地上面的篱笆旁边，昨天晚上有些船就停在那里。他们已经把船弄回来了。你们知道草地尽头的篱笆和通向林地的大门在哪里。那儿有一片裸露的泥地，昨天晚上被雨水打湿了。迪克到处查看，他的观察能力可真让人佩服。许多人都从那儿踩过，把船拉上去。我觉得脚印太多，没什么好看的。迪克要那人把自行车挪开一点，他照办了。然后，迪克打听有没有别的人骑自行车，结果是没有。接着，迪克画了一张那辆自行车留下的痕迹图。我从《亡命之徒》里撕了一页空白纸给他。”

“我以为他会弄得一身泥，”汤姆说，“但他居然没有。”

迪克上了岸，正在擦拭眼镜。“如果不是昨天晚上下了雨，我也画不出来。”他说。

桃乐茜继续说：“然后他又趴在地上……司令可不会高兴的……我说，迪克，现在不要刮泥，等泥干透了再弄。然后，他又趴在地上，画了第二张。看得出来，这是另一种轮胎。”

乔一跃而起。“有道理！”他说，“有人骑自行车来放漂船只。”

“他发现的不止这些。”桃乐茜说，“有些自行车轮胎痕迹很奇怪，比别的要宽，两边有凹槽。有些自行车轮胎痕迹则非常窄，纹理很清晰。迪克还说昨晚有人骑了辆轮胎漏气的自行车来过这里，骑走之前还打过气。我们一路追踪那辆车的痕迹，断断续续跟到了去往渡口的那条小路，那里的泥地上有几处痕迹……”

“同一个人来去留下的痕迹完全不一样。”迪克说。

“然后，我们回到大门那里。”桃乐茜说，“我们又开始追踪。我发现自行车打气筒的管子泡在泥浆里，我猜是那坏蛋掉了的，因为天太黑没找着就走了。”

“我敢打赌，是他自己扔掉的。”汤姆说。

“我们看看轮胎印。”比尔说。迪克打开笔记本，拿出折在里面的一

这是另一种轮胎

张纸，上面有两幅素描。

“这个是邓禄普牌轮胎，”比尔说，“跟我的自行车一样。另外那个是什么牌子？”

“约翰·布尔牌的，”迪克说，“但这没什么关系，这个是兰沃思人的轮胎。前面那个是漏了气、夜里把打气筒的管子扔掉的人的轮胎。”

“很多人都骑邓禄普牌轮胎的自行车，”乔说，“比尔就是。”

“我也是。”汤姆说。

“我们的自行车也是邓禄普牌的轮胎。”桃乐茜说。

“看不出有什么进展。”乔说。

“噢，有进展。”桃乐茜说，“至少搞清楚了这不是汤姆、比尔或者我们任何人的自行车，而是其他人的。达钦医生说，如果你们在兰沃思的时候有船只被放漂，那他就相信不是你们干的，而是有人故意栽赃。我们现在掌握的可是真凭实据，证明那天晚上还有其他人。”

“你们追踪轮胎印到了哪里？”比尔问。

“我们在通向渡口的路上发现了它们，”汤姆说，“再远就没了痕迹。”

“不管怎样我们有了线索，”桃乐茜说，“现在知道该找什么了。我们要找一个骑邓禄普牌轮胎自行车的人，他的打气筒缺了软管。有了第一条线索，后面还会有其他的线索。我们要改叫黑鸭子俱乐部的小屋为‘苏格兰场[①]’。我们要向泰德先生证明，他错了，大家都错了。我们赶紧去小屋吧！”

① 苏格兰场，英国伦敦警察厅的代称。

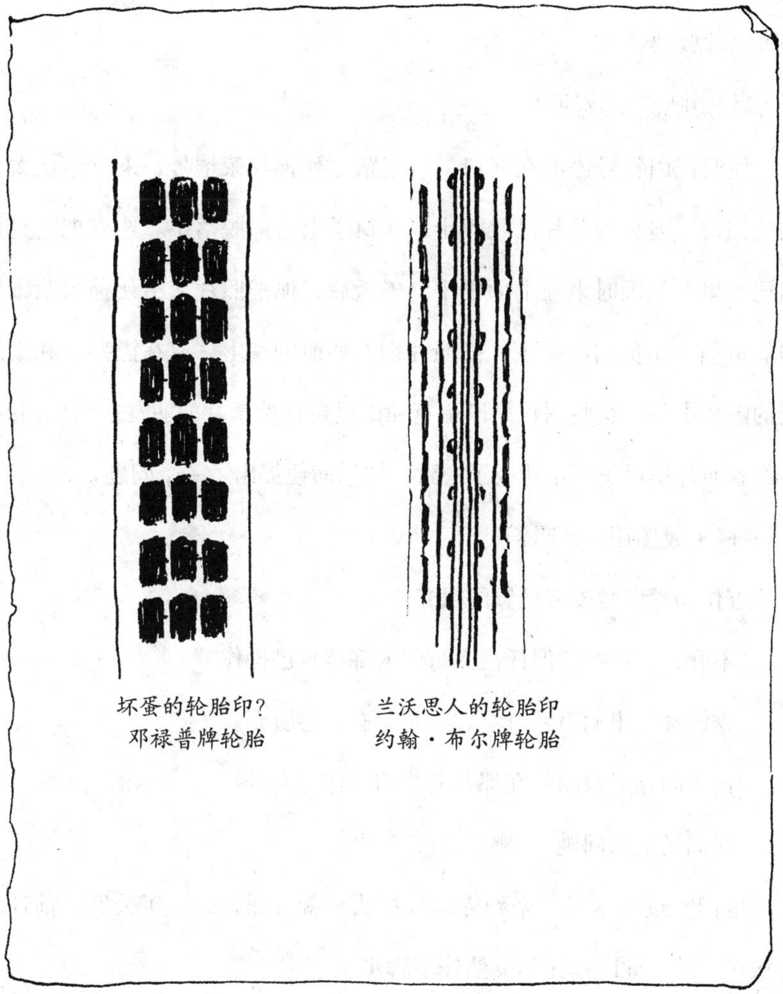

坏蛋的轮胎印？
邓禄普牌轮胎

兰沃思人的轮胎印
约翰·布尔牌轮胎

迪克绘制的轮胎印

“那只馅饼呢？”汤姆说，“午餐时间早就过了。”

“好吧。”桃乐茜说，“我们吃好午饭就出发去小屋。”

“我们把船停好了。”乔说，“那儿只有我们一艘船，除了它没有别的船可以被放漂了。”

“快走吧。”汤姆说。

他们把山雀号停泊在河口，一起踏上死神与荣耀号，来吃达钦太太做的馅饼。迪克的照片已经晾干，从窗子上自然脱落了。迪克把它夹在笔记本里，午饭时坐在上面压平。午饭后，他把照片交给死神与荣耀号的船员们，船员们用大头针把照片别在船舱的墙上，放在黑鸭子和文须雀的图片中间，这些图片是诺福克和诺里奇自然学社的朋友送给他们的。他们就照片摆得正不正达成了一致，桃乐茜便提出了一个问题。

“晚上渡船还在开吗？”

五位侦探向她投来敬佩的目光。

“不开，”乔说，“但任何懂行的人都能自己操作。”

“铁链会发出响声，”桃乐茜说，“有人会听到。”

“比尔的姑妈爱丽丝在那儿的旅馆工作。”乔说。

“我们马上去问她。”桃乐茜说。

他们穿过灌木丛，来到堤岸的尽头，翻过栅栏，上了公路，前往渡口旅馆，就在此时，比尔突然停下脚步。

“怎么啦？”桃乐茜问。

“我最好自己去问她。”比尔说，“爱丽丝姑妈在那儿工作。我们六个人全部进去，她会不开心的。”

汤姆立刻表示支持："你去吧。我们在这儿等你。"

他们在栅栏上坐成一排，比尔则继续往前走，可没几分钟就回来了。他走着过去，却跑着回来。

"没错，"他说，"她昨晚听到了铁链的响声。她醒过来，听到声音后正纳闷谁这么晚还在马路上。"

"她是不是听到了两次？"桃乐茜问。

"只听到一次，"比尔说，"她不知道那艘老渡船要去哪里。她说如果有人从这边渡河，她没听到有人返回的声音；要是有人返回，她也没听到有人从门口经过的声音。"

"她中间肯定睡着了，"桃乐茜说，"但证据有了，我们知道有人在半夜里用了渡船。"

"他骑自行车返回，"迪克说，"轮胎漏气，需要打气。没一会儿轮胎又瘪了，等到他再想打气，打气筒的橡皮管不见了。"迪克又看看这一小段橡皮管，但并没有更多的发现。

"希望他是一路走回家的。"乔说。

"还有鞋里扎钉子。"皮特说。

汤姆和乔爬过栅栏，穿过荒野，登上山雀号，驶向黑鸭子俱乐部的堤岸。其他人沿着公路，慢慢走过法兰德先生和达钦医生的住宅。他们在花园里遇见了达钦太太。汤姆和乔系好山雀号，绕过屋角跟他们会合。

"什么？"达钦太太说，"你们现在就回来了？我还以为你们会在兰沃思躲上一阵子呢。"

"他们也不想。"汤姆说，"昨天晚上，兰沃思的船也被放漂了，他们只好走为上策。但我和桃乐茜还有迪克去了现场，迪克发现了一条线索。”

“兰沃思的船只也被放漂了？”达钦太太说，“唉，你们不可能那么傻，一到那里就动手。”

“连爸爸也相信是有人故意栽赃。”汤姆说，“我们要找出是谁干的。迪克真是个好侦探。栽赃的那个家伙应该是骑自行车去的现场，结果轮胎漏气了，我们捡到了打气筒的一段橡皮管。”

“恐怕就这一条线索还远远不够。”达钦太太笑道。

“才刚刚开始。”桃乐茜说，“我们还知道别的事情。他从那里经过，有人听到他半夜经过渡口的声音。”

“我们会抓住他的，”汤姆说，“黑鸭子俱乐部的小屋将会变成‘苏格兰场’，我们还要动员各地的黑鸭子成员，一同加入侦查行动。”

达钦太太笑了。“到时候便衣侦探将会散布在每个港口。”她说，“好吧，祝你们好运。对了，你们知不知道他们在讨论一些比放漂船只更严重的事情？”

“我跟他们说了。”汤姆说。

“偷东西赖不到我们头上。”乔说。

“我也这么想，”达钦太太说，“我希望他们尽快将罪犯绳之以法。这一系列事件真是太糟心了，但你们可要知道，你们可不是这儿唯一的侦探，泰德先生今天又来过这儿了。”

“他认为是我们放了船。”乔说。

“我跟他说，我觉得他错了。”达钦太太说，“但如果你们有什么线

索，最好交给他。”

“可是书上从来不是这样写的。”桃乐茜说，“我们要自己展开全面调查，就像法官戴上假发一样有模有样……”

“但他只有在审判谋杀案时才戴假发。”比尔说。

“好吧，不管他戴什么，”桃乐茜不耐烦地说，“有人在法庭上起立说明来龙去脉，法官在被告席上侧耳倾听……不，被告席是囚犯们待的地方……不管了，他起身与囚犯握手，观众欢呼，法官戴上一双白手套……”

达钦太太转身回屋：“我待会儿让厨子给‘苏格兰场’准备一壶茶……还有，各位侦探，要不要来块蛋糕？”

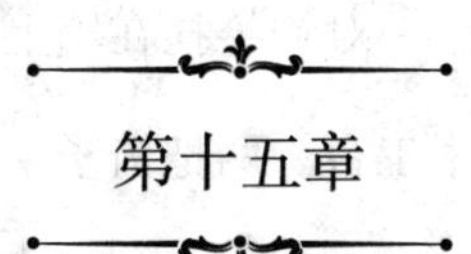

第十五章

侦探对手

六位侦探蜂拥而入时，黑鸭子俱乐部的小屋看起来不大像苏格兰场。小屋靠着医生家的屋角，就在汤姆停船的堤岸上面。那里有船桨和备用风帆，搭在一角的支架上。一对钓竿挂在墙上的钉子上。一张小桌子用钳子固定住，充当汤姆的木工台。两把椅子，一把可以放心坐，另一把则要当心。靠窗的墙下放着矮凳，但上面堆满了各种垃圾。大木箱上放着一只普利默斯汽化炉，拆开了一部分准备清洗。墙壁上贴着许多从报纸上剪下来的鸟类图片，还贴了一张主河道的大地图，被撕成了两半，现在勉强固定在一起。另一张地图比例更大，是汤姆绘制的，只包括霍宁附近的河道，标出了黑鸭子俱乐部在春天发现、现在一直看护着的鸟巢。

“我的天！”汤姆一进门就说，“这只炉子我永远洗不完。”他抓起拆开的炉子，把螺丝拧了回去，免得丢失部件，“继续。把凳子上的东西清理掉。扔进箱子里。没错，乔……在屋角的地上……我们马上就能把这儿弄得井井有条……蓝色铅笔？应该在窗台上……皮特，就在那些烟盒后面……不……你去拿给桃乐茜……”

进门右手边的主墙上，挂着一块大大的牌子，上面用蓝色的铅笔字写着“黑鸭子俱乐部”。桃乐茜一眼看到牌子，立刻把它取下来，接过皮特跌跌撞撞过来递上的铅笔。她在牌子背面用大写字母写下“苏格兰场”，然后重新挂在钉子上。

“不错。”汤姆说。

小屋顿时感觉不一样了。凳子上的东西已经被清空，谁想坐都可以。汤姆拿起问题椅子，用锤子敲了一两下松脱的椅腿。皮特往箱子里扔废物。尽管墙角已经堆满了各种垃圾，但有这箱子挡着，多多少少起了点掩盖作用，不注意看的话不会察觉。

“我马上把桌上的钳子取下来。”汤姆说。

“锤子给我一下。”迪克说。

“干吗用？”

“挂线索。”

他往墙里钉进两枚钉子，把轮胎印的素描挂在一枚上面。乔看到便明白了，于是他拿出一段线，打了个精致的帆索结，吊着罪犯留下的打气筒橡皮管，挂在另一枚钉子上面。

桃乐茜刚刚在桌边坐下，突然又跳起来。“唉，真是烦人，”她说，“我把《亡命之徒》留在死神与荣耀号上了。”

“可你现在也用不着。”迪克说。

“我们会用到很多纸。”桃乐茜说。

“我有纸。”汤姆说着立马出去，拿了一本处方笺回来。

“遗憾的是，上面印了爸爸的名字。”他说。

“正好是伪装，”桃乐茜说，“这样反而更好，要是有人看到的话也看不出来，这正是我们想要的。”

她注意到了主河道地图，冒出个主意。“把大头针给我，”她说，“还有迪克，你那存放相纸的黑信封……”

迪克翻了翻口袋，掏出一只信封。

“苏格兰场”

“做什么？”他问，其他人都等着看下一步是什么。

“旗帜。”桃乐茜说，“我们做些小黑旗，插在所有船只被放漂的地方。”

“好主意。”汤姆说着手忙脚乱地在箱子里翻来找去，丁零当啷地找大头针。终于找到了。大头针已经生锈，但桃乐茜说没关系。

乔打开一把小刀，把信封裁成一小条的长方形。桃乐茜把大头针穿过黑纸条的两端。

“现在我们把小旗插上去。”她说。锡盒里已经准备好了一打小旗。

“要不要把地图取下来？”汤姆说。

“最好保持原样，”迪克说，“这样我们可以一览无遗。”

几分钟后，他们退后几步打量着这面墙。北方水域的这半张地图上，霍宁码头密密麻麻插了不少黑旗，霍宁河道沿岸也有几面，兰沃思和波特海姆的作案地点也被插上了黑旗。

“但这些小旗只标明了我们所在的地点。”比尔说。

“其他地方的船要是被放漂，我们怎么会知道？”汤姆说。

“唉，”乔说，“要是他们在我们不在场的地方作案，情况或许就会好点。”

“就是。”汤姆说，“我们已经召集所有黑鸭子俱乐部成员，以防更多的船只被放漂。我们自己还需要调查以前有没有我们不知道的放漂事件。”

“今天来不及了。”比尔说。

“那就明天。”桃乐茜说。

“我们能弄到多少辆自行车?”乔说,“比尔有一辆,但不在这儿。他怎么才能拿到自行车又不用在码头上露面呢?”

“我会溜过去拿来。我们就把车放在这儿。”

“放在总部。”桃乐茜说,“还有我和迪克的车。总共三辆。”

“还有我的。”汤姆说。

“那就是四辆。”乔说。

“我们需要去许多地方。”汤姆说。

“分头行动,一天就能跑很多地方。”乔说。

“我们应该首先实施这一项行动。”桃乐茜说,“知悉恶棍下一步会采取什么行动至关重要,侦探应该随时掌握新线索。”

“那我们现在怎么办?”皮特问,视线越过桃乐茜,打量着达钦医生的处方笺。她正用铅笔在上面画线。

“我们要对每个案例分条记录。”桃乐茜说,“通过对比,真相自会显现。”

“但愿如此。”比尔说。

“第一起是哪艘船?”桃乐茜问。

“码头的摩托艇。”汤姆说。

桃乐茜在第一栏顶端“地点”下面记录“霍宁码头”。“死神与荣耀号当时在哪儿?”

“霍宁码头。”汤姆说。

“那天晚上,码头上还有别人,”皮特说,“还有那个把我拔牙的砖头扔回来的家伙。”

桃乐茜麻利地进行记录，将这些信息填在“可能的线索”一栏。接着她取了另一张处方笺。“下一起呢？”她问。

“我们在老渔夫那儿捕鳗鱼。”汤姆说，“早上回来的路上，我们发现船的桅杆卡在了树上。”

“那天晚上，河段内所有的船只都被放漂了。”比尔说。

“地点……”桃乐茜自言自语道，“霍宁码头和霍宁河段……他们在捕鳗鱼……可能的线索……这一栏我只好先空着了。”

“我们没见到任何人。”皮特说。

“下一起。”桃乐茜说。

“加内特爵士号。”比尔说，“也是没有任何线索。”

“老西蒙要我们给船留点心眼。”乔说，“我临睡前检查过它的缆绳，可第二天早上它就不见了。”

“霍宁码头。”桃乐茜边说边写，“加内特爵士号……”

“这里不该写加内特爵士号，”皮特说，“波特海姆被放漂了好多船。”

“幸好我是分开记的。”桃乐茜说，“现在，波特海姆……多少船被放漂了？”

“索宁的好几艘游艇。泰德说，有六艘。”

桃乐茜写下“六艘游艇”。“线索呢？”她问。

“我们在那儿也没看到任何人。”乔说，“我们在桥的上游过夜，第二天直接穿过了它。我们看见小鲍勃·科滕，但我们的船正被拖着走，停不下来。”

“鲍勃·科滕。”桃乐茜写道。

“那些钩环呢？”汤姆说，“弗兰克叔叔说谁偷的钩环，谁就会把它们卖掉换钱，由此就能抓住他们。”

“希望他尽快。”比尔说。

桃乐茜写下“钩环”。“如果我们抓住了贼，”她说，“死神与荣耀号就能脱罪了。”

“不会的，”比尔说，“还有船的事。”

“但能给我们的调查带来巨大的帮助。”桃乐茜说。

“接下来是兰沃思。”汤姆说。

“罗宾在那里，”乔说，“晚上和次日早上都在……但他不会放漂那些船只。他也做不到。”

“他什么都不知道。”汤姆说，“他认为是你们干的。”

“真是个小傻瓜。”比尔说。

“不过兰沃思发生的事情我们有点了解。”迪克说，抬头看看挂在墙上的线索。

“可能的线索。”桃乐茜边说边写，“有人半夜穿过渡口；邓禄普牌轮胎的自行车；漏气的轮胎；打气筒的橡皮管丢失，落入‘苏格兰场’手中。”

“看来我们有不少兰沃思的证据。”汤姆说。

“那是因为侦探及时赶到了现场。”桃乐茜说，“如果我们到处部署便衣侦探方便我们及时赶到现场，恶棍下一次作案时，就有可能抓住他。”

她把五张纸在桌上叠起来，穿了个孔。

“很科学。”迪克刚开口，又犹豫不决起来。

“怎么啦？”汤姆问。

“最大的共同点。”迪克说，“我们应该比较所有案例，寻找每一例都存在的共同点。”

“每次出事的船都不一样。”皮特说。

“是啊，我知道。”迪克说，依次检查记录。

“死神与荣耀号每一次都在现场。”他说，“但如果我们发现其他地方有其他船只被放漂，这就不是共同点。照我说，还有一个共同点，所有案件都发生在晚上。”

“谁会在大白天放船？”比尔说。

“我们列一张表，记录需要做的事。”桃乐茜说。

等到达钦太太的厨师给他们送来一壶茶和一大块果仁蛋糕时，他们已经在任务列表里列了一长串任务。明天注定会很繁忙，“苏格兰场”要通知各地的黑鸭子俱乐部成员换上便衣，及时报告任何被放漂的船只。如果以前有船只被放漂，也要报告时间地点。他们还要全面检查霍宁的自行车，记录邓禄普牌轮胎的名单。此外，“苏格兰场”要调查自己补过轮胎，或是去自行车修理铺补过轮胎的人。有这么多工作要做，侦探们士气高涨，连比尔都觉得证明自己清白的时刻已经近在咫尺。

“明天早上九点在‘苏格兰场’集合。”他们最后分手时，汤姆说。迪克和桃乐茜回巴拉贝尔夫人家，汤姆则去拿比尔的自行车，乔、比尔和皮特回到他们在荒野的藏身处，在死神与荣耀号上炸鲈鱼做晚餐。

“真没想到，桃乐茜的脑袋这么聪明。”他们翻过篱笆时，比尔说。

“迪克也理清了头绪，对不对？”皮特说，“真想知道，这家伙是自己补的轮胎，还是去老比克斯贝修理铺补的轮胎。”

但是，他们并不是当天唯一一群忙个不停的侦探。他们才把鲈鱼剥好、炸好、吃个精光后炖汤喝，灌木丛中就传来沉重的脚步声。接着，舱顶发出猛烈的敲击声。他们走出驾驶舱，碰见了泰德先生。

“现在都听我说，乔、比尔，还有你，小皮特。”泰德说，他正思索着该如何出其不意，让孩子们认罪，“你们放漂波特海姆船只的那天晚上，怎么处理那些钩环的？”

“我们根本没有动过钩环。”乔愤怒地说。

“船也根本不是我们放漂的。”比尔说。

“我们有许多线索。”皮特说，但乔瞪了他一眼，他立马住嘴了。

“我需要的线索都有了。”泰德先生严厉地说，“你们从码头放漂了摩托艇。然后，有人看见你们放漂风帆游艇。接着，你们去波特海姆戏弄老哈利。你们回来第一件事就是放漂和你们毫无瓜葛的吉姆·伍德尔的小船。还有昨天晚上……你们在兰沃思干的好事，以为我不知道吗？”

“我们在那儿的码头系好船。早上起来，主河道漂了许多船，”乔说，“可我们一艘都没有碰过。”

“你们为什么不把船救回来，反而溜之大吉？”泰德先生说，“你们不是自称水上救援队吗？”

“把船救回来，有人就会说是我们放漂的！”乔说，“那一次我们发现桅杆卡在树上的游艇，情况就是这样的。”

“听我说，”泰德先生说，“我认识你们的爸爸，跟他们无冤无仇。我

不想无缘无故地怪罪你们。你们诚实交代，把钩环交出来，我这儿事情也就好办了。”

“钩环不是我们拿的。”乔说。

“这样到头来对你们更不利。”泰德先生说，“码头早上就会贴出告示，已经在印了。”

“悬赏？”乔说。

“就是悬赏。”泰德先生说，“到时候你们一点机会都没有。”

“或许我们有机会，”乔说，“我们想拿到这笔赏金。”

泰德先生哼了一声，强忍住自己的脾气。“还有一件事，”他说，“也许现在钩环不在你们手里，但你们知道谁拿了，你们花了很多钱。”

“那是我们挣来的。”乔说。

“你们给谁工作挣来的？”泰德先生说，“我听说你们四处挥霍，我知道你们不是从爸爸那里拿的钱。”

“我们卖鱼挣来的。”皮特说。

“什么鱼？”

“梭子鱼。”皮特说，“我们钓了一条超大的梭子鱼。”

“梭子鱼！”泰德先生叫道，“那玩意儿一斤也值不了一便士，谁会付给你们钱？”

“捕鱼的伙计。”皮特说。

“他在哪儿？”

“去诺里奇了。”乔说。

“随他去哪儿，”泰德先生说，“现在，别给我撒这种谎。你们没干傻事前，都是好孩子。现在只有如实交代，你们以后的日子才好过。”

“我们没什么好交代的。”乔说。

“想了解真相的途径不止一条！”泰德先生穿过灌木丛走了。

“您怎么知道我们在这里？”乔在他身后喊道。

“警察什么都知道，”泰德先生说，“你们会明白的。”

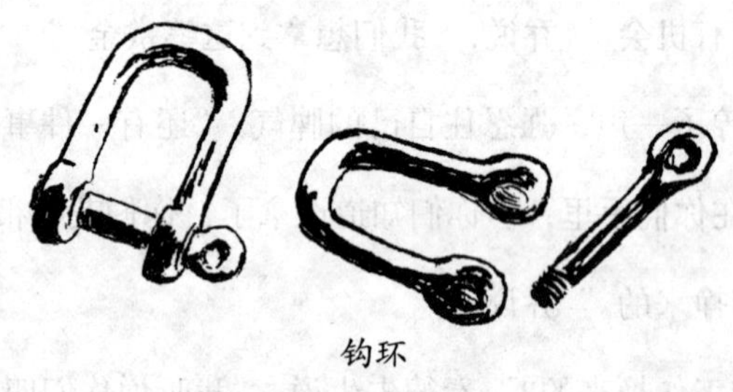

钩环

第十六章

撒　网

早上九点，乔、比尔和皮特刚到达钦医生家门口，迪克和桃乐茜就骑着自行车出现了。他们穿过花园，发现汤姆已经在“苏格兰场”等候。

“他们真做了，”汤姆说，“弗兰克叔叔告诉了爸爸。”

“做了什么？”桃乐茜问。

“贴告示。”汤姆郁闷地说。

“悬赏找我们。”乔说，“泰德昨天晚上告诉我们，他们正在印悬赏告示。”

“你们居然去找他？”汤姆说。

“是他来找的我们，”乔说，“想要我们交还钩环，但我们根本没有拿过。”

“你们没有把我们的线索告诉他吧？”桃乐茜说。

“我们只说我们没有什么钩环。”乔说。

“我们去看看吧。”皮特说。

“可他们应该去码头吗？”桃乐茜说。

“现在什么都阻止不了我们，”比尔说，“再说泰德知道我们在哪里。”

“我们马上动身，”汤姆说，“但出发了就不要走回头路。我们总有人要去那里。”

“哪些人去哪些地方？”比尔说。

“四辆自行车。”汤姆说，“我昨天晚上拿到你的车了。还有，我只得

向你妈妈交代你的下落。她想知道你还在不在兰沃思，她想今天来看你。但我告诉她至少要等到明天，因为你要骑自行车。”

“你见到我妈妈了吗？”皮特问。

“没有。”汤姆说。

“我妈妈会转告她的。”比尔说。

“现在你们看，”汤姆说，“迪克和桃乐茜不该去。他们不认识其他黑鸭子俱乐部成员，其他成员也不认识他们。我们还需要借他们的自行车。你们不介意吧？”

桃乐茜非常介意，但她知道汤姆是对的。撒网的工作不能交给陌生人干。因此她只说：“我的车是女式的，如果能用就行。”

“皮特最小，”汤姆说，“让他骑正好。现在看地图，我们的成员分布在四面八方，我先去波特海姆，再去希克林。另外得有人去伊斯泰德、巴顿和斯塔勒姆。我从卢德姆去波特海姆，另外得有人去罗克瑟姆，然后是兰沃思、南沃尔沙姆和阿克莱。阿克莱很有可能出事。我们昨天在兰沃思没有想到这一点，害得现在再走一次。不过我们已经安排小罗宾监视了。”

“兰沃思的人正在追我们。”比尔说。

“一定不能让他们抓住。”乔说，“我去那儿吧。”

“没错，”汤姆说，“乔去兰沃思和阿克莱。”

“我跟乔一样能干，”比尔说，“他们抓不住他，同样也抓不住我。”

“那就扔硬币决定吧。”乔说。

汤姆扔了硬币。乔猜中了，然后开始饶有兴趣地研究迪克的自行车。

“我能把桃乐茜的座位放低一点。”迪克目测皮特的个头，说道。

“大家别和人吵起来，”桃乐茜说，“没有任何帮助，我们只想获得情报……所有地方都派侦探监视。”

“桃乐茜说得对，”汤姆说，“不要争吵，只调查船只是否有问题。如果发生了放漂事件，让所有成员立即向‘苏格兰场’报告消息。比尔负责伊斯泰德和斯塔勒姆，斯塔勒姆可能性更大。皮特负责罗克瑟姆，很近，不用骑车……科蒂肖尔也很有可能，但那里没有我们的成员。”

“我向船员打听就可以知道。”皮特说。

“那我们做什么？”桃乐茜问。

“应该有人留在‘苏格兰场’，”汤姆说，“负责值班。”

“以及不让泰德接近死神与荣耀号。”皮特说。

“如果我们留在这儿，就去司令家吃午饭。”迪克说。

“我们住在她家的时候，差不多一天到晚都在外面。”桃乐茜说，“她非常开明，说不介意我们骑自行车到处转……但要是我们不……”

“那就行了。”汤姆说，“只要侦探送来报告时，有人在‘苏格兰场’接收就行了。那至少是下午的事。我说，午饭怎么办？”

“我们自己有。”比尔说，拍了拍装得鼓鼓的口袋。

“我也有。”汤姆说。

“那我们动身吧。”皮特说。

四位侦探骑上自行车，驶出医生家大门，前往北方各水道，为“苏格兰场”撒下天罗地网。另外两个人跟他们一起出门。迪克从挂在车座后面的工具箱中取出一把扳手，把桃乐茜的车座降低了两厘米，方便皮

特骑车。

“看上去正好。”汤姆说。

“我来试试。”皮特说。他一脚踩上踏板，推动车子，另一只脚横跨过去。桃乐茜笑了。

“不是那样上车的。”她说。

“没关系。”汤姆说，“他骑得还不错。”

皮特有点摇晃，但马上稳住了。他驶入狭窄的马路，没有摔倒，又骑回来，用跟他上车同样的方式下了车。

“这车和男孩的车子一模一样，”他说，“只是看上去不一样罢了。”

六个人一起走向码头。乔纳特的两个船夫不怀好意地看着他们，等孩子们走到告示牌前，船夫们回过头来盯着他们。

汤姆大声念出告示。毫无疑问就是那个告示，分两部分：“放漂停靠的船只、损坏私人财产……”

“但根本没有什么损坏。”比尔说。

“可能会有损坏。”汤姆说。

汤姆继续念：“失窃。索宁先生的波特海姆船场失窃……一罗五厘米的炮铜钩环……半罗两厘米的钩环……对举证有用的情报……请交给‘法兰德、法兰德和法兰德’公司或任何警局……必有奖赏……”

“天哪！”皮特说，“听起来好吓人。”

“得啦，关我们什么事！”乔说。

“人人都以为是我们。”比尔说。

“但不是我们干的。”桃乐茜说，“如果黑鸭子俱乐部拿到赏金，岂不是好好出了口恶气？”

这个想问题的角度更好。但侦探们准备出动时，还是面色凝重。

“下午在‘苏格兰场’碰头。”汤姆说。

“我们一定来。”桃乐茜说，“喂！迪克！”

迪克只顾着看电话线上的一排燕子，把什么都忘了。

“抱歉，”迪克说，“我没有听见。我刚才在想，它们怎么知道什么时候走。”

“他们现在就走。”桃乐茜说。

“我是说燕子。”迪克说。但他及时回过神来，看到皮特还是按他自己的方式蹬上桃乐茜的自行车，跟上了汤姆和比尔的车子。

乔目送他们转过旅馆屋角。

“回头见。”他说。迪克和桃乐茜站在码头路边，目送他跳上迪克的自行车，以惊人的速度经过达钦医生家，骑向渡口。

“哈啰，就你们留下啦？”巴拉贝尔夫人带着画具向他们走来，结实的哈巴狗威廉跟在她身后，“我刚才碰见汤姆和他的两个朋友拼命骑着自行车去什么地方。”

“事关重要。”桃乐茜说，“您看到告示没有？”

他们领她去告示牌。她仔细读完告示。

“不管怎样，我不相信是他们。”她说。

“当然不是他们。”桃乐茜说，“但您看，司令，事情已经发展到这种地步……”

“好吧，我希望你们是对的。”巴拉贝尔夫人说，“但他们这么急急忙

侦探们在路上

忙去哪儿呀？”

“四面八方，”桃乐茜说，“‘苏格兰场’已经开始撒网。您看，只要我们找到肇事者，一切都会迎刃而解。如果他们不在的时间地点有船只被放漂，大家就会明白不是他们。如果有更多的船只被放漂，我们就能及时展开侦查。威廉说不定能帮我们找到线索……”

“威廉！”巴拉贝尔夫人叫道。

威廉向她抬起头，哼了几声。

“它可以当我们的警犬。”桃乐茜说。

“我从来没想到威廉有这本事，”巴拉贝尔夫人说，“但我肯定它会尽力而为的。你们今天还有什么事情？不去骑车吗？”

“我们要守在这儿。”桃乐茜说，“您瞧，我们不知道黑鸭子俱乐部成员能发现什么。我们把自己的自行车借给他们，我们负责坚守‘苏格兰场’和死神与荣耀号。”

“我想知道他们喜不喜欢死神与荣耀号的照片。”巴拉贝尔夫人说。

“他们喜欢极了，”桃乐茜说，“他们对迪克拍的照片非常满意。对了，您愿意为我的《亡命之徒》配点插图吗？我昨天写到第五章了。”

“那迪克呢？”

“荒野里肯定有很多鸟儿。”迪克说。

他们三人带着威廉，从村子里逛过去。巴拉贝尔夫人去造访达钦医生的住宅，跟医生太太聊了一会儿。这时，迪克和桃乐茜前往“苏格兰场”，查看昨天的线索和笔记。然后，他们穿过吊桥，渡过黑鸭子俱乐部的河段（这段时间，吊桥一直没有升起），再穿过法兰德家的花园，一路

沿着河岸深入荒野，来到死神与荣耀号停泊的岸边。

“船儿掩映在柳林之中，这幅画面美极了。”巴拉贝尔夫人说，“我要是驻扎在这儿，这儿的五颜六色好像是专门给我画的。”司令从迪克手中接过她的折叠椅，准备坐下，“可我真希望孩子们在船上。”

“如果我坐进驾驶舱会怎样？”桃乐茜问，“反正我写作的时候都安安静静的。我只要溜进船舱拿我的书就行了。”

她爬上船，跳进驾驶舱。死神与荣耀号小船正是写《亡命之徒》的好地方。她转动船舱把手，门没有开，她又摇了摇把手，从钥匙孔往里看。钥匙没有插在门上，但门锁住了。

“噢，真是烦人！”桃乐茜说。

“怎么啦？”迪克问。

“我进不去。”

迪克登上船，推了推门。

“怎么回事？”司令问。

“他们把我们锁在外面了。”迪克说。

“咦，真的假的？”司令说。她上船推门，也打不开。人们进不了空房子，就会从窗口窥探。他们看见《亡命之徒》的第五章安安静静地躺在对面的床铺上，应该是皮特放在那儿的，他本想带到“苏格兰场”去的。

“那我该怎么办？”桃乐茜说，“别人不回来，我就做不了侦探工作，再说我脑海里已经想好了一些情节，正要加进《亡命之徒》里去呢。”

“你早饭后带的那本书呢？”司令问。

“那是给‘苏格兰场’的。”桃乐茜说，“哨兵们的报告、记录之类的。第五章我正好写到一半。”她通过船舱窗户，不快地望着被阳光照着的铺位，第五章就放在那上面。

“我可以给你一些纸。”司令说，“先写在那上面，之后再抄上去。很多作家就是这样写作的，你明白，就像画画以前要先打草稿。”

“好吧，就这样。”桃乐茜说，“就是一段对话，我得快点写下来。”

早晨平静地过去了。桃乐茜拿了铅笔和纸，在死神与荣耀号驾驶舱里写作，她力图把心思集中到《亡命之徒》上，不要走神去想四位侦探。迪克躺在草地上观察一只水鸡。巴拉贝尔夫人在画画。小狗威廉四处闲逛，时不时地回来确认他们没有离开。

有一次，威廉停住脚步，狂吠不已。片刻间，他们似乎听到有人从堤岸顶端穿过灌木丛走近的声音。桃乐茜起身，以为伙伴们当中有人回来了。然而，即使那里有人，也一定已经走远了，威廉也不再叫了。

将近一点时，他们回到巴拉贝尔夫人家吃午饭。下午，迪克和桃乐茜又把小警犬借去，返回“苏格兰场”，等待各位侦探归来。

第十七章

来自哨兵的消息

“太阳这是怎么啦?”桃乐茜说，“我眼睛眨都不眨都能直接盯着它看。”

迪克和桃乐茜站在“苏格兰场”门外，威廉躺在地上。想要把一条哈巴狗训练成警犬，可不是一件轻松的事。

“活像我们被困在布雷顿迷雾中的那次。”迪克说。

“真希望他们动作快一点。”桃乐茜说。正在这时，他们听到了自行车铃声。

“是皮特!”桃乐茜叫道，“这是我的自行车铃声。”

碎石在自行车轮下哗啦哗啦作响，一阵急刹车，不一会儿，皮特推着桃乐茜的自行车绕过屋角。他的膝盖摇摇晃晃，上气不接下气。

“好久没骑车了。”他说。

“怎么样?”桃乐茜说，“出什么事了? 快点，我们进屋吧，我该记录你的报告了。”

“没什么好报告的，”皮特说，“就是我们损失了一位成员。”

“怎么啦?”

“我们在罗克瑟姆只有一位成员，就是小蒂姆，现在他退出了。我正在跟他谈话时，他爸爸进来大发雷霆。他让我滚远点，不准他们家蒂姆掺和到黑鸭子俱乐部这种流氓团伙里。他说，要是他早知道汤姆·达钦是何许人也，一开始就不会让蒂姆参加。‘鸟类保护，哼!’他说，‘就是

要去坐牢！’”

“他们早晚会后悔的。”桃乐茜说。

“他们都一样，”皮特说，“罗德利一家也一样。我们为他们解救了玛格丽塔号后他们一直是我们的朋友。现在他们跟蒂姆的父亲一样坏。我到那儿打听有没有人在罗克瑟姆放漂船只，就按照你的要求说的。他们开始嘲笑我：‘你来错地方了。罗克瑟姆没有黑鸭子俱乐部的人，你最好到霍宁去打听。’”

“但你什么都没有发现吗？”桃乐茜说。他们走进“苏格兰场”，桃乐茜手里拿着笔，看了看桌上的纸张。她在上面写了“地区报告”的标题，把纸张分为四栏：地点、被放漂的船只、日期、死神与荣耀号当时的位置。

“罗克瑟姆没有船只被放漂，”皮特说，“小蒂姆的爸爸进来以前，我已经弄清楚了。我再问罗德利只是为了确认一下。那里没有船只被放漂，如果有，小蒂姆一定知道。”

桃乐茜写下“罗克瑟姆……无”。然后说：“当然，有朝一日说不定会有。”

“我们没法知道。”皮特说，“没了小蒂姆，谁来通知我们？”

“上游的情况如何？”桃乐茜说，“你还去了哪里？”

“科蒂肖尔。”迪克看着地图说。

“那里也没有船被放漂，”皮特说，“但他们听说过霍宁和波特海姆的船被放漂，以及钩环失窃的事。他们问我是谁干的。我说，我们正在缉拿罪犯。”

“没错，”桃乐茜说，“侦探就是这么说的。‘苏格兰场’正在追踪线索，罪犯不久就将落入法网。”

“你看，我们有不少线索，”皮特说，“这就是追踪工作。”

桃乐茜写下“科蒂肖尔……无”。她遗憾地看看小黑旗。她本来希望这些黑旗能插在黑鸭子俱乐部不可能涉足的放漂地点。“好吧。”她说，“其他地方更远。越远证据就越有力。下一个回来的会是谁呢？”

“我们去外面路上看看有没有人来。”迪克说。

“我们一起去死神与荣耀号吧。”桃乐茜说，“我把《亡命之徒》放在那里了，我还要继续写呢。我前面通过窗子看到了它，但进不了船舱。”

“你现在也不能去。”皮特说，“泰德还在周围转悠，钥匙在乔手里。”

现在无事可做，只有等待。

“那好吧。”桃乐茜说，“侦探调查总少不了漫长的等待。真正在苏格兰场工作的办案人员白天晚上都在等待。”

下一个返回的侦探是比尔。

“斯塔勒姆人早就知道我们。”他把沾满尘土的自行车靠在小屋边上说，“丑事传千里。斯塔勒姆的吉米·佩拉科特问我钩环在哪儿卖的。我说我们没有拿过钩环，没有放漂过船只，但他说大家心里有数。我想纠正他，他往家里跑，我就追他。然后他妈妈出来了，让我别来骚扰他，说她儿子再也不会参加什么鸟类保护协会了，还问我爸爸会怎么看我、我怎么还有脸露面什么的，她越说越着急。”

“那你说了什么？”桃乐茜问，急忙进屋坐在桌边。

“她根本没给我说话的机会。”比尔说，“她把吉米拉到身后，砰的一声关上门，我就走开了。但斯塔勒姆没有船只被放漂，我问过许多人。”

“烦人。”桃乐茜说，在记录中加上“斯塔勒姆……无”。

“你在伊斯泰德见到汤米没有？”皮特问。

“他也是黑鸭子俱乐部的成员？”桃乐茜问。

“其实不是。”比尔说，“他的脑袋不灵光。我是见到了他，但他什么也不知道。他在碎石子滩钓鱼。”

“钓上鱼没有？”皮特问。不管是不是侦探，他仍然是热爱钓鱼的捕鱼人。

“鲈鱼。”比尔说。

“唉，别管什么鱼啦。”桃乐茜说，“有没有船只被放漂？”

“他说：‘你别挡了我钓鱼，影子会把鱼吓跑的。’”比尔说，“所以我匍匐过去，给了他一块三明治。我问他有没有船只被放漂，他却问我：‘你怎么知道的？’”

“继续，继续。”桃乐茜说，拿起一面小黑旗准备插上去。

“我说，我不知道，但我想知道。汤米说，不是他的错。我问他，什么时间什么船。他说是他爸爸的划艇。他让汤米把船系好。汤米把船系在一根杆子上，杆子断了，他只得游泳去追船。”

桃乐茜哼了一声。“那不算。”她一边说，一边写下“伊斯泰德……无”。

“巴顿也没有。”比尔说。桃乐茜又记下来。

“没事，桃乐茜。”迪克说，“汤姆或许会在波特海姆发现更多被放漂的船只。再说乔还没回来。”

快傍晚了，汤姆才绕过屋角，把自行车骑到“苏格兰场”门口。

“根本没有？”桃乐茜一看见他的脸色，就知道他没有带来好消息。

“一艘都没有。”汤姆说，“波特海姆和希克林都没有。索宁的船夫坏透了，他们一口咬定是死神与荣耀号的船员干的。他们说，不管警察来不来，只要逮住个家伙，就会让他好看。”

“他们不可能到这儿来抓我们。”皮特说，“他们要是敢来，我爸爸就会……”

“好吧，汤姆，”桃乐茜说，“但……”

“除了他们在场的那天晚上，波特海姆没有任何船只被放漂。太倒霉了。”

“那天晚上就是故意栽赃，”桃乐茜说，“我现在更加深信不疑了。”

“可他们都认为是死神与荣耀号。”汤姆说，“小鲍勃·科滕一看见我就跑，我只得追上他。他说，他不想再参加黑鸭子俱乐部了。”

“跟斯塔勒姆的吉米一样。”比尔说。

“还有罗克瑟姆的小蒂姆。”皮特说。

“这样下去，黑鸭子俱乐部就要解散了。”汤姆说，“斯塔勒姆和罗克瑟姆的船情况怎么样？”

桃乐茜给他看了空空的条目。

“哪儿都没有船只被放漂。”汤姆说，“乔从阿克莱回来没有？”

“还没有。”比尔说。

迪克在门口，眺望河边树梢后的天色。“我说，汤姆。东风是不是总

会带来雾气？”

桃乐茜不安地看着汤姆。迪克的奇思异想总是让人难以理解，但汤姆很高兴能想想别的，暂且放下黑鸭子俱乐部这件烦心事。“大海在东面，”他说，“所以通常是这样。”

“我们跟司令在布雷顿湖那天就是这样，”迪克说，“现在又来了。瞧，雾气穿过树丛飘了过来。”

汤姆探出头去。“海上经常会有这种雾气，”他说，“看上去没多严重，不用担心乔。哎哟，我真希望他能在阿克莱发现被放漂的船只。”

“从地点看，很有可能。”比尔说，“桥下总有船只停泊。但有谁会放漂它们呢？”

“我真希望他快点回来。”桃乐茜说，“《亡命之徒》被锁在死神与荣耀号船舱内，钥匙还在他手里。我都写好半章了，需要抄上去。”

“情况不妙啊。”汤姆说。

“风雨之后总会等来彩虹，”桃乐茜说，“‘苏格兰场’百战百胜。”

外面传来脚步声。“我想这些你们总会喜欢，”达钦太太在门口说，“你们想喝茶就来拿啊。”

“等乔回来了，我们再吃晚饭。”皮特说，“他不回来，我们就上不了船。”

“又不会妨碍喝茶。”达钦太太说，“比尔，过来一下，你来提茶壶好吗？汤姆过来拿托盘。一切都准备好了。”

“太感谢了。”比尔说。

“骑自行车渴死人了。”皮特说。

“你们都骑车了？”达钦太太问。

“他们四个，”桃乐茜说，“到处走了个遍，只有乔还没有回来。他去阿克莱了。”

“阿克莱！”达钦太太叫道。

“汤姆去波特海姆和希克林。比尔去斯塔勒姆。皮特去罗克瑟姆和其他几处地方。”

“去干吗？”达钦太太问。

“搜寻证据。”

“找到没有？”

“乔或许能找到。”桃乐茜说，但听她说话的口气，她自己都没有抱多大希望。

“苏格兰场”的茶会几乎变成了一场盛宴。茶壶装得满满的，达钦太太给他们准备了两大块面包，一块白的一块全麦的，还有黄油、草莓酱和橘子酱。比尔看到达钦太太拿来的一大堆香肠，说它们重得足以压沉一艘船。

各位侦探马上开吃。他们每吃完一根香肠，就细心地给乔留上一根。比起面包和果酱，小警犬威廉更喜欢香肠，但分到的没它的伙伴们多。它吃了三根香肠后，迪克和桃乐茜都同意不能让它再吃了，因为巴拉贝尔夫人说它已经够胖了，却总是懒得运动。

“威廉，别吃香肠了。”桃乐茜说，“不过，你待会儿还有一份巧克力。”

属于乔的那一份香肠越堆越高，但他还是踪影全无。皮特担心了好几次，说乔是不是在兰沃思遇上麻烦了。他出去往公路上眺望，试图找到乔的身影。最后，汤姆也出去查看。他回来说外面雾气已经越来越浓，变成了正儿八经的浓雾。“对乔没有什么影响……但我还是希望他快点回来。”

“他是我们最后的希望。”桃乐茜说，“如果除了我们已知的几次，再没有其他船只被放漂，那大家都归咎于黑鸭子俱乐部就不足为奇了。”

时间继续流逝。夜幕渐渐降临，桃乐茜开始操心回家的事。“晚一点没关系，但那时候天就黑了。没有乔开门，我就没法把我的《亡命之徒》第五章从死神与荣耀号里拿出来。”她看看乔的一堆香肠，再看看茶壶。“我们给他留的茶一定已经冰冷了。”她补充说。

“我们要不要重新倒些茶？”汤姆问。

“快听，”皮特叫道，“那是什么声音？”片刻后，乔火急火燎、风尘仆仆地骑着迪克的自行车，绕过屋角过来。

“有没有情况？”比尔、汤姆和皮特异口同声地问。

“什么事都碰到了。”乔说，“迪克，我把你的自行车胎扎破了，后来在阿克莱补了轮胎。现在虽然没问题……但其他的事情都一塌糊涂。我渴死啦！”

“茶凉了。”桃乐茜说。

“没关系。”乔说。桃乐茜给他倒了一杯。他大口喝了下去。

“我大概骑了两千千米。”乔说。

“不会吧？”比尔说。

“一万千米。”乔说，“都是兰沃思的小罗宾害的。我到了那里，小心地绕过教堂。我看到了小罗宾，他也看到了我。然后，一个老农民绕过教堂看到了我，对其他人叫道：‘他们有一个在这里！’我骑自行车跑了，觉得最好不要走前往渡口的马路，所以走了另一条路。他们没有追上我。我猜他们走的是去渡口的那条路。”

“继续说，”桃乐茜说，“继续说。”

她又给乔倒了一杯茶，乔再次一饮而尽，从杯口上方迫切地看着他的听众们。

“我觉得不能不见小罗宾就走。我等了一会儿，绕路回去，一个人也没有。然后，我取道马斯特，看到小罗宾在码头上。你们信不信，他一见我就逃。我跳上车追他，把他抓住。他要我放了他，说他已经不是黑鸭子俱乐部成员了……”

“又是一个。”比尔郁闷地说。

“我说：‘不管你是不是黑鸭子，要是不好好说话，我就让你追悔莫及。’我问他有没有其他船只被放漂。他说我们不仅放漂了他们的船，还把自己的船也放漂了。我气坏了。这时，老农夫又赶到我后面。另外两三个人从路上过来。小罗宾趁机溜之大吉。我跳上车，冲过三四个想拦我的人。有一个差一点抓住我，但没能成功。我一直骑到南沃尔沙姆，那儿也没有船只被放漂。但码头上有个家伙说：‘你不就是他们当中……’我没有等他说完，直接骑到阿克莱。这一路上，我的前轮漏气了，幸好没发生在兰沃思。我坚持到阿克莱，找到我们的人……”

“那个总是胃疼的男孩？”桃乐茜问。

“就是他。”乔说，“退出黑鸭子俱乐部又不会让他的胃疼消失。他竟然说，他不想再参加黑鸭子俱乐部了。”

“我们快没人了。”比尔说，“黑鸭子俱乐部完蛋了。只剩下我们三个和汤姆。”

“还有我和迪克。”桃乐茜说。

“阿克莱没有船只被放漂。”乔继续说，“据他所知，其他地方都没有。我拿了他弟弟的自行车备件，在他院子里修好了漏气的轮胎。后来，他妈妈回到村里，看到我了，他们两个就进屋争论起来。我骑上车走了，一千米以外还能听到她的声音。”

“然后呢？”桃乐茜问。

“有两个人去兰沃思，我觉得最好换条路走。我穿过阿克莱桥，绕过雷普斯，好不容易通过波特海姆，担心他们在那里截住我，最后就从卢德姆回来了……还有香肠吗？”

“那一堆都是你的。”桃乐茜说着，又给他倒了一杯凉茶。

“这样一来，”汤姆说，“就意味着我们已知被放漂的船就是事件的全部。我们白费了一整天的时间。”

“这其实不算浪费，”桃乐茜说，“这是摸索的过程。侦探都是这样。你们知道，苏格兰场常常一头雾水，不断摸索，这条线索断了就跟下一条，这条路走不通就换个方向……他们把罪犯逼到绝境，最终一网打尽。皮特，怎么啦？”

皮特一直在跟比尔说悄悄话，听到桃乐茜叫自己，脸红了。

“继续说，皮特。”比尔说。

“我说，为什么不先跟着第一条线索走下去呢？我们没有时间调查所有的线索。”

“但我们不知道哪个才是第一条线索，”桃乐茜说，“如果我们知道，就用不着侦查了。无论如何，这都不算浪费，我们至少确定了一件事。”

“什么事？”

“现在我们确定，放漂所有船只的人故意选择黑鸭子俱乐部停靠的地点。这么多次不会全是偶然。我们明天去寻找罪犯的自行车。但我说，迪克，我们要先回家，回家之前我得去死神与荣耀号拿《亡命之徒》第五章，钥匙还在乔身上。”

“天哪！”乔说，“皮特早上没有把书拿给你吗？”

“我拿出来了，本来准备带走。”皮特说。

“我们现在就去。”迪克说。

“好吧。”乔说，咬了一口香肠。

“先让他吃完。”汤姆说。他查看着地图，每个画线的名字代表黑鸭子俱乐部的哨兵。“这就是说，阿克莱没有人了。”他说，“波特海姆没人了，罗克瑟姆没人了，兰沃思没人了……只剩下我们在霍宁……”

“如果找不到放漂船只的人，我们都当不成黑鸭子了。”比尔说。

桃乐茜打量着门外。暮色越来越深，雾气越来越厚，天色显得比实际时间更晚。

“我说，我们得马上走了。”桃乐茜说，“威廉，来吧。”

她出了门，又等待了片刻。威廉跟在她身后，其他人围在汤姆身边。汤姆取下北方水域图，擦掉那些已经不是黑鸭子俱乐部的哨兵所在位置

的铅笔画的线。

“威廉，快点。”桃乐茜说。

“我们马上来。”汤姆喊道，“我说，迪克，你和桃乐茜春天什么时候能来？我们需要召集一切可用的人手，要不然鸟儿就全完了……”

桃乐茜和威廉上路了。

第十八章

一片法兰绒

桃乐茜在黑鸭子俱乐部堤岸旁的吊桥上等待。这一天已经无事可做，她想拿着《亡命之徒》早点回家，以便赶上巴拉贝尔夫人的晚餐，哪怕她刚才吃了这么多香肠，肚子还饱着。这些男孩可真够烦人的。汤姆说了“马上来”，可他们还在“苏格兰场”说个没完。她穿过法兰德家的花园，拉紧威廉的牵绳，免得它对园子里的植物产生兴趣。她穿过花园，绕过法兰德家的船棚，走过木门，来到荒野。她放开了威廉，这条结实的警犬快活地跑开了，一边嗅，一边跑，又从灌木丛中穿了过去，不停地跑。它已经对荒野情有独钟了，也迷上了这潮湿的秋雾里散发出的怡人香味。

桃乐茜仔细聆听有没有别人的声响，但什么也没听到。她沿着河边小径，穿过潮湿的草地。这时，威廉不屑于走老路，在柳林中自己开路前进。雾色迷蒙，她回想起春天起绒草号在布雷顿湖迷了路，威廉可是报信有功，人人夸奖。但现在，威廉作为一条警犬，桃乐茜不得不承认，黑鸭子们不把它当回事有那么点道理。威廉总是三分钟热度，就像大风天里时隐时现的阳光。一条警犬应该一心一意。打个比方吧，威廉其实有点像迪克一样天马行空……当然，迪克是科学家范儿。唉，又为这些男孩伤脑筋！桃乐茜后悔没有直接向乔借钥匙，她本来有时间先拿到书，再回“苏格兰场”的……

她来到荒野的支流汇入河道的地方。小路在这里沿着堤岸向左转，

桃乐茜透过浓雾朝前望去，一眼就看到了死神与荣耀号，就在那儿，船旁边就是大片的垂柳林。嗨！桃乐茜加快脚步。汤姆和其他人一定绕道走在她前面了。他们一定有人上了船，斜着身子，拍打它巨大的烟囱帽。

“嗨！”桃乐茜叫道，“你们真是快呀！”

雾气一片，没人回答她。

她又喊了一声。

绿烟囱帽旁边的人突然转过身，冲进树丛。紧接着，威廉发出一声受惊的尖叫，然后是夹杂着痛苦、恐惧和愤怒的喊声，接着是一个人倒地的声音。威廉发出第二声尖叫，然后是有人逃跑的脚步声……

“他踩到威廉了！”桃乐茜叫道，“喂！威廉！威廉！”

脚步声在她身后响起来。

“出什么事了？”汤姆喊道。

“有人往路上逃走了。”桃乐茜说，“我刚才吓到了他，他不知怎么踩到了威廉身上……”

汤姆转过头来看着大伙儿。

“可我们都在这儿。”他说。桃乐茜看到跟着一起过来的皮特、乔、比尔和迪克。

“怎么啦？”皮特问。

“有人刚才在你们的船上。”桃乐茜说。

“快点过去。”乔叫道。死神与荣耀号船员从汤姆身边冲过去，沿着堤岸上了船。

“他在哪儿？”比尔问。

有人在拍打烟囱

“我一个人都没有看见。”乔说。

“都过了一分钟了。”桃乐茜说，“你们没听见威廉尖叫吗？他踩到威廉身上了。威廉！威廉！”

他们都登上了死神与荣耀号。乔和船员们把整艘船查看了一遍。乔在驾驶舱里，他从口袋里掏出那把大号钥匙，打开船舱门。

“门没事，”他说，“没有人来过这儿。”

“但我看到他了。”桃乐茜说，“我看到他，还以为是汤姆。他那时在拍打烟囱，我呼喊他，然后他逃进了灌木丛里，中间一定是绊倒在威廉身上了。威廉上哪儿去了？威廉！威廉！快回来！”

就在这时，威廉冲出灌木丛，浑身泥浆，上气不接下气。它摇摇脑袋，仿佛在忙着捉老鼠。它向桃乐茜跑过来，气喘吁吁地趴在地上。

“它咬到那人了！”桃乐茜叫道，“威廉真棒！我就知道那儿有人。威廉看来是条名副其实的警犬，看看它弄到什么啦。”

威廉受到了爱抚，吐出一块沾满泥污的灰色法兰绒碎片。

“这是裤子上的，”皮特说，“就像汤姆穿的这条。”

“这可不是我的，”汤姆说，“我跟你们在一起，比她晚来。”

“当然不是你的。”皮特说，“我只是说，就像你穿的那一种裤子。”

“再说了，”汤姆说，“咱们的威廉不会咬我，要说咬人，它更有可能咬你们中的一个。”

“你们几个，它谁都不会咬。”桃乐茜说，“它以前可从来没咬过人。”

轮到迪克说话了，他看看法兰绒碎片。“这可能是又一条线索。”他说。

“这就是罪犯的！”桃乐茜说。

“他从哪条路走的？”迪克说。

“他逃进了灌木丛，”桃乐茜说，“就在那儿，然后事情就乱了套，威廉叫了，他也叫了。确切地说，不是喊叫，而是短促的尖叫。然后我就听到他逃走了。”

“快点，”汤姆说，“我们去追他。”

“带上威廉。”桃乐茜说，“好威廉，去抓他，去抓他。快点！快使出你警犬的威力来！”

但威廉的兴奋劲已经过了，其他人穿过灌木丛，它已经没有兴趣去搜寻了。

“迪克最好先走。”乔说，他想起迪克在兰沃思的侦探工作可圈可点。

“迪克，加油！”汤姆说。

追踪很容易。谁都看到了威廉的对手在毫无防备的警犬身上绊倒的地方，谁都看得出他最终是向公路走去的。

“他没能赶上开门。”汤姆说。

“他动那把旧锁的脑筋干什么？”乔说，“照理说，没人有那心思啊。”

迪克弯下腰，慢慢前进。

“唉，迪克，快走呀。”汤姆说，“我们动作快一点，或许就能抓住他了。”

“我没考虑那个，”迪克简短地说，“我在搜寻更多的线索。他可能落下了什么东西。”

他们什么都没有找到。他们来到分隔道路和荒野的篱笆前。铁丝网

和尖刺上面没有留下灰色法兰绒碎片，也没有痕迹显示他们的猎物从哪儿翻了过去。他们自己翻了过去，沿路上下查看。一个人都没有看到。

“太晚了。”桃乐茜说。

“迪克有发现。”皮特说。

迪克正在篱笆附近，查看地面。

“迪克，有什么？”汤姆问。

“自行车的痕迹。”迪克说，“他骑了辆自行车，停在这里，靠着篱笆。你们看，这是把手靠过的地方，在苔藓上留下了印子。这儿还有车辙印。小心，别踩到了，这些印痕都很浅。”他跪下来，“要是这地面稍微亮点的话……我相信就是同一辆自行车……邓禄普牌轮胎。”

死神与荣耀号的船员们从口袋里掏出三支手电筒，齐齐地照在轮胎印上面。

“是邓禄普牌的，没错。”比尔说。

“看上去跟你的自行车一样。”乔说。

“不一定是同一辆。”汤姆说。

“我确信就是同一辆。”桃乐茜说，“他当初骑到兰沃思去了，现在就来了这儿。噢，可惜我们都是从河边过来的。如果我们有人从路上走过来，就能看到自行车，顺便看看打气筒的软管有没有丢失。”

“我们本来可以当场抓住他的。”皮特说。

“真想知道他走哪条路了。”乔说。

但他们没有在硬路上发现自行车的痕迹。他们到处寻找，但没有找到其他线索。桃乐茜想起了巴拉贝尔夫人。

“迪克，”她说，“我们该走了，但等我拿上《亡命之徒》。”

他们重新爬过篱笆，回到死神与荣耀号。

“可他到底在干什么？”乔说，“我就是不明白这一点。如果是同一个人，他在兰沃思放漂了别人的船。我们知道这事，但他在这儿到底想干什么？弄跑死神与荣耀号？桃乐茜和威廉坏了他的好事，狗狗好样的！”

“我早就跟你说过它的用处可大了。”桃乐茜扭头说，“警犬扑向猎物。罪犯为了逃跑疯狂挣扎，没注意到线索留在了警犬的口中。最后，就是这条线索把他送上了绞刑架。”

“他没有动我们的系船索。”他们来到死神与荣耀号船边，乔说，“我知道，因为是我亲手系的船。一切都跟我们离开时一样。”

迪克又研究起了法兰绒碎片。“他穿法兰绒灰裤子，”他说，“骑一辆邓禄普牌轮胎的自行车，可能住在霍宁……总之是在河这一边，因为他用过渡船。他的打气筒丢了橡皮管，有一只轮胎穿孔漏气。”

“这没有多大用处。”比尔说，“很多人的自行车轮胎都是漏气的。我那老旧的后胎满是补丁。”

“当然，现在他的打气筒可能已经换了新管子。”汤姆说。

“无论如何，我们已经掌握了他的许多情况。”桃乐茜说。她爬进驾驶舱，过去拿书。

“我们明天就去查看村里所有的自行车。”乔说。

“桃乐茜，仔细回想一下，”迪克说，“你看见他时，他到底在干什么？”

“拍打烟囱。”桃乐茜说，“至少看上去像这样。”

“你来演示一下，”迪克说，“我们看着，看看能不能猜出他在干什么。”

桃乐茜遵从地重新跳上岸。毕竟这是侦探分内的工作。“我离得很远，”她说，“所以没法看得很清楚，我说……汤姆可以模仿得更好……（她伸手朝着烟囱）我不够高。他一伸手就够着了……对……就像这样……不……更接近烟囱顶，拍着它……然后，他另一只手也放在烟囱顶上……不……比这高多了……”

“唉，你瞧，”汤姆说，“我的胳膊可没有一千米长。”

“坚持一分钟就好。”桃乐茜说。她沿着岸边，跑回她刚才看到死神与荣耀号和闯入者的地方。

“他的个头比汤姆高大得多。”她叫道，跑回来接着说，“我认为他当时一定是跪在舱顶上。”

迪克做着记录。

“我觉得我知道他为什么要拍打烟囱了。”他迟疑地说道，“但也可能是其他原因。”

“继续说。”汤姆说。

“他知道船员晚上生火，摸烟囱是想知道他们在不在家。”

“那他为什么不从窗户往里看？”比尔问。

“说不定炉火边有人。”迪克说，“如果是暖的，就说明船上有人。”

“如果他想见我们，为什么桃乐茜一叫，他就跑了？”比尔问。

“他没安好心。”皮特说。

“很有可能。”乔说，“要不是桃乐茜看见他，我们回来可能就会发现我们的船跟其他船只一样，已经顺流而下漂走了。”

“他没有时间把我们的船放漂，或许是个遗憾。”汤姆说，“要不然，大家都会知道放漂船只的另有其人，不是我们。”

他们对此思索了片刻。然后，桃乐茜又想到了巴拉贝尔夫人。

“迪克，走吧。”她说，“天都快黑了。”

“我去给你拿书。”皮特说。不一会儿，他就从驾驶舱里把书递了出来。

“从公路走更快些，是不是？”桃乐茜说，“威廉，快点……别再到处瞎逛啦，我要给你上狗绳了。”

“我们要把新线索加到‘苏格兰场’其他线索上。”迪克说。

“他要是又来了怎么办？”汤姆说，“我是不是留下来比较好？”

“有我们三个，”乔说，“我们能搞定他。他再来就更好了，我们就能看清楚他那张丑陋的嘴脸了。”

汤姆、迪克、桃乐茜和威廉回到达钦医生家，把灰色法兰绒碎片挂在其他线索旁边。然后，迪克和桃乐茜骑着自行车回家。为了让警犬跟上，他们只好慢慢骑行。

在死神与荣耀号船上，三个人都早早上了床。

“不用生火了，”乔说，“我们都吃饱了，不用做饭。”

“但你们看，”皮特抗议说，“这次轮到我来生火。”

“好吧，”乔说，“我们知道。你可以明天早上生火，不用汽化炉。如果你想要点亮光，就点盏防风灯吧。”

乔给他的小白鼠喂了点巧克力，随后给每人分了一块，他们躺在各自的铺位上，吃着巧克力，看着防风灯的摇曳灯光，谈论着白天的事情。

“最好让这灯亮着，”皮特最后说，“以防那家伙再来。”

“好样的哈巴狗。”乔说，他向左侧了侧身子，免得灯光刺眼，“谁能想到哈巴狗还能勇斗歹徒。”

“踩着它了呗。”比尔睡眼蒙眬地说，“狗狗都是这样。”

第十九章

不速之礼

终于轮到皮特生火了，这一刻他盼了好久。但晚上生火是一回事，早上从床上爬起来生火又是另一回事。皮特醒来，犹豫了好一阵子，直到乔和比尔喊他赶紧起来。终于，他下定决心，甩开毯子，揉着眼睛，爬出铺位。他跪在舱顶上，打开炉门，伸手去掏残灰，却磕到了手指关节。

“是谁把里面关上了？”他愤愤地喊道。

乔和比尔先后用一声呼噜回应。

“今天又不是愚人节！”皮特说，“我差点磕掉了一层皮。”

“你要是生不了火，我就点汽化炉吧。”乔说，“我们还要吃早饭。”

“那你们干吗把炉子给关了？”皮特伸手又试了一次，“你们到底往里面塞了什么东西！”

他的手指在炉子下面摸到了什么又粗又硬的东西。他拖出一只沉重的口袋，金属摩擦发出沉闷的声音。

乔睁开一只眼睛，睡眼惺忪地看着。

“好多旧铁啊，”皮特说，“这是哪一出啊？”

“比尔，是你放进去的？”乔问。

“放什么进去？”比尔在铺位上翻过身，看向船舱另一边，“我说，当心煤烟。”

皮特在地板上打开炉子里的口袋。

“天哪！”他说，“是钩环。好漂亮！”

“钩环！”乔叫道，立刻蹦出铺位，拿起一只钩环仔细查看。这只钩环用崭新的炮铜制成，涂了一层保护油，显得金光闪闪，“怪不得炉子堵住了，原来就是塞了这些玩意儿。”

皮特数了一下。“整整二十四只大件钩环，”他说，“还有八只小的。”

“把它们包起来，”比尔突然说，“包起来。我们不想跟这些钩环扯上关系。泰德前天晚上怎么说的？我们明明没有钩环，他偏说我们有。钩环！你们读了码头上的告示吗？快包起来！我们一吃完早饭，就把它们交给泰德。小皮特，把火生起来，还有，把你身上的煤灰掸干净以前别碰别的东西。”

火生起来了，水壶在烧水。与此同时，他们在河里打了桶水，匆匆忙忙、心烦意乱地洗漱了一番。他们不时地扭头查看，仿佛每一棵灌木后面都可能潜伏着敌人。

“有人在想方设法往我们身上栽赃，”乔说，“又是放船又是偷窃。比尔说得对，那家伙一定是从烟囱里塞进来的。我们要抓紧时间，接下来，泰德就会来这里，查获赃物。皮特，看好了，水差不多开了。”

皮特从罐头里倒出可可粉和奶粉，只等着水开后加水搅拌。水还没有完全开，皮特就泡了下去，结果大伙儿喝的时候，可可粉都粘在口腔上颚。但大家没有抱怨，喝了下去。至少，这样不会因为太烫而喝不下去。他们的眼睛一直盯着船舱地板上的袋子不放。

“最好不要放在我们看得到的地方。”比尔说，他把口袋搁到炉火边。

“加上我们睡过头了。”乔说，“如果那家伙报告了泰德，我们马上就会被人赃俱获。”

他们每人吃了一片厚圆面包和一大块培根，又吃了一块涂了果酱的面包。他们一边吃，一边打量着刚才发现钩环的炉子。这袋玩意儿简直就像一包炸药，搞得他们心神不宁。

“快点。”他们差不多吃完时乔说，“我们马上拿给泰德。”

“还是先拿给汤姆·达钦看看。”比尔说。

“那就塞进皮特的钓鱼包里。”乔说。

他们沿着河岸，穿过法兰德先生的花园，跨过吊桥，直奔“苏格兰场”。小屋的门开着，小狗威廉正在门口睡觉，桃乐茜在桌上忙着写什么东西。

“汤姆在哪儿？”乔问。

“他们出去了。”桃乐茜说，“他们赶着去自行车店。你们也应该过去。我们要列出一张装了邓禄普牌轮胎的自行车清单。怎么啦？出什么事了？”

“糟糕无比的事。”乔说。

“我在炉子里发现了这些。”皮特说。

“我们现在知道那家伙在烟囱上干什么了。”比尔说，“乔，拿给她看看。”

乔把皮特钓鱼包里的东西全都倒在了“苏格兰场”的地板上，再解开放着钩环的袋子。桃乐茜打量着这些闪闪发光的黄色钩环。

“这些是什么？”她问。

“你向捕鱼能手打听打听吧。”乔说，“你不知道吗？这些是钩环，崭新的钩环，涂了油放在商店里卖的。这些东西正是那些从波特海姆的索

宁商店里偷走的，皮特在我们的炉子里发现了它们，那时他正要生火。”

“你碰上他的时候，那家伙正把钩环塞到烟囱里。”皮特说。

“好！好！”桃乐茜说。

“什么好？”乔问。

“一切就说得通了。”桃乐茜说，“你们没看出来吗？我想小偷是在故意栽赃你们……在你们停泊的地方放漂船只，让人们认为是你们干的。现在我们搞清楚了，这些全是同一个人干的。波特海姆的事情似乎很奇怪，毕竟离得太远了，但波特海姆的东西莫名其妙出现在了霍宁……那就一定是有人把它们带了回来……他是霍宁本地人……我们只要知道是谁就行了。他骑了辆邓禄普牌轮胎的自行车，轮胎打气筒少了部件，法兰绒裤子被撕破了，还有……”

死神与荣耀号船员都目不转睛地看着她。

“你们找到这些钩环可太好了。”桃乐茜说，“罪犯的如意算盘是组织搜索队，亲自找到赃物，那样人人都会相信你们在藏着掖着。”

“快点，”乔说，“我们要马上摆脱这些玩意儿。”

“我一开始就这么说。”比尔说。

“我们来数数。”桃乐茜说。

“大件二十四只，”皮特说，“小件八只。”

“来吧。”乔说，急忙把钩环重新包起来。

“你们想怎么处理它们？”桃乐茜说，“放在这里很安全，就挂在其他线索旁边吧。”她指了指挂在墙上的轮胎印素描、法兰绒碎片，还有打气筒的一段橡皮管，每一样都挂在钉子上。

"泰德在追查这些钩环。"乔说，"我们想尽快交给他。"

"这样也许更安全。"桃乐茜说，"汤姆和迪克会在自行车店附近等候。"

他们绕过屋子，出了医生家的大门，匆匆沿着公路前往泰德先生家。

两个大男孩骑着自行车从路上过来。

"是乔治·欧顿和他的伙伴。"皮特说。

两个大男孩跳下自行车，拦住死神与荣耀号的船员。

"你们要去哪儿？"乔治·欧顿问。

"找警察。"比尔说。

"又在放漂船只了？"

"我们根本没有放漂船只。"乔说。

"你们那袋子里装着什么？"

"告诉他。"比尔说。

"许多钩环。"乔说，"我敢打赌就是波特海姆索宁商店里失窃的那些。"

"你们应该心里有数。"乔治说。

"我们心里有数，你什么意思？"乔愤怒地说。

"得了吧，别装傻，"乔治说，"你们看到告示了。现在拿去给泰德？对，我看你们现在也只能这样了。"

他的朋友笑了起来。

"没错，"乔治说，"你们交给泰德先生，或许他会从轻发落你们。"

"我们没有什么事需要被从轻发落的。"皮特说。

“哈，要是算上你们放漂的船……现在再来个盗窃罪，哼，这还叫没事？”

“我们在炉子里找到的。”皮特说。

“你们自己偷的，当然知道藏在哪里了。”乔治说。

“快点，”乔说，“泰德先生比有些人讲道理多了。”

“看看，”乔治说，“真不要脸。”

他们匆匆赶路，身后传来嘲弄的笑声。

“他咬定是我们，因为汤姆·达钦放漂过玛格丽塔号。”比尔说。

“我们没注意他们的轮胎。”片刻后，皮特说。

“以后再看。”比尔说，“但不会是他们俩。告诉你为什么，尽管乔治·欧顿喜欢打鸟、掏鸟蛋，但他最反对乱动船只。看看他多么支持玛格丽塔号的坏蛋们而反对汤姆，看看他是怎么跟泰德合作、热心巡查防止船只被人放漂的。”

他们看到泰德先生的自行车靠在小花园的栏杆上，知道他还没有离开家。

“邓禄普牌。”他们经过自行车进门时，皮特说。

“别多想。”乔说，“也不是泰德先生放漂了船只。”

泰德先生穿着衬衫，开门迎接他们。

“快看这个，泰德先生。”乔说，从钓鱼包里拿出袋子。

“这是什么？”泰德先生问。

“钩环。”乔说，“您那天晚上打听钩环时，我们告诉您我们没有，那时我们的确没有，但皮特今天早上在炉子里发现了这些。我们差一点抓

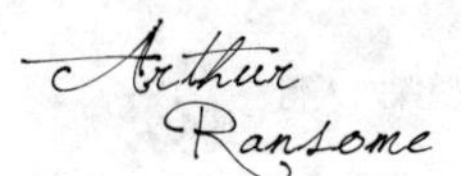

住那个往烟囱里塞东西的家伙……”

“进来吧。”泰德先生说。他们跟着他进了小客厅，壁炉架上有一幅巨大的画像，画的是泰德夫妇举办婚礼的场面。画中的泰德先生仿佛被他那白色衣领勒得喘不过气来，泰德太太则手捧一大束鲜花，露出手指上的戒指。泰德先生从壁橱里取出记事本、一支钢笔和一瓶墨水。他在桌边坐下，袋子放在面前。三个孩子并排站在婚礼画像下，忐忑不安。

泰德先生打开袋子，看了看里面的钩环。

“剩下的在哪儿？”他问。

“我们就找到这些。”乔说。

泰德先生看看钟，上面写着“来自军队的朋友和仰慕者”，说明这是婚礼那天送给他的礼物。

“上午十点十五分。”他大声念出写下的话，又严肃地抬头看看孩子们，“现在，”他说，“你们仔细想想……糊弄我没有好处，不要幻想放弃了几只你们不想要的钩环，就能保住剩下的。”

“我们一只都不想要，”乔说，“一只都没拿过。”

“那它们怎么会到你们的船上？你们倒是说说。”泰德先生说。

“是从我们的烟囱里塞进来的。”乔说，“我刚才告诉过您，我们差一点逮住那个塞东西的家伙了。”

“本来我们昨天晚上就会发现，”皮特说，“但就因为我们昨晚没有生火。今天早上轮到我生火，我一打开炉子就发现了这些。”

“你们看看，”泰德先生说，“你们停在这个码头，这个码头就有船只被放漂。你们去了兰沃思，那里的船只就被放漂。你们放漂了吉姆·伍

德尔的小船，害得他丢了新尾缆，我们在乔纳特船棚附近才找到，而你们的船就在那里停着。”

“噢，缆绳找到了。”皮特热切地说，“那根尾缆可新了。汤姆说，吉姆认为缆绳已经被扔到河里了。”

“他们当然找到了。”泰德先生说，“就在你们放缆绳的地方找到的。”

“我们没有动过它。”比尔说。

“你们又去了波特海姆，”泰德先生继续说，“那天晚上船只被放漂，索宁先生丢了一大批钩环。现在你们拿给我一部分钩环……”他突然停下来，举起一只钩环细细端详，“第一步，”他说，“是核对，我应该早点想到的。你们几个可以先走了，等索宁先生确认了这些钩环后，我再来找你们。走吧走吧，但不要以为我们不会刨根问底。你们下次考虑清楚再跟我说实话。真为你们的父亲感到难过，他们都是诚实的人。”

“我们还不如把这些钩环直接扔进河里呢。”他们出去时，乔愤怒地说。

皮特在门外停下来，涨红了脸。他回到泰德先生家门口，泰德先生还在那儿，努力思索着。

“泰德先生，能不能给我们一张纸？”他说，“我有铅笔。”

“要是你想要作自愿陈述，”警察说，“必须在证人面前签字。”他返回客厅，从记事本里撕了一张纸回来。

皮特谢过他，在门外和另外两人会合。

“怎么啦，皮特？”比尔问。

皮特在泰德先生的自行车后轮旁边的马路上俯下身子，尽他所能画了一张轮胎的素描。

他刚画完，警察就出来了。

“这是怎么回事？”泰德先生说，“你们在干吗？别动我的自行车。”

皮特仍然涨红着脸，赶紧把纸收起来。“邓禄普牌轮胎。”他说，“把钩环放进烟囱那人骑的自行车，轮胎也是邓禄普牌。”

泰德先生不知道他在说什么。

“你们没有扎我的轮胎吧？”他阴沉着脸说。

三人匆匆离开，去找汤姆和迪克。泰德先生用手摸了摸轮胎，一脸困惑地看着他们离去。

第二十章

邓禄普牌轮胎

汤姆和迪克在比克斯贝自行车店门口仔细打听。没错，他们被告知，要是想换新轮胎，那邓禄普牌绝对是首选，要是想要别的，帕尔默牌也不错。比克斯贝老头卖自行车已经快五十年了，此刻正满怀期待地看着汤姆。

“要是漏气了呢？”汤姆问。

“只要扎了钉子，什么牌子都会漏气。”比克斯贝先生说，“不过，现在漏气少多了。可能是路面改善了，马匹少了，树篱也没那么多刺了。荆棘跟钉子一样讨人厌，可能还更糟一点。马路上铺柏油以前，尘土中经常夹杂着荆棘。”

汤姆扭头看到三位黑鸭子成员正从屋角绕过来，于是在附近等待。他没有打招呼，他们也知道汤姆在询问别人问题，不想他们出面。他又想到了一个问题。

“过来补轮胎的人多吗？”他问。迪克摘下眼镜，这是关键问题。

“没多少。”比克斯贝先生说。

“最近有吗？”汤姆好像是随便问问，没有特殊的原因。

“有啊。”比克斯贝先生说，伸手摸向工作台上沾满灰尘的一辆旧自行车，“前天就来了一辆。”

“邓禄普牌轮胎的？”汤姆问，兴奋之情溢于言表。

“是的，”比克斯贝先生说，“这个牌子最常见。你想不想要一辆

新车？”

“现在还不，”汤姆说，“改天吧，我的车已经破得不行了。”

“那要不要换新轮胎呢？”比克斯贝先生问。

“改天吧。”汤姆说。

“哦，”比克斯贝先生说，“失陪了，我要忙了。”他回到店里，钻到后面去了。

“这车根本没有打气筒。”迪克看着工作台上的旧车说，“我说，我们应该去问问有没有人买打气筒。”

“我们要盯住来取这辆自行车的人。”汤姆说，“各位黑鸭子要小心了，我们不能成群结队地去侦查。”

“出事了。”乔说，“你记得昨天那个弄我们烟囱的家伙吗？”

“记得。”汤姆说。

“他往里面塞了一袋钩环。”乔说。

“我今天早上在炉子里发现的。”皮特说，“害得我手指关节差点破皮。”

“钩环在哪里？”汤姆问，“你们怎么处理的？”

“交给泰德先生了。”乔说。

“泰德就说是我们偷的。”皮特说，“乔治·欧顿也一口咬定。”

“天哪，”汤姆说，“是波特海姆那些失窃的钩环。”

“我们也这么想。”乔说，“泰德先生拿到波特海姆确认去了。瞧，他要走了。”

泰德先生此时穿着全套制服，骑着自行车绕过街角，前往波特海姆。

那袋钩环被系在自行车的把手上。他从孩子们身边经过，那表情就像要把一群罪犯绳之以法一样。

“无论如何，”汤姆指着店里，“必须有人在外面盯着来取自行车的人。要是他有一条裤腿被撕破了……”

“我们最好别离店门口这么近。”迪克说。

“我们不要都挤在这里，”汤姆说，“这家伙可能看到我们就会躲开，等下次再来取车。”

他们穿过马路，讨论谁该留下来监视。这时，另一个熟人绕过街角。他似乎心情很好，他总是这样。孩子们看到他向糖果店老妇人脱下黑帽子，向收牛奶瓶的小男孩点点头。孩子们都以为他会向他们点头致意，照例亲切地打听一下鸟儿们的动向，但他明明认出了孩子们，却是一脸严肃，既没有点头也没有打招呼。

“又是一个怀疑我们的人。”比尔说。

“可他是老牧师，”汤姆说，“他知道不是我们干的。”

“他进自行车店了。”迪克说。

两分钟后，他们看到老牧师重新走了出来。他推着那辆锈迹斑斑的旧自行车，向送他出门的比克斯贝先生致谢、告别。

“唉，牧师，”比克斯贝先生说，“轮胎磨损得很厉害，一只车胎有几处就快磨出洞来了。它们用不了多久了。我这儿有几只很好的新轮胎，价钱再便宜不过……”

“到时候我会买新轮胎给自己当圣诞礼物的。”老牧师说完，骑上自行车走了。

“半夜在兰沃思放船的不是他。”比尔说。

“把钩环塞进烟囱的人也不会是老牧师吧。”乔说。

“他的裤子有没有破口？”皮特问。

“就算有，他也不可能是我们要找的人。”乔说，“这就是说，我们还得另找自行车。”

“我还以为我们有发现了。”汤姆说。

迪克的思绪在另一条线索上。

“可惜，你们把钩环直接交给泰德了。”他说，“你们应该带到‘苏格兰场’去。”

“我们其实拿去了。”乔说，“但那里只有桃乐茜一个人值班。”

“还有我们的警犬。”皮特说。

“她确实想留下来。”乔说，“但我们万分确定这是波特海姆的赃物，只想尽快摆脱它们。”

“我们确实不能把它们放在‘苏格兰场’。”汤姆说。

“它们可能就是一条线索。”迪克说，“它们看上去什么样？”

“就是崭新的钩环，”乔说，“上好的货色。商店涂的油还在。”

“油？”迪克说，“上面可能有指印。”

“都是我们的指印，”比尔说，“我们传着看过。”

“它们长得一样吗？”迪克问。

“十二对大的，六只小的。”比尔说。

“八只小的。”皮特说。

“但我听说，”汤姆说，“店里总共被偷了一罗半的钩环。”

“所以泰德问我们剩下的在哪里，”乔说，“他断定我们留下了。”

“拿我们当贼。”皮特气呼呼地说，“他自己的自行车轮胎就是邓禄普牌的。”

“皮特，闭嘴。”比尔说，“我们知道不是老泰德干的。”

“我们去跟桃乐茜谈谈。”迪克说，“桃乐茜会弄清楚，为什么那盗贼只塞几只进烟囱，而不是全都塞进去。”

“桃乐茜会在他下次出手前震慑住他。”乔说。

“只要我们能找到剩下的钩环。”迪克说。

他们拖拖拉拉地回到“苏格兰场”。他们之前认定的那辆没有打气筒、装了邓禄普牌轮胎的老自行车，结果却让老牧师高高兴兴地骑走了，汤姆和迪克失落不已。但他们在路上又看到了这样的自行车。迪克在笔记本上记下送牛奶的小男孩也骑邓禄普牌轮胎的自行车；当地的护士也是；旅馆墙外停着三辆自行车，两辆是邓禄普牌轮胎的，还有一辆是帕尔默牌的。他们等待着主人出现，但三个年轻人穿着褐色套衫和宽松的灯笼裤，有说有笑地出来把自行车骑走了。“外国人，”汤姆说，“是游客。”造船工乔纳特的船棚门口也有一辆自行车。“邓禄普牌轮胎。”乔满怀希望地说。但汤姆看到工具袋上面的车主名片之后，他们又走开去找别的线索了。乔纳特先生不可能骑车去兰沃思放漂别人的船只。兰沃思的自行车轮胎印似乎也没任何头绪。那些钩环更有希望提供些什么，但钩环此时挂在泰德先生的车把上，已经走远了。

“上面很可能有指印。”迪克又说，“其实我们应该先拍照，再交给警察。”

“如果这些不是波特海姆的钩环呢？”皮特问。

“如果不是波特海姆的，”比尔说，“我们就可以自由处置。希望泰德能送回来。”

“这些肯定就是失窃的钩环，”迪克说，“所以才会塞进你们的烟囱。”

他们来到达钦医生家门口时，还在喋喋不休地讨论钩环。他们绕过屋角，去“苏格兰场”找桃乐茜和小狗威廉。

“哈啰，”桃乐茜停止写作，抬起头来，“自行车都调查完了吗？”

“只有几辆。”汤姆说，“所有邓禄普牌轮胎的自行车都不是我们需要的。”

“哦，”桃乐茜说，“泰德对你们拿去的东西怎么说？”

“他说是我们偷的，”皮特说，“他拿到波特海姆核对去了。桃乐茜，他的自行车轮胎就是邓禄普牌的。”

桃乐茜思索片刻。“我不认为他是我看到的那个人。再说了，威廉平常对他很友好，他也从来不穿灰色的裤子。”

“桃乐茜，你在钩环上看到指印没有？”迪克问。

“没看到。”

“还有一个问题。”迪克说，“告示上说失窃的钩环数量共有一罗半。为什么盗贼只往我们的烟囱里塞了一部分？”

桃乐茜皱起眉头，苦思冥想。

“他可能是想把剩下的留给自己。”比尔说。

“不像，”桃乐茜说，“他为什么不全都留下来呢？或许他想全都塞进去，但听到我来了就没能塞完。剩下的钩环他可能扔在什么地方了，只是威廉扯掉他的一片裤角之后，我们就忙着在四周搜捕他，所以没有发现。其实我们都没有认真找过。”

“当时天太黑了。”汤姆说。

“还有雾。”桃乐茜说。

“快点，”乔说，“我们再搜寻一遍。”

六位侦探和他们的警犬绕道荒野，做了一番彻底的搜查。威廉也全力以赴，四处嗅探。正如桃乐茜所说，没法向威廉解释应该去找什么东西。

他们一无所获，沮丧地聚集在死神与荣耀号边上。

“他一定设法带走了。”汤姆说。

“如果他确实拿来了。”桃乐茜说。

“他一定把剩下的东西放在什么地方了。”汤姆说。

迪克仔细观察烟囱帽。“侦探会撒下某种粉末，”他说，“然后拍照，会发现指印……”

“迪克，”桃乐茜说，“他还会来的。我知道他会的，这都是他计划的一部分。”她又转向其他小伙伴说：“你们不明白吗？如果他一下子把钩环都留下，人们会以为是你们发现的。他只留下几只，你们交给泰德，正中他下怀。泰德先生怀疑你们，但不能肯定。如果罪犯再留下一批，你们又会交给泰德先生，那就更可疑了……就好像你们在藏着掖着，归还赃物。他会再来的，今天晚上还会来。我们离开死神与荣耀号时，一定要留下人看守。迪克，你说是不是？”

除了迪克，大家都同意。迪克在想别的问题。

“来摸一下烟囱，”他说，“他想试试有没有热度，就知道有没有人在里面。他下一次还会这样。所以他来得越早越好……”

“我们不想再要那些钩环了。”比尔说。

“迪克，继续说呀。”桃乐茜说。

“指印，”迪克说，“他过来试探烟囱会留下指印。”

“但这上面留不住指印。”比尔说。

“要是油漆还没干，就会留下指印。”迪克说，他摘下眼镜，匆匆擦了擦，又戴回去。

“太高明了！”乔说。

“天哪！”汤姆说。

“‘苏格兰场’就是这样机智。”桃乐茜说。

“我有油漆，”汤姆说，“但不多了。”

“我们薄薄涂一层，用不了多少。”乔说。

“罪犯潜伏在灌木丛中，”桃乐茜说，“他在提防警犬……不想再被咬……像上次一样，他接近死神与荣耀号……靠向船身……摸着烟囱……他只要碰巧摸到了未干的油漆，指印就留下了。”

“不错！”汤姆说。

“但他会把剩下的钩环栽赃给我们。”比尔说。

“怕什么？”乔说，“只要他的指印留在烟囱上，任何人都会明白不是我们。”

“如果他看见我们在附近，就不会来了。”桃乐茜说。

“那我们都躲起来。”汤姆说。

“我们上漆吧，”皮特说，“我马上涂一层漆。”

“是快干油漆吗?”迪克问。

“是的，干得很快。”汤姆说。

“那最好等我们出发去司令家前再涂。”迪克说。

“我都忘了说，”桃乐茜说，“巴拉贝尔夫人请我们全体去喝茶。”

“上油漆以前，我们最好留神，不给他扔给我们钩环的机会。”比尔说。

“他不会大白天来塞钩环的。”乔说，“那么多钩环要装上一包。哪怕昨天有雾，他都是等到快天黑了才来的。”

“该去‘苏格兰场’吃饭了。”汤姆说，“饭后我们好好调查一下自行车，然后上漆，接着去司令家等着瓮中捉鳖!”

下午调查自行车的结果，跟上午一样令人失望。正如桃乐茜所说，这情形就像童话故事里有人把金币埋在土丘下，等他来找时，发现精灵已经到处变出一模一样的土丘了。他们现在要找到那辆邓禄普牌轮胎的自行车，结果全世界的自行车好像都装了邓禄普牌轮胎，再没有别的牌子了。

快天黑时他们放弃了寻找，一张长长的邓禄普牌轮胎的自行车名单上，没有一个车主像是他们要找的罪犯。他们对此也并不在意，因为迪克的妙计似乎很有可能为他们带来曙光。皮特动手给烟囱上漆，其他人在周围的荒野里守望，确保他们的计划没有被人发现。迪克试了一次，留下了清晰的指印，但他碰过的那一部分又得重新上漆。迪克不得不到

“苏格兰场”，用达钦太太的松节油才把手上的油漆洗掉。现在看来，一切都在掌握之中，黑鸭子俱乐部的成员们满怀着希望，下船前往巴拉贝尔夫人家。

巴拉贝尔夫人的茶点非常丰盛，小船员们都用不着操心晚饭了。他们说了一部分正在进行的工作，但没有和盘托出，巴拉贝尔夫人也没有问什么问题。

“您明白，司令，”桃乐茜解释说，“您不知道谁是罪犯，我们也不知道。要是您知道我们在做什么，就可能告诉别人，罪犯就可能知道我们的计划，而您还没有意识到自己说漏了嘴。书里的侦探都闭口不谈。反正要是他们说了，常常会后悔莫及。比如侦探落入地窖，水面不断上升，罪犯则在上面弹着钢琴，不让别人听到下面的呼救声。”

“好吧，”巴拉贝尔夫人说，“无论你们有什么计划，我最好不要知道。要是我或者威廉不小心泄露了什么，我会永远无法原谅自己……对了，威廉对此知道多少？”

“它咬过罪犯。”桃乐茜说，“我想，它可能还能认出他……但它没法说话……但我说，如果您发现它朝着什么人狂吠不已，告诉我们好吗？”

汤姆和死神与荣耀号船员准备动身回家时，天已经全黑了。司令拦下迪克和桃乐茜，不让他们跟着一起去。

“现在可要当心了。”他们经过达钦医生家的房子时乔说，“汤姆，你回不回家？”

给烟囱上油漆

“你觉得呢?”汤姆说,“我不回家,我跟你们一起去。我们两个人走河边,两个人走马路吧。这样,如果他不在那里或是走了,我们还有机会抓住他。你们有没有手电筒?”

汤姆和比尔穿过法兰德家的花园,乔和皮特则走马路。

“听到声音没有?”乔停下来说。他的手扶在篱笆上,正打算翻过篱笆,潜入荒野。

“有人在那儿。”皮特悄悄说。

“嘘!”

他们等待着,倾听着。

“喂,”乔说,“别发出声响。”

他们继续倾听。

“如果他往这边走,包抄过去。”

他们俯身穿过灌木丛,手电筒在黑暗中闪着光。

“只有他们俩。”皮特说。

“黑鸭子永远在一起。”乔轻轻说。

“永远在一起。”对方回答。

四人在死神与荣耀号船边会合。

“现在打开手电筒。”汤姆说着把手电筒照在涂了绿漆的烟囱上。其他三个人也打开手电筒。

“快关掉,快关掉!”乔说,“这样照谁也看不清,用一支手电筒就够了。”

三支手电筒关了。汤姆爬上舱顶,仔细检查烟囱,其他人在旁边看着光线在绿漆上移来移去。

“没有留下痕迹，”汤姆说，“他没来过。”

烟囱还是他们离开时的原样。

“他可能会来的。”乔满怀希望地说，“他还有一整夜的机会。”

“留点心。”汤姆说，“他要是来了，你们马上派一个人来找我。我会在窗户外留一根绳子。迪克说的你们也听到了，新鲜的线索一定要保护好。”

“我们会轮流站岗的。”乔说。

“我不会打瞌睡的。”皮特打着哈欠说。

“用不着了。”汤姆说，“我忘了，他今晚不会来的。只要你们在船上睡，他就不会来。他只想趁船上没人的时候来。唉，我走了，明天早上见。”

他们看着汤姆手电筒的光芒穿过灌木丛，最后消失在黑夜中。乔打开船舱门，比尔点好灯，准备过夜。

“你们听好，”他们准备上铺时，乔说，“我们应该把灯灭掉。他要是真的来了，就不会把他赶跑。还有皮特，别打呼噜，否则他就知道船上有人了。”

“我不打呼噜。”皮特说，“谁打呼噜，我心里有数。”

乔从毯子里钻出来，灭掉灯，钻回被窝，沉入梦乡。

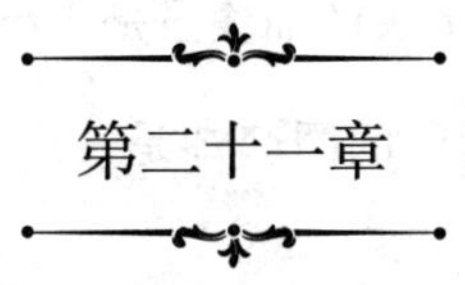

第二十一章

晨间来客

九月的早晨天气凉爽，太阳照过柳林，却没带来什么暖意。死神与荣耀号炊烟袅袅。乔、比尔和皮特已经洗漱完毕，还没有吃早餐，正站在舱顶上查看烟囱。新涂上去的油漆虽是小小的一片，对他们而言已是巨大的成功，作为收集指印的圈套却是一个失败——上面一点痕迹也没有。

乔用拇指轻轻摸了一下。

“现在你的指印要留在上面了。”比尔说。

“差不多干了。”乔说。他仔细观察着闪闪发光的漆面上淡淡的指印。

“她弄错了，以为那家伙还会来。”皮特说。

“嘘！”乔说。

脚步声从灌木丛中传来，泰德先生出现在他们面前。

“早上好。”乔和比尔说。皮特一言不发，他无法忘怀泰德先生把偷窃的罪名安在他们头上。而且，不管别人怎么说，泰德先生的自行车轮胎是邓禄普牌的。

“早上好。”泰德先生回道，“我昨天晚上将近点灯时分来这里找过你们，但你们不在。为了找你们我可是浪费了将近一小时。”

“怪不得没有痕迹。”乔叫道，看看烟囱。

“什么痕迹？”泰德先生问。

“别告诉他。”皮特尖叫起来。

“噢，没什么。”乔说。

“你说‘别告诉他’，”泰德先生严厉地说，“我听见了。你们最好说出来，马上！我昨天把钩环拿到波特海姆去。索宁先生核对过，就是商店丢失的一部分钩环。”

“我们都是这么想的。”乔说。

“想！”泰德先生不屑地说，“你们明知它们就是偷来的，还拿‘在炉子里发现’的说辞来糊弄我。除了你们，还有谁会放在那里?”

“这正是我们想要知道的。”比尔说。

皮特惊恐地看着比尔。难道比尔打算把秘密出卖给敌人？这个敌人可能就是他们寻找的罪犯。

但比尔继续说：“把钩环放进炉子的人可能就是偷走钩环、放漂所有船只的人。如果所有人都诬陷我们，罪犯永远都不会被绳之以法！”

“你现在听着，小比尔。”泰德先生说，“我一次次给你们机会坦白错误。我现在要去见法兰德先生了。我不该一开始就提醒你们。我会告诉他钩环的来历、是谁把它们交给我的。你们还不如现在就交代，把剩下的钩环交出来。你们肯定把它们藏在什么地方了。”

“我们没有。”乔说。

泰德先生思索片刻。“我没有搜查证，”他说，“但我很容易弄到。”

“搜吧，”乔说，“我们不介意……”

“好吧，”泰德先生说，“只要你们同意。”

“进去的时候当心您的脑袋，”比尔说，“汤姆·达钦每次都会磕到头。”

皮特接过泰德先生的警帽。泰德先生弯下腰，伸手护住头顶，钻进小船舱。死神与荣耀号船员从驾驶舱里看着他。

高个子警察把腰弯得更低了，沿着铺位仔细地查看。他掀起草垫，扫视床架，看完了四个铺位，又到船头查看炉灶旁边的橱柜。

“这门里面有什么？”他打量着碗柜问。

“尽管打开，”乔说道，橱柜可是他的骄傲，“门没有锁。”

泰德先生打开柜门。

“储备真不少。”他说。

“应有尽有。”比尔说，“下面都是汤。这些是罐头肉，那些是三文鱼和虾，那些是果酱……”他匆匆走进来，好似一个大厨，自豪地展示着准备的食物。

泰德先生转身准备退出。比尔也向后退，让他出来。

“你们的爸爸从不给钱让你们买这些东西的。”泰德先生在驾驶舱里伸直了身体，说道。

“我们从来不向他们要钱。”乔说。

“那你们的钱从哪儿来的？”泰德先生问。

“挣来的，”乔说，“我们上次告诉过您，可您就是不相信。我们就是挣来的。”

“从哪儿挣的？”

“卖鱼挣的。”

“什么时候？”泰德先生掏出笔记本。

“我们去波特海姆的那一次。”乔说。

“啊。”泰德先生咬咬铅笔头，开始记录。

“那儿的钩环失窃了。”他当即说，“你们卖给谁了？我们可以控告他买卖赃物。”

“没有买卖。”乔说。

“你怎么知道？”泰德先生说，“现在回答我，若不是赃物在你手里，你怎么知道没有买卖？”

“没人从我们手里买下赃物，”乔说，“我们又没有赃物可卖。”

泰德先生又咬咬铅笔头。“拒绝提供任何信息。”他严肃地说，把所说的记了下来，“瞧，”他继续说，“这对你们很不利。我现在要去见达钦医生和法兰德先生了。”他把笔记本放进口袋，挨个打量三个孩子，然后用接近友善的口吻说：“你们再好好想想，要交代还来得及。”

“我们没有什么好交代的。”乔说。

“你们的父亲都是体面人。”泰德先生近乎悲哀地说。他上了岸，从皮特手中接过警帽，大踏步穿过灌木丛离去。

三人目送他离开。

“唉，总算可以吃早饭了，”比尔最后说，“壶里的水开了。”

一声“黑鸭子好样的”传来，死神与荣耀号船员跑出船舱，嘴里还塞着食物。

迪克和桃乐茜从公路上穿过灌木丛走来。

“指印留下了吗？”迪克还在十几米外就问道。

“汤姆马上就来。”桃乐茜说，“我们碰上泰德先生往达钦医生家走去。汤姆等着听消息呢。你们给泰德先生看指印时，他怎么说的？”

“我们没有东西给他看。”比尔说。

“泰德搜查了我们的船，”乔说，“他认定我们偷了钩环。”

“钩环确实是波特海姆失窃的东西。”比尔说，“泰德认为剩下的钩环还在我们手里。”

“既然他搜过了船，应该知道它们不在这儿。”桃乐茜说，“这是件好事。你们已经向他证明，你们没有什么好隐瞒的。”

“他就差没有说我们贮存的食物都是偷来的了。”皮特气愤地说。

迪克在舱顶上，来来回回检查绿烟囱的每个角落。

“上面什么也没有，”乔说，“除了我的拇指留下的那一个指印，没有其他痕迹了。泰德说，我们昨天晚上去司令家的时候，他在这附近转悠。这就是原因。”

“哎呀，”桃乐茜说，“这样一来，他就会把烟囱的事情告诉这一带的所有人，罪犯会小心不让他的爪子碰上去。”

“他不会到处宣扬的。”乔说，“幸好皮特及时叫起来。我差一点就告诉他，他是怎么把事情弄糟的了。”

“那就好。”桃乐茜舒了一口气说。

“还有足够的油漆再刷一遍。”迪克查看了漆罐，说道。

“噢，那就好。”桃乐茜说，“如果昨天晚上泰德先生把他吓跑了，他今天晚上肯定更要来了。对了，你们吃过早饭没有？司令叫我们早点吃饭，好让我们首先赶到这里来。我们要去兰沃思，迪克想多拍点照片，所以我们骑自行车去。”

“我要在这里拍张照片，”迪克说，“记录下威廉从罪犯裤腿上咬下来的碎片。”

“为什么？”比尔问。

“你会明白的。”桃乐茜说，“这是非常重要的证据。哈啰，汤姆来了。”

“情况不妙。”汤姆说，“爸爸看病人去了。他临走的最后一分钟都在跟泰德先生谈话，我根本和他说不上话。我们只能等他回来吃晚饭时再说了。指印怎么样？”

“什么也没有。”桃乐茜说，“但没关系。不是因为罪犯没有来，我确信他来了，他非来不可。但昨天晚上泰德先生一直在附近转悠，所以他只好放弃，溜之大吉。他大概今天晚上还会来。”

“我们今天下午再刷一层漆。”迪克说，“快点拍照片吧，反正总得拍的。”

“等我们吃完早饭就动手。”皮特说。

“那就赶紧吃吧。”汤姆说。

“我们需要找个地方放照相机。”迪克说。

死神与荣耀号船员吃完了早餐，把碗碟先放在一边，打算等会儿洗。他们匆匆出了门，发现迪克已经把照相机放在三脚架上面，位置在桃乐茜第一次看到罪犯抚摸烟囱的地方。

他们挨个通过取景器观察。在小小的画面中，他们的船紧紧系在灌木丛中。

“现在我们就缺‘罪犯’入镜了。”迪克说。

“什么意思？”皮特说。

“画面中需要一个人，做桃乐茜当时看到他做的事情。”

“我来。”乔说。

“不，”桃乐茜说，“汤姆个头更大。”

“唉，我个头还不够大。”汤姆说，“我那天晚上试过。”

“就是要这样。”桃乐茜说，“你尽量伸手，但照片显示你够不着烟囱。你个头比我们都大，因此照片就能证明是其他人干的。”

“太妙了！”乔说。

“这主意真不错。”比尔说。

“泰德够得到。”皮特说。

“皮特，闭嘴。”乔说。

“汤姆，快点，”桃乐茜说，“你像当时那样站着。我回到迪克那儿，看你姿态对不对。”

她跑回来，站在照相机旁边。“再靠过去一点，”她说，“手再举得高一点，没错，不要动……”

“别动！”迪克喊道，“因为这些树，我需要半秒钟时间……好……”

咔嗒一声，然后又是一声。

“拍好了。”迪克喊道。

“你只拍一张吗？”

“胶卷只够拍两张了，”迪克说，“我想拍下罪犯在兰沃思给轮胎打气的地方。我们马上就去那儿，然后立刻冲洗照片。”

“我们都去吧。”乔说，“我们可以轮流骑比尔的自行车。一个跑，一

个骑，其他人跟在后面。”

但这时，更多人穿过灌木丛过来了。

“这扇门根本不应该上锁。”一个女人的声音说。

“让人没事也要翻篱笆。”另一个声音说。

“嗨，妈妈！”皮特喊道。

“嗨，妈妈！”乔和比尔喊道。

三个孩子的妈妈到了船边，每个人手里都拎着一只篮子，里面装着面包和别的食物。三人都一脸严肃，跟各位侦探互道早安。

“哎，”比尔的妈妈说，“我不觉得你在这里会有什么危害。”

“我也不觉得。”乔的妈妈说。

“泰德真是多管闲事。”皮特的妈妈说。

“但的确出了事情。”比尔的妈妈说。

桃乐茜先看看三位母亲，再看看她们的儿子。

“我们最好去兰沃思，把照片拍完。”她说，“你们在这儿聊，我们就不打扰了。”

“哎，是有点话要说。”比尔的妈妈说。

桃乐茜跟乔交换了一下眼神，看看烟囱，然后收回视线，看出他已经明白了。烟囱的事情一句都不能说，哪怕是自己的妈妈也不行。如果消息在村里传开，罪犯可能会听到风声，提高警惕。

“今天下午在‘苏格兰场’见面。”汤姆说，“那时我可以见到爸爸了。”

“警犬去哪儿了？”皮特说，“你可以把它留在这里。”

“我们把它留在司令家里了。”桃乐茜说，然后跟汤姆和迪克一起走了。

“苏格兰场？”乔的妈妈问。

“警犬？”比尔的妈妈问。

“这些都是什么？”皮特的妈妈问。

皮特、乔和比尔没有透露烟囱的秘密，只告诉他们的母亲：黑鸭子俱乐部正在努力寻找罪犯。此人放漂船只、偷走钩环，把他的罪行栽赃到无辜的黑鸭子俱乐部成员的头上。

“但苏格兰场和这事有什么关系？”乔的妈妈问。

“那是桃乐茜给汤姆·达钦家小屋取的名字。”乔说。

“迪克收集到许多证据、照片之类的。”比尔说。

“那警犬是什么？”比尔的妈妈叫道。

“我们有一条，”皮特说，“就是巴拉贝尔夫人的小狗威廉。”

“那条小哈巴狗啊，”比尔的妈妈第一次笑了起来，“你没法把它变成警犬的。”

“它扑到罪犯腿上，”比尔说，“我们获得了重要证据。如果那家伙不是罪犯，他挨了咬肯定会找泰德告状的。”

“泰德就该被咬上两下，”皮特的妈妈说，“他太不像话，好像你们是凶手似的。昨天他到处瞎说，说你们偷了波特海姆的钩环。你爸爸昨天回家吃晚饭，眼睛又红又肿。泰德问你爸是怎么搞的，他说是跟别人打架挂的彩，因为有人在说跟泰德一样的傻话。他跟泰德说，自己的儿子

既没有放船，也没有偷钩环。如果泰德非要这么说，那就脱下制服，来一场公平的决斗。泰德就说他什么也没有说，他只是奉命调查。你爸爸说，他很高兴听到这话，他要说的都已经说了，请泰德离开。接着泰德就走了，嘴里还咕哝什么破坏社会平安，然后你爸爸就气坏了，差点出门追他，我好不容易才让他冷静下来。”

“不止泰德，”比尔的妈妈说，“老牧师也到处说，你们惹上了麻烦，他很难过，不知该怎么帮忙……我告诉他，最好的办法就是别听信那些乱嚼舌根的家伙。”

“全村的人都疯了。”乔的妈妈说，“听他们的意思，好像现场只有你们几个男孩，像刚蹲完了监狱放出来似的。都是那个泰德说的，你们交给他一些钩环，剩下的还在你们手里。他打听你们有没有带回家。”

孩子们愤怒地七嘴八舌，复述起警犬咬了罪犯、炉子里发现的口袋、泰德的来访、搜查船只的经过，等等。

“我就说他居心不良。”比尔的妈妈说，“你们给他找回钩环，他应该感谢你们才对。可他没有，还一个劲地找钩环。他再三问我们有没有给你们零花钱、给了多少。我按照达钦太太跟我们说的，说你们有许多钱。他傻乎乎地‘啊’了声，我恨不得甩门把他给赶走。”

比尔慢慢咧开嘴笑起来。他想到即使是真正的警察，干起侦察工作也不轻松。

她继续说：“我想知道我们该怎么办。你爸爸说，最好让你们离开河面。但达钦太太支持你们，说你们既然什么也没有做，凭什么破坏你们的假期？她还说你们在河上不会有飞来横祸。但想到泰德和那些钩环，我还真不敢确定。”

“我们会找出是谁干的。”乔说，“汤姆、桃乐茜和迪克说，我们会抢在泰德前面破案。因为他以为是我们，而我们明白不是。”

“你们动作要快点，”他妈妈说，“在这样的地方，放漂船只不是好事。幸好你爸爸是个出色的造船工，要不然哈纳姆可能会解雇他。有些人说，他一定知道吉姆·伍德尔的缆绳被藏在乔纳特的棚子里。还有泰德说的什么法律纠纷。如果被传唤，我们怎么办……你们把烟囱重新漆过了？”

“现在已经干了。”皮特说。

“我们这么做是有原因的……”比尔开始说，但乔溜过去，及时用胳膊肘捅了他一下。

随后，他们只好让妈妈们看看船上的情况。她们看到早餐后杯盘狼藉的场面，大吃一惊。他们不得不解释说，今天意外的事情太多了。比尔给她们上茶，但都不肯让自己的妈妈碰一碰水壶或茶壶。她们在船舱里坐下，孩子们给她们吃姜汁饼干，待遇和举止如同登船访问的贵宾。一直到天色变暗，她们才离开。

大家正要说再见之时，比尔的妈妈环顾四周，确保没有旁人，说道：“达钦太太说，她相信你们什么都没有做。但她的儿子汤姆呢？他今年放漂过一艘船，这我们是知道的。”

黑鸭子们纷纷表示反对。

“好吧，那好吧。”比尔的妈妈说，“如果有人问，我们就说你们正在寻找肇事者。你们会比泰德先抓到那家伙。泰德最好跟你们学学怎么

破案。”

“不要不要，你们最好什么都别说。”比尔惊恐地说，“等我们先抓住他再说。”

“那你们一定要抓住他。”他妈妈说，“如果我们被传唤了，你们的爸爸就只得命令你们离开河面了。”

船舱内

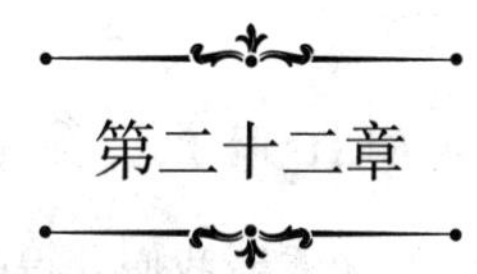

第二十二章

新一层油漆

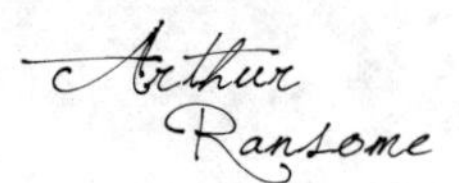

死神与荣耀号船员们听到妈妈们带来的消息，个个都意志消沉。等到汤姆来到“苏格兰场”，说泰德先生确实对达钦医生说起过传唤的事，他们的情绪就更低落了。

“我们再不快点，一切就为时已晚了。”乔说。

“不会的。”桃乐茜说，“只要看看我们获得的所有证据就行了。”

“我们没有弄到指印。”皮特说。

“只要泰德别在附近转悠就行。”乔说。

“我们今天晚上就能弄到。”桃乐茜说。

“我已经安排好了，我们六个人都在这里吃晚饭。”汤姆说，“给罪犯创造机会。”

“我们现在干什么？”皮特问，“再刷一层漆？”

“现在还不用，”汤姆说，“你先给自己找点事情做。桃乐茜整理证据，我和迪克冲洗照片。”

“如果我们被逐出河面，”比尔沮丧地说，“最好先把船整理好。”

“好啊，反正没什么害处。”乔说。

因此，在桃乐茜动笔时，迪克和汤姆在巴拉贝尔夫人的浴室里洗照片，乱糟糟的倒也乐得快活，死神与荣耀号的船员们则把船舱里里外外清理干净，又擦洗了甲板、检查绳索、晾晒风帆、整理储备，最后把舱顶也洗刷了一番。旧船焕然一新，可以说是超乎了任何人的想象。船员

们的情绪又好了起来。这时，汤姆、迪克和桃乐茜一起走过来说，照片已经洗好了，效果非常不错，现在该给烟囱刷油漆，准备收集罪犯的指印了。

“你们别把油漆留在我们洗干净的舱顶上。”乔说。

“别多管闲事。”皮特说。

再一次，哨兵被部署到了马路上、河口边、灌木丛中，以及法兰德先生的花园入口，确保无论什么人都不会知道发生了什么事。皮特用完了汤姆的最后一滴油漆，把烟囱全部重新刷了一遍。

“刚好用完。”他刷完漆说。这时，其他人正在欣赏他的作品，“如果明天还要刷，就得再来一罐油漆了。”

“用不着，”桃乐茜说，“他跟我们一样急。他不明白，为什么还不传唤我们。他认为接下来要是没有动静，他又要采取点行动了。”

他们目瞪口呆地看着她。

“你认识他？”乔好奇地问。

“我在设身处地地想。”桃乐茜说。

“桃乐茜，这不是在讲故事。”迪克说。

“一回事。”桃乐茜说。

“现在大家动身吧，”汤姆说，“我们先走。你们必须等到天黑以后再回来。”

“他们最好经过村里，”桃乐茜说，“这样人人都知道船上没有人。”她最后向死神与荣耀号看了一眼，“窗帘怎么放？最好拉上吧。这样他就没法通过窗口窥探，必须摸烟囱才能知道里面有没有人了。”

橙色窗帘被拉上了。乔锁上舱门，把钥匙放进口袋。一切准备就绪。侦探们离开荒野，沿着河岸，返回“苏格兰场”。

他们听到花园里有声音，发现达钦太太正坐在河边草地上逗宝宝爬着玩。

“喂，”达钦太太说，“六位大侦探干得怎么样了？即将有人被逮捕了？”

“我们是这样认为的，”桃乐茜说，“今晚就能获得一条重要的新线索。”

“你好像胸有成竹。”

“桃乐茜信心满满。”汤姆说。

就在此时，乔治·欧顿和他的朋友划着一艘双人划艇，沿河而上。

“他们借了陶泽家的船。”汤姆说。

“我奇怪他们还睡不睡觉。”达钦太太说，“泰德先生说，他们每天晚上巡视河道，防止更多船只被放漂，陶泽家的男孩也是。我倒想知道他们有没有获得线索。”

“乔治·欧顿认为是我们干的。”乔说。

“不幸的是，许多人都这么想。”达钦太太说，“但我确信他们都错了。但愿他们能找到那个偷钩环的家伙。”

“我们就是在找他。”汤姆说，又停了下来。

桃乐茜看看汤姆和达钦太太，又看看其他人。“我们最好告诉她，”她说，“只是她千万不能再告诉别人了。”

“如果不想说就别说。”达钦太太说，“汤姆，看好了！别让他爬到河

边。我可不想看到他掉进河里，他不是青蛙。你觉得他还需要多久才能加入你们的俱乐部?”

“如果事情弄不清楚，俱乐部就完了。”汤姆说，“波特海姆的成员已经退出。阿克莱有一个，罗克瑟姆还有一个……都退出了，只剩下我们几个。”

“我们在做的就是弄清楚真相。”桃乐茜说。她解释了油漆烟囱的妙计，昨天晚上只是因为泰德在附近转悠，寻找死神与荣耀号船员，妙计才没有发挥作用。

达钦太太等她说完才开口。“我不想泼冷水，”她说，“但你们有没有想过，哪个贼会把钩环一直放着?他把袋子塞进你们的烟囱，可能只是为了把嫌疑引到你们身上，以便他拿着剩下的赃物去销赃。如果他现在去雅茅斯销赃，我不会奇怪的。我完全不明白，你们为什么认为他还会再给你们送一份大礼。”

大家沉默了片刻。然后，皮特转向汤姆。

“多刷一两层油漆又不碍事。”他说，“那些油漆其实也不算浪费。”

但桃乐茜坚持己见：“我们认为，他偷东西的目的不是卖了换钱。我们认为，这只是大阴谋的一部分。为什么他骑自行车去兰沃思放漂船只，恰好就在他们去兰沃思停船的那天晚上呢?”

“那可能是另一个人。”达钦太太说。

桃乐茜摇摇头。

“话说回来，你们设圈套没什么害处。”达钦太太说，“真正的侦探要设几十个圈套，只要有一个圈套管用就值了。但你们不要把所有希望都寄托在这一招上面。还有另一件事情。如果他确实是你们设想的那种人，他一定对你们非常了解。你们怎么让他知道岸上没有人？”

“我们想到了这点。”汤姆说，“我说，您要不要从邮局或罗伊商店买点东西？我们走到那边去。这样，全村人都会知道荒野那边没有人。这便是罪犯作案的好机会。”

“我来想想。”达钦太太说，“哎，对啦。你们可以替我买一本两先令的邮票册。还有，你们想不想饭后吃点梨？这样你们就要去两个地方了。”

“妈妈，好样的。”汤姆说。

“棒极了。”桃乐茜说，“就这么办。这样一来，哪怕罪犯看到我们，也猜不出我们是故意露面的。”

“我的钱包放在餐厅桌上的手提袋里。”达钦太太说。

“我们有钱。”比尔说。

达钦太太瞅了他一眼，然后笑起来。

“这话我爱听，”她说，“但我也有许多钱。”

“要买多少梨？”汤姆说。

“最好买一打吧。”他妈妈说。

死神与荣耀号船员的妈妈们对村民情绪的判断是准确的。汤姆、迪克和桃乐茜去商店买东西，没有人注意他们。他们跟乔、比尔、皮特一起去，就完全不一样了。在花园里晾晒衣服的人停下来看他们；打扫草地的人放下扫帚，严肃地注视着他们经过；聚在一起聊天的老妇人对着他们指指点点，转过身想看清楚一点；他们在离商店还很远的地方，三

个小男孩就已经面红耳赤，用同样严厉的目光回应任何不怀好意的人。甚至，他们听到一个老太太说，他们的样子就像一群惯犯。显然，关于波特海姆那些钩环的消息已经传开了。全村人都相信死神与荣耀号的船员是贼。

六位黑鸭子进邮局的时候，里面还叽叽喳喳的，可一进去，人们就不作声了。老太太职员一言不发地把汤姆要的邮票册交给他。孩子们在屋里，谁也不说话。他们一出门，就听到背后又闹成一片。

“该死的！”皮特说，“该死的！该死的！他们都认为是我们干的。”

“但不是你们，”桃乐茜说，“所以他们都错了。”

尽管此话千真万确，可惜没能带来多少安慰。

果蔬店的情况也是一模一样。老哈利戴太太严厉地瞅着死神与荣耀号的船员们，张开嘴想说点什么，但一转念觉得最好是假装三个男孩不在店里。她抿着嘴，把梨放进袋子，递给汤姆，仿佛他也是罪犯，想尽量离他远点。

“天哪！”他们出了商店，汤姆说。

“我觉得太可怕了。”桃乐茜说。

“我们快离开这儿。”比尔说。

“噢，可我们不能走。”桃乐茜说，“我们要让人人都知道，我们不在死神与荣耀号船上，然后才能走。”

“但他们怎么知道我们没有直接回去？”

“他们不知道。罪犯会觉得他有机会。他会去摸摸烟囱试探一下。是不是，迪克？”

迪克正在想别的事。六人当中，只有他喜欢出这一趟门，因为他一如既往地心思不在眼前。“我要是知道怎么拍指印就好了。”他说，“好像跟粉末有关……非常细腻的粉末……”然后，他慢慢意识到桃乐茜在问他，说道：“对不起，我没听到你在说什么。”大家这一路上第一次笑出声来。

仅仅出于习惯，他们又逛到了码头上。乔纳特的船棚外，两个船夫极不友好地盯着他们。乔治·欧顿和他的朋友正在系划艇，他们马上要相遇了。

“汤姆和他的小朋友。”乔治·欧顿跟他朋友大声说着，故意让别人听见。

“我是不是该留下来看住船?”他的朋友说。

“现在有我们盯着，他们不敢放船的。”乔治·欧顿说。他们看到他系船时多打了两个结。

“我们天黑以后总得回去。”他的朋友说。

“就连这些混蛋也得回去!”皮特说。他像其他黑鸭子俱乐部成员一样，装作什么也没有听见的样子，继续往前走去。

他们在村庄比较忙碌的区域闲逛了一圈。然后，他们确信所有人都已经知道他们离开死神与荣耀号了，才慢慢回到医生家里。在那里，他们发现丰盛的茶点快为他们准备好了。

“你们瞧，”他们进屋时，达钦太太说，“我仔细想过你们说的那些钩环。我本想让你们也把这事告诉我丈夫，但他刚刚打电话说，他要留在诺里奇做手术，很晚才会回来。”

“我们要先掌握证据，然后才能告诉他。”桃乐茜说。

“不仅是有证据没证据的问题。”达钦太太说，“我觉得，如果他听了你们的计划，就会对泰德先生的证据多一点怀疑。”

“妈妈！”汤姆叫道，“您该不是说他当真相信泰德的看法吧？”

“唉，我确实听他说，泰德对他的案件有充分的信心……不过，当然，”她急忙补充说，“他还没有听取你们的说法。”

“没问题。”桃乐茜说，“我肯定，过了今晚就会万事大吉。”

“好吧。”达钦太太说，“我当然希望这只恶毒的苍蝇会落入你们布下的天罗地网。”

“他会来的。”桃乐茜说，“我们已经走遍全村。只要他在这里，现在肯定知道时机已到。”

“没你说得那么夸张。”达钦太太说，“但我倒是希望，我丈夫能听见你们刚才说的话……但我们还是别想那么多。即使侦探也不是每时每刻都在想工作的，只有医生才总是加班。现在一起来吧，看看六位大侦探谁的胃口最好。”

差不多两分钟内，大家就都围着医生家的餐桌坐下了，大口吃着培根、鸡蛋、土豆、蘑菇。聊天的话题十分广泛，从苏格兰场到北方山区那段采金、鸽子每天从矿区带信回家的故事。桃乐茜讲起他们在湖区的历险。他们如何自以为发现了金子，结果证明只是铜。迪克解释他们怎样自己烧炭。汤姆不断询问湖上的船只，乔、比尔和皮特则一直在打听关于鸟儿的事。桃乐茜告诉他们，老鹰想抓走一只鸽子。乔说：“可能是沼地鹞鹰。”迪克说：“不，是猎鹰。”他说当地有很多水鸡，成群的黑鸭子却不多见，也没有琵鹭，但苍鹭和翠鸟非常多。没有鹞鹰，却有秃鹰在峭壁周围盘旋。“峭壁？”乔问。然后桃乐茜为他解释。“那山雀呢？”皮特问。他得知湖畔地区没有山雀，说他估计山雀在这里日子会更好过。

他们喝了茶，吃了一只大得出奇的苹果馅饼，最后还吃了点梨。时间飞逝，宝宝被送上楼睡觉去了。然后达钦太太提议玩飞镖。乔玩得最好，迪克最差，不过他计算应该向哪个数字瞄准倒是比别人更快。接下来，他们在黄昏时来到花园，多么希望听到荒野传来声音。但他们也明白，要是连这儿都听得见，这声音一定震耳欲聋。罪犯如果上船，肯定会尽量不发出声音。

“我们去沿岸走走，看个究竟吧。”皮特说。

“顺便把他吓跑。”乔嘲笑着说。

“除非迫不得已，我们不要接近。”桃乐茜说。他们进了“苏格兰场”，点了灯坐下，可惜乔的小白鼠不在身边。

“你有没有带口琴？”桃乐茜问。

“带了。”乔说着从口袋里掏出口琴。

“为什么不吹吹？”桃乐茜说，“如果他在路上听到，就会更加确信。他知道你在这里，猜测其他人也在这里。但他不能因此确定，他会悄悄穿过灌木丛……”她一边说一边不自觉地伸手摸想象中的烟囱。

“那就吹会儿。”乔说完，明亮的眼睛直视前方，双手捧着口琴，在唇前来回移动。《黛西，黛西，回答我》的曲调缓缓流淌，达钦太太在屋里微笑起来，同时希望宝宝不会被吵醒，要是那样她就只好去“苏格兰

场”制止他们了。宝宝却在这摇篮曲下沉沉地睡去。“苏格兰场”里，乔一直吹着口琴，直到喘不过气、曲子也都吹完了为止。此时，窗外的黄昏已经变成了黑夜。

达钦太太最后走出来，催迪克和桃乐茜回家。“巴拉贝尔夫人会纳闷我对你们干了什么坏事的，”她说，“再说只有威廉陪着她可不行。”

“你和迪克不来看看吗？”乔说，“我们一起去吧。”

有那么一会儿，桃乐茜动心了。随后，她虽然难过，但坚定地下了决心。“你给他留的时间越长，机会就越大。”她说。

“反正明天早上以前，你们什么都做不了。”达钦太太说，“希望你们明天早点过来。”

迪克和桃乐茜回家了。汤姆和死神与荣耀号的船员们留在“苏格兰场”。他们时不时地出去查看越来越黑的天色。乔和汤姆在一段绳子的两端分别打了索眼结和帆工结，为山雀号做了条新的主帆索。皮特和比尔正在查看成堆的纸张，每一张都是桃乐茜仔细记录的证据。

“她做得太棒了。”比尔说。

“还是在学校外面，”皮特说，“汤姆都做不到。”

“但他做得到。”比尔说，“汤姆，如果桃乐茜不在，你能不能全都记下来？”

“我不行。”汤姆兴高采烈地说，“乔，把你那端理顺了。”

“索眼结打得没问题。”乔一边说，一边打量着汤姆的成果。

“最后那几下一定要系紧了。”汤姆说。

外面的小路上响起了脚步声。

“汤姆！”

“来了。”汤姆叫道。

“该睡觉啦。”达钦太太来到“苏格兰场”门口。

“我正要去看死神与荣耀号。”汤姆说。

“早上再去吧，”他妈妈说，“在你爸爸回来以前你得上床。”

“但要是迪克的计划管用呢？”汤姆说。

“我并不指望，”达钦太太说，“不过……好吧，如果管用，他们会回来告诉你。我也想知道。现在，你们三个快回去吧。”

汤姆熄了灯。皮特在外面的黑暗中寻找手电筒。

“如果有事情发生，我们就回来告诉汤姆？”比尔说。”

“你没听见她说的吗？”乔说。

“对，你们可以回来，但别弄出太多声音。晚安，晚安。”

汤姆和他妈妈绕过屋角，进了屋。这时，死神与荣耀号的船员们只用一支手电筒。他们走上吊桥，悄悄地穿过法兰德先生的花园，绕过他的船库，就这样沿着河岸前进。他们小心谨慎，悄无声息地向船只进发。

三分钟后，他们翻过篱笆，回到公路上。三支手电筒已经全部打开，他们拼命向达钦医生家跑去。

第二十三章

罪犯留下痕迹

他们冲进达钦医生家的大门，绕过屋子。汤姆的房间仍然亮着灯，他还没睡。

“汤姆！”乔喊道。

“黑鸭子永远在一起！”比尔喊道。

皮特没有开口，但使出浑身力气拉扯留在窗外的绳子。

汤姆伸出头。

“别拉了！”他轻声说，“你都把我的床给拖动了。别发出那么大的响声。”

“汤姆，”乔的悄悄话从地面一直传到楼上窗口，“他在我们的烟囱上留下痕迹了！”

“五根手指的指印全在上面。”比尔轻声说。

“我们还没有看炉子。”皮特说。

“我马上下来。”

“从绳子上下来？”乔憋着喉咙问。

“不是。”汤姆说。

两分钟后，汤姆在花园里跟他们会合，他们一溜烟跑回荒野。

“爸爸还没有回来。”汤姆说，“妈妈说，我必须快去快回。指印长什么样？”

“清清楚楚。”乔说。

“可能是故意按上去的。”比尔说。

也真是奇怪。他们在黑暗中穿过灌木丛时，皮特不禁在想，指印是不是真的存在。他有一种奇怪的感觉，等他们回到烟囱跟前，上面什么痕迹也没有。他们半夜把汤姆拉出来，结果什么都没有看到，汤姆会怎么说呢？

汤姆第一个赶到烟囱旁边。在他的手电筒照射下，皮特再次看到了指印。指印就在上面，清清楚楚！大拇指和四个指头一目了然，下面是有人突然移开手时的抹印。

“天哪！”汤姆说，“真漂亮。”

“当心，不要摔了。”他们爬上舱顶时，乔说，“你会把我们都绊倒的。”

“当心油漆。”比尔说。这时，皮特把手伸到烟囱的蘑菇顶下面，摸摸烟囱里面有没有塞了钩环。

乔跳进驾驶舱，打开舱门。

“我马上把灯点起来。”他说。

其他人拿着手电筒，挤在他身后。乔摇晃着防风灯，堵住了他们。一根火柴刚点燃就灭了。然后是另一根。终于，防风灯的灯芯点着了。乔从挂钩上取下灯。

“让汤姆打开炉子，”他说，“那样，就可以说不是我们发现炉子里的东西了。”

大家在船舱里的炉子前面挤成一团。汤姆蜷在炉门前，拔出门闩，打开炉门。

五个指印

除了他们上次烧火留下的炉灰，炉子里空空如也。

“卡在烟囱里了？”皮特疑惑地问道。

汤姆把手伸进炉内，再拿出来时沾满了黑黑的煤烟。

“谁拿手电筒从上面往烟囱里照一照。”汤姆说，“从下面照不亮。”比尔向门口攀过去，汤姆在他后面叫道：“别碰烟囱！我们要让油漆和指印一起变干。”

“我又不是蠢驴！”比尔说。

他们听到比尔的脚步声从头上经过。然后，光从烟囱顶部透下来，照亮了炉子里的煤灰。

“里面什么都没有。”汤姆说。

“奇了怪了。”乔说。

“我们来得太早了，”皮特说，“我猜那个坏蛋听到我们的声音，逃跑了。”

“我们检查一下甲板吧……好吧，比尔，这里什么都没有。”汤姆向烟囱上面传话。

但甲板上没有钩环，船上仅有的几个角落也都找遍了，还是没有。前甲板上有一根系船柱、一卷绳子和一个小舱口。风帆、帆具和充当引擎的双桨整整齐齐地放在舱顶上。除此之外，舱顶没有别的东西，只有桅篷和涂了绿漆的烟囱帽。他们又一次将手电筒照向敌人的手印。

“应该让迪克和桃乐茜来看看。”乔说。

“现在叫他们太晚了，”汤姆说，“他们都睡觉了。比尔，你在干什么？”

比尔已经离开了舱顶上的其他人，举着手电筒在驾驶舱周围查看。

“快来看这里，看这里！”他突然叫道。

“有什么？”

“那些钩环。”比尔叫道。

其他人也爬了上来。船尾后甲板下面，平常只放着水桶和缆绳。比尔的手电筒照亮了一堆崭新的钩环，用焦化过的油麻绳捆在一起。

“天哪，”乔说，“我们找到了。拉出来看看。”

“别碰！”正当比尔拿出来时，汤姆赶紧制止，“‘苏格兰场’要拍照。迪克过来以前，我们谁也不要碰它们。”

“有不少。”乔说。

“我们不能拿出来数数吗？”皮特说。

“最好不要。”汤姆说，“我们找找有没有别的。”

他们用手电筒四处探寻，座位下面都照了个遍，也没有找到不属于船上的东西。

“我们怎么处理这些东西？”乔说，“拿给泰德，他又要说是我们偷的。”

“我才不会交给泰德呢。”皮特说。

“你们看，”汤姆说，“我想最好问问爸爸。不过，在迪克和桃乐茜看过以前，不要碰它们，迪克想要取指印。让它们留在这儿，等明天早上再说。”

“如果泰德过来，在这里找到东西怎么办？”皮特说。

汤姆思考片刻，说：“我赶在早饭前去巴拉贝尔夫人家，首先把迪克

和桃乐茜带来，让迪克拍照。然后，要是爸爸说交给泰德，我们就给他。我也去，我们一起去。如果泰德先生先来了……”

“他可能今天晚上就来。”皮特说。

“如果罪犯告诉他上哪儿去找……”比尔说。

“你们就赶紧传话给我。”汤姆说，“我把发生的事情告诉爸爸。但我们现在不要动它们，先等迪克和桃乐茜来勘察。我现在就走。我答应你们，明早直接过来。”

“如果那家伙再来呢？”皮特说。

“尽可能看清他是谁。但他不会来的，反正我认为他不会来。他大概还在忙着洗掉油漆呢。”

“这又是一条线索。”乔说，“他身上肯定有一股松节油的味儿。”

“我们又不能到处嗅别人把他找出来。”比尔说。

“明天早上以前，我们什么都做不了。”汤姆说，“晚安。”

死神与荣耀号船员目送汤姆手电筒的光在灌木丛中闪烁、消失。他们又观察了罪犯留在烟囱上的指印，最后将后甲板下堆积的钩环打量了两三次。

“真希望现在就是早上了。”皮特说。

“你还是上床睡觉吧。”比尔说，“你妈妈怎么说的？”

他们上了铺位，盖好被子，然而，只有乔一个人马上就睡着了。

“这家伙果然来摸我们的烟囱。”皮特说，“桃乐茜怎么就知道他会来？我真是服了。”

“我可不愿意让钩环留在船上。”比尔说，“要是汤姆拿走就好了。剩下的钩环应该没有多少了，他已经把大部分拿过来了。”

一想到有陌生人来过他们的船、登上了船，而且可能还会再来、不怀好意地把东西留在船上，他们便觉得浑身不舒服，船也没了家的感觉。死神与荣耀号虽然还是这一艘，但是过了这晚，至少对比尔和皮特来说，仿佛已经变得不同了。很长时间，他们都没法熟睡，只是打着瞌睡浅睡，时不时醒来倾听有没有陌生人在周围活动。

早上，比尔第一个醒来。他翻起身，抬头看看钟，觉得还有时间睡个回笼觉。然后，他想起来了，于是掀开毯子，匆匆下铺。

没出事。后甲板下那堆钩环完好无损。他爬上舱顶，看到烟囱上的手印。“他这次要认栽了。”他愉快地说。这时，乔揉着眼睛，走出船舱来到他身边。

皮特也出来了，在早晨的阳光下眨着眼睛。他首先看到，在阳光下，烟囱上的指印没有昨天晚上手电筒的白光照射得那么清楚。不过，指印仍然很明显，证明有人确实在烟囱上留下了手印。皮特转过身，钻进驾驶舱，查看后甲板下方。

“我们继续保持，”乔说，“汤姆已经到司令家了。等不到我们吃早饭，他们三个就会一起过来。”

“希望他们赶在泰德闻风而来以前到。”比尔说，“如果他现在来，发现这些钩环……”

“轮到你生火了，”乔说，“普利默斯汽化炉省时间。煮鸡蛋，一人两

只，水一开就放进壶里。我们时间紧迫。”

早上的洗漱香皂用得少了，早饭也吃得更快。人人都狼吞虎咽，着急万分，准备迎接其他几位侦探光临。同时，大家都如热锅上的蚂蚁，害怕泰德先生会先来。

汤姆、迪克和桃乐茜一路飞奔而来。迪克和桃乐茜直奔烟囱。汤姆则给其他人带来了紧急消息。

“听着，”他说，“我告诉爸爸钩环的事情了。上次过后，你们不愿意把钩环交给泰德。他说，他愿意替你们保管。他巡回出诊以前，先到这里来。你们不介意吧？桃乐茜这个主意不错。”

“好呀。”乔说，“泰德要说医生是贼，可得仔细想想。”

桃乐茜看到烟囱和手印，觉得就像写自己的小说。她确信罪犯会来，现在他就像在按照她的剧本走。“我就知道他会来，”她说，“幸亏有迪克的妙计……我指的是新油漆。”

“要拍照吗，迪克？”汤姆问。

“他当然要拍。”桃乐茜说，“但钩环在哪儿？你们没有移动过吧？”

“碰都没碰过。”乔说。

“我发现时就是这样。”比尔说。六位侦探朝甲板下面看去。

“我能把烟囱的照片拍好，”迪克说，“但这些钩环我不知道怎么拍。照不出什么东西，这里太黑，而且……”

“但它就像尸体一样重要。”桃乐茜说，“苏格兰场总要拍下案发现场的照片。”

“那就拍吧。”迪克说。

他把照相机固定在驾驶舱地上的箱子上面，调到合适的高度，再把焦距调节到三米。

“我让它曝光半分钟，”他说，“让钩环好好显影。然后，我要从舱顶拍照，展示整个驾驶舱的样子。”

“我们可以在钩环发现的位置画个叉。”桃乐茜说。

迪克拍了三张照片，其他人等着一起提醒他每一次拍照后拉入下一张胶片。如果胶片重叠了，照片就毁了。

“照完了？”乔问，“要不要把钩环拿出来？”

“拿吧。”汤姆说。

乔凑过去，把一捆沉重的钩环拿到亮处来。

“绿色油漆！”桃乐茜叫道。

“仔细瞧瞧。”比尔说。

毫无疑问，崭新的船用钩环染了跟皮特刷烟囱用的一样的绿漆。

迪克仔细查看钩环。他摘下眼镜，用手帕擦了擦，重新戴上。

“迪克，发现什么啦？”桃乐茜明白这个动作的意义，问道。

“线索。”迪克说，“我正好试试。”

他上了岸，站在死神与荣耀号烟囱对面的堤岸上，倾斜身体，好像要摸它。然后，他开始搜索脚边的土地。

“他曾经把钩环放在这里。”他说，“可以看出这里的草地受过重压。他一定是在触摸烟囱时把东西放在这里。他不想让钩环发出声音或是搞出其他动静，以防有人在家。然后，他手上沾上了油漆。再然后，他不得不拿起钩环，在上面留下了油漆。天太黑，他可能没有注意到。接下来他就进入驾驶舱，把钩环推进那个洞里。”

“后甲板下面。”乔说。他坚持用正确的名称称呼船上的东西。

“我们看看他这么做有没有留下指印。”迪克说。

“这儿就有。”皮特叫道，“在舱口边上。但也许是我刷烟囱时留下的。”

“更像罪犯的。”桃乐茜说，“迪克，继续。”她知道他的思绪正在飞驰，犹如猎犬的鼻子闻到了新鲜气味。

“他重新上岸。”迪克说，“他只能走荒野那条路。他不会走我们穿过花园那条路。那一次，他刚刚走上那条路，桃乐茜和威廉就看到他了。我们应该跟踪他的路径。”

“快走，快点。”桃乐茜说。

“你先走，迪克。”乔说，“我们看你如何侦查。”

“大家分散点，”迪克说，“免得错过什么。”

六位侦探弯腰查看地面，穿过灌木丛，来到分隔公路与荒野的篱笆前。

“来过这儿的人可多了。”迪克说。

“当然啦，”皮特说，“昨天有我们的妈妈，还有泰德和我们所有人……”

“但汤姆并不是从这条路拿油漆来的。”迪克胜利地叫道。篱笆的顶端又发现了一抹绿色油漆的痕迹。“罪犯从这里经过。”迪克说。

“然后呢？”桃乐茜问。

“他没有直接从这里翻过去。”迪克说。他沿着篱笆走了几米，翻过去，特意跳到一两米外的地上，然后回过头来仔细检查篱笆下的每一寸土地。

“就在这里。”他突然说，“又有了自行车轮胎印。”

其他人赶紧围过来看。

“是邓禄普牌的！”皮特说，“跟泰德的自行车一样。”

“我们不能确定是罪犯的轮胎印。”迪克说，“威廉咬他的那天晚上他骑着自行车，兰沃思那次的罪犯也骑了辆自行车。”他思索片刻，摘下眼镜，近视的眼睛几乎看不见人影，脸上挂起了科学家试验成功的微笑，“对，”他说，“他骑上自行车走了。关于他的自行车，我们现在又有了新的了解。”

“什么？”大家异口同声地问。

“右把手沾上了绿漆。”

“你怎么知道的？”

“他手上沾了很多油漆……篱笆上的抹痕很大。他一开始碰到的东西不会把所有的漆都擦走。当然，我们不知道，自行车靠在篱笆上，他是怎样握住自行车的。可能还会有其他油漆痕迹，但自行车右把手上肯定有。”

“为什么是右把手？”桃乐茜问。

“我知道，”皮特说，“他用右手摸烟囱。拇指和手指的形状是那样……”他把手放在一根篱笆桩上比划。

“现在我们逮住他了。”乔说。

一阵汽车的轰鸣声从马路的什么地方传来。

“那是爸爸出门的声音。”汤姆说。

医生的汽车从他们身边驶过，开到渡口旅馆前的空地上转弯、折回，然后停在侦探们身边。

“我们逮到他了。”医生下车时，桃乐茜叫道，“我们弄到他的指印了，他的手在篱笆上留下了绿色痕迹。”

“你们瞧，”达钦医生说，“我现在忙得很。我得巡回出诊，要不然多少病人会死在床上。所以不要浪费时间，我替你们把那些钩环拿给泰德。你们怎么发现钩环的都没关系，但没有立即交给泰德就错了。我想看看这些指印，快过来，全都跟我说说。”

“先看看篱笆上的油漆。”桃乐茜说。

医生看着那抹油漆。

“你们怎么发现的？”他问，“从兰沃思开始，把事情都告诉我。之前发生的事情就不要提了。”

他们把记得的一切都告诉了他。自行车的轮胎印、桃乐茜看到的人影、威廉扯下的灰色法兰绒碎片、烟囱上的油漆。达钦医生仔细听完，立刻跨过篱笆。其他人也翻过篱笆，领他穿过灌木丛，前往死神与荣耀号。

他仔细查看了烟囱。

“谁的手最大？”他说。

“我的。”乔说。

“汤姆呢？”皮特说，“汤姆的手也不够大。”

“我们看看。”达钦医生说，“汤姆，伸手。”

汤姆和死神与荣耀号船员都伸出了手。

“你手上有绿漆，皮特。”

“旧烟囱是我刷的，”皮特说，“这东西很难洗掉。”

“嗯，”达钦医生说，“这只手中等大小，比你们的手都要大。”

“那问题就解决了，对不对？”桃乐茜满怀希望地说。

“我可说不准。”达钦医生说。

“钩环上有绿漆。”迪克说。

达钦医生严肃地打量钩环。“我还是告诉你们吧，泰德想马上传唤你们。”

“我们完了。”乔苦恼地说。

达钦医生看看他，有一会儿什么都没有说。

“我不知道该怎么想，”他最后说，“但这不仅是钩环的问题。”

“但他们根本没有做。”桃乐茜说。

达钦医生向她微笑：“我告诉过泰德，他没有充分的证据。”

“我们有的是证据。”桃乐茜说。

“泰德说除了你们，谁也没有钩环。他昨天还对我说，他确信你们还有更多的钩环留着，他认为只要传唤你们，就能让一切真相大白。等我把这些交给他……我马上就去交给他。你们看，你们认为自己掌握了很多证据，那么接下来要不要请个律师？把所有情况都告诉他，看他怎么说。”

桃乐茜眼睛发亮。“我们就喜欢这样。”她说，“我们当然应该请律师。”

“可是请谁呢？”汤姆问。

“我给弗兰克叔叔打电话，看他愿不愿意见你们。”

“可他不是我们这一边的人。”汤姆说，“您没看到告示吗？”

“那就是为什么我要他见见你们。你们告诉我的事情，愿不愿意告诉他？”

几位侦探面面相觑。最后，不知为什么，五个男孩全都看着桃乐茜，指望她来发言。

“我们乐意让他了解一切。”她说。

“好，”达钦医生说，“我给法兰德先生打电话。汤姆，你回家吃午饭。我随后会告诉你们能不能见他。当然了，他是索宁先生的律师，他会说他宁愿和你们没什么瓜葛。”

“爸爸，您告诉他必须来。”汤姆说，“可是，我说，如果您把钩环交给泰德，泰德马上来传唤我们，我们该怎么办？”

“我会告诉他的，今天早上别来烦你们。”达钦医生说。他拿起钩环，转身离开，“他还没有获准传唤呢。”

“爸爸，您不会把他们交给泰德吧？”汤姆问。

“不会，我要先听取你们律师的意见。”

他离开了。

一阵长久的寂静过后，孩子们站在死神与荣耀号旁边，打量烟囱上的五个指印，看样子指印并没有帮助他们把事情解决。

“汤姆，”乔最后说，“你爸爸该不会认为是我们干的吧？”

“他不可能这么想。”桃乐茜说。

汤姆此时看上去非常不悦。

“都怪那些船。”他说，“部分原因还有我春天放漂了该死的玛格丽塔号。”

“但他自己说的，如果兰沃思的船只被放漂，他就相信另有其人。”桃乐茜说。

“好多事情都凑到一块儿了。”汤姆说。

“我倒希望他别这么急急忙忙的。”桃乐茜说，“只要他再等等，我们就能告诉他更多的证据。”

“他怎么能等？”汤姆为父亲辩护说，“四面八方的病人源源不断，他怎么能等呢？”

“我们一定要让法兰德先生知道每一件事的来龙去脉。”桃乐茜说。

“我最好回家把那些照片洗出来。”迪克说。

第二十四章

前景暗淡

迪克和桃乐茜在巴拉贝尔夫人家里。乔、比尔和皮特则在死神与荣耀号上吃水煮牛肉。他们说好，汤姆先等他父亲回家，了解到法兰德先生愿不愿意见他们之后，再去“苏格兰场”碰头。

通常，吃饭的铃声响起时，汤姆都在忙着什么重要的事情。几次过后，他也知道那种吃饭迟到被大家看着的尴尬，所以总是希望他进来时大家正在桌子边热烈地讨论着什么，而没有注意到他的椅子空着，这样多花点时间洗手也就值了。今天，汤姆却一反常态。他已经洗过手，在花园里早早地等着进屋。此时，他发现一个病人跟着父亲一路进了门，准备包扎伤口。他听到了汽车的呼呼声，紧接着是开饭的铃声。他满怀希望地奔进屋，倒霉的病人跟医生进了诊室。

“唉，烦死了！”汤姆说。

“怎么啦？”他妈妈抱着宝宝下楼，问道。

汤姆指着说：“爸爸在诊室给受害者看病。”

“汤姆，我跟你说过一百次了，别叫他们‘受害者’。”

“对不起，”汤姆说，“但这人不知得花上多久。”

“不会的。”他妈妈说，“我见过他，就一个伤口罢了。我想还用不着缝针。消消毒、包扎一下就行了。只是这种伤不能拖。”

“嗯，我希望受害者……对不起……我希望他能改天来。爸爸有重要的消息要公布。我们的宝宝怎么样啦？”汤姆挠挠小弟弟的脖子，婴儿咯

咯直笑。

“我们先开饭吧。”妈妈说，接着她开始拌沙拉。

此时，他们听到病人离开关门的声音、水池里的流水声和达钦医生欢快的口哨声。

一分钟后，达钦医生进屋。汤姆热切地看着他。爸爸自己从碗柜里取了冷肉和煮土豆，坐了下来。达钦太太已经在他的位置上摆了一份还没拌的沙拉。达钦医生拿了一把大木勺，舀了一勺芥末酱。然后他把调味瓶拿过来，仔细地淋了一层橄榄油和一点点醋。他一向喜欢自己调制沙拉。汤姆边看边等。在达钦医生的世界里，仿佛除了拌沙拉以外，没有什么事情更重要了。他仔细搅拌着橄榄油和醋，没完没了。最后，他终于停了下来，但只是为了加一点胡椒粉，继续搅拌。

“汤姆，继续吃你的肉呀。”达钦太太说。

达钦医生抬起头，看到汤姆急切的表情。

“我跟你弗兰克叔叔谈过了。”他说，“他今天晚上才回来。但他明天早上去办公室之前，会先来见你们。

“真好。”汤姆说，“我们就怕他不来。您给他讲过指印的事情没有？”

“讲了。”

“他怎么说？”

“他说这个主意妙极了。”

“这么说，他现在知道他们没有偷钩环了？”汤姆说。

“他说，他要先听听你们怎么说，然后再下结论。”他父亲说。“我也盼着能有个说法。”他补充道。

“可您亲眼看见了。”汤姆说。

“我也是这么跟他说的。但他说昨天晚上烟囱上的痕迹还不足以证明他们的清白，用其他办法也能做到。”

汤姆沉下脸来。

“你不会真的认为是这些孩子吧？”达钦太太问。

“至少从现在来看，很像是他们做的。”达钦医生说，“他们看上去体体面面，把你还有汤姆都迷惑了。”

“照你的说法，那还有巴拉贝尔夫人、迪克和桃乐茜。”达钦太太说。

“我知道，”达钦医生说，“但你们归你们。弗兰克跟我说，他多半同意泰德的看法。这两个星期以前，这一带从来没有放漂船只的事情，除了汤姆在春天时被卷入的那件事。看看现在，一下子冒出来六起放漂事件。每一次出事，这些孩子都在场，比任何人都更有机会。这其中多数几起发生在本地，就人们知道的一起发生在波特海姆。而那次出事，恰恰孩子们也去了波特海姆，这实在太巧了。兰沃思那次也是。我承认我也非常怀疑，为什么这种事情会一再发生，再说你也会想到出了事后人们应该会更加小心才对。但是波特海姆钩环被盗那晚，他们就在那儿。你也看得出，他们两次发现钩环，未免显得奇怪了些。”

“可是爸爸，桃乐茜的理论能解释这一切。您忘了，她亲眼看见那家伙在摸他们的烟囱。”

“你可以把这点告诉弗兰克叔叔。我只是指出了这件事情在外人眼中是什么样子。”

“可是，爸爸您不是外人啊，”汤姆说，“您应该站在我们这一边。”

“要是你听到我怎么跟你的弗兰克叔叔说话，你就会知道我是站在你们这一边的。”达钦医生说，“我告诉他，在我看来，你和你们的‘苏格兰场’已经搜集了许多证据，指向另一个方向。”

“他说什么？”

“你真想知道吗？”

“当然想了。”

“好吧。他说：‘他们是些聪明的孩子，但并不代表他们是些好孩子。’”

“我很庆幸你是医生，不是律师。”达钦太太说。

“这些就是律师需要处理的事情。”达钦医生严肃地说。

“他不会真以为他们仅仅是为了显摆才刷油漆吧。”汤姆说，“唉，这本来就不是他们的主意，是迪克说要刷的。何况，您看看指印，比他们的手大得多。您比对一下纹理，或是用其他什么侦查技术就知道了。”

“他的意思只是说，他们可能干了这些事。”达钦医生说，“他们或许叫了朋友去留指印。”

“我要亲自跟他谈谈。”达钦太太说，“这说法实在太扯了。这些孩子怎么会想到干这种事？”

达钦医生不动声色，继续吃他冷掉的肉和沙拉。

“别对弗兰克太苛刻。”他说，“你要是听过那位好警察怎么说的，就会觉得可怜的弗兰克都能是孩子们的同党。”

至此，汤姆已经吃不下饭了，他抬起头来。

“是啊，”他父亲说，“我们的泰德先生挺享受当侦探的感觉。大伙儿整夜整夜地巡视河道，希望抓住放漂船只的人。他觉得案子已经破了。”

“但他完全是错的。”汤姆说。

“他认为第一批钩环已经帮他破了案，”他父亲说，“他还向你的弗兰克叔叔大肆鼓吹，说他没有充分证据绝不会指控别人。弗兰克叔叔其实已经暗示泰德，他和他的巡逻队把事情弄得一团糟。他们本该不露声色，暗地里把罪犯逮个正着。但相反，从罗克瑟姆到雅茅斯，所有人都知道他们在监视码头、巡查河道，放漂船只自然就停止了。弗兰克今天早上见过他。那时，他们还不知道第二批钩环的事情。我把东西交给泰德的时候，你们真该听听他是怎么说的。你们知道他说话的腔调：‘证据！钩环在他们手里就是证据，瞎眼的母牛也看得出来。这些孩子太狡猾，不会在我们抓得到他们的地方放漂船只。我直接对法兰德先生这么说。他说，要是能抓到他们现行，他就心满意足了。他此时此刻还在乎这新冒出来的钩环吗？我又该怎么对整夜巡河的队员交代呢？难道我要对他们说，只有更多的船只被放漂，法兰德才会高兴？’告诉你们，泰德先生其实内心委屈，但只能摆出一副自信满满的样子强撑。”

“但您给了他新一批钩环，还讲了烟囱上的手印和绿色油漆的事情，他怎么说？”

“他说，他早就知道剩下的钩环在他们手里。”

“爸爸，那接下来会怎样呢？”

“你们把证据交给弗兰克叔叔以前，什么也不会发生。可若是他对证据并不信服，就会认为我们应该让泰德放手去做。他明天会听取双方的意见。我估计泰德会把他的所有证据集中起来，所以你的年轻朋友们也

应该做同样的准备。但我最担心的事情就是目前为止谁都没有目睹他们把船给放了。”

“天哪！”汤姆叫道，“我们一开始就应该自己巡视起来，要是从第一次有船被放漂那天就开始巡视，我们或许早就抓到这个继续疯狂作案的罪犯了。”

“你好像非常肯定你的黑鸭子们和这事一点关系都没有。他们三个人你都相信？你要知道，他们之中的任何一个人都可能悄悄动手，不让其他人知道。”

“他们不会的，”汤姆说，“他们之中谁都不会。对他们来说，船比其他东西更重要，比爱护鸟儿还重要，他们没一个人会干出这些事。”

“超过爱护鸟儿？”他父亲说，其实心里很清楚汤姆的想法。汤姆自己为了救一窝黑鸭子，曾经放漂了那艘船。

“我放漂船那一次，他们一点责任都没有，”汤姆说，“他们不知道我要干什么……再说，您想想他们最后是怎样救船的，哪怕当时那些该死的坏蛋还在船上。”

“我知道。”他父亲说，“好吧，你们尽量收集证据。我就祝你和你的‘鲍西亚[①]’好运吧。一切就看明天早上了。我告诉你，我内心并不希望看到你的小朋友们坐在被告席上，被指控盗窃。”

“但他们什么都没有做。”汤姆说。

“那你得去说服弗兰克叔叔。”他父亲说。

---

① 鲍西亚，莎士比亚喜剧《威尼斯商人》中的女主人公，凭借智慧和胆识在法庭上扭转形势，获得胜利。

第二十五章

最后的机会

五位侦探和警犬在“苏格兰场”等候。窗口晾晒着三张湿漉漉的照片。拍摄整个驾驶舱的一张冲印效果极好，拍摄烟囱的一张也不错。罪犯的手印虽然拍得比较小，仍然清晰可见。正如迪克所料，后甲板下的钩环光线太差，没有拍好，但他们断定没什么关系。迪克午饭后回来，顺便带了一瓶红墨水，打算等照片干了，在发现钩环的地方标上红叉。桃乐茜已经用红墨水给迪克在兰沃思发现的自行车轮胎印做了标记。小狗威廉睡着了。其他人不时地观察门口，不明白汤姆为什么花了这么长时间吃午餐。

“他要吃一整天吗？”乔说。

“我敢打赌，出问题了。”比尔说。

“吃个没完。”皮特说。

然后他们就听到了奔跑的脚步声，汤姆跑了进来。

“我们犯了最可怕的错误。”他说。

“怎么啦？”桃乐茜问，“法兰德先生不肯见我们吗？”

“汤姆，继续说。”乔说。

“不，不是那个。”汤姆说，“动手太晚了，我们本来应该一开始就调查。船只开始被放漂后，泰德先生和其他人监视河面。我们本该也这样做，才有机会当场抓获罪犯。”

“我们怎么知道还会有更多船只被放漂？”

“我知道，我知道。”汤姆说，“但弗兰克叔叔告诉泰德，如果警察能当场抓住你们放漂船只，他会更满意。”

“为什么？”乔说，“他又不想让船被放漂。”

“没错，但他的意思是，人赃俱获，证据才更有说服力。所以，只要我们当场抓获这个罪犯，就会万事大吉。我们一次又一次错过机会，就是自己没想到。”

“唉，现在还来得及。”乔说。

“就是。明天早上，我们要把所有的证据拿给弗兰克叔叔。然后，他就要去诺里奇。泰德也会提交他的证据。如果我们的证据不够有力，那就糟了。爸爸说泰德火冒三丈，因为弗兰克叔叔认为他证据不足。他现在认为最后一批钩环已经是确凿的证据了。”

“但这恰好证明不是我们。”桃乐茜说。

“泰德的看法正好相反。”

“有什么用啊？”皮特说，“不管我们说什么，泰德都不信。”

“我们如果一开始就调查，那就好了。”汤姆说。

“达钦医生还说了什么？”桃乐茜问，“好好回忆一下，不要漏了。”

回忆杂乱无章，汤姆把记得住的内容都说了。他说泰德先生认为证据足够传唤被告了。他父亲不能确定哪一方有理。法兰德先生一再激怒警察，因为他说侦探的全部努力都不足以构成充分证据。“但弗兰克叔叔同样认为死神与荣耀号船员是罪魁祸首。如果我们明天说服不了弗兰克叔叔，爸爸认为他也阻止不了泰德发出传唤。爸爸对此也很沮丧，他甚至把你的名字叫成了鲍西亚。”

桃乐茜脸红了。她知道意思，但没有解释。

“我们有大量证据，足以说明死神与荣耀号的船员不是罪犯。”迪克说。

“但也没有指出谁是罪犯。”汤姆说，“明天是最后的机会……桃乐茜，怎么啦?”

乔、比尔、皮特，甚至警犬威廉都转向桃乐茜。她坐上桌子，拉着一根辫子，皱着的眉头简直吓人。

“我现在就当自己是罪犯。”桃乐茜说。

“什么意思?”

“我融入罪犯的角色，设身处地替罪犯想。”

“罪犯可不会拉辫子。”乔说，但他看到迪克严肃地注视着姐姐，马上就觉得不好意思了。

“无论他是谁，”桃乐茜说，“我们知道的他全都知道。他知道你们什么时候去波特海姆。他知道你们什么时候去兰沃思。他知道你们什么时候把死神与荣耀号藏在荒野中。”

“没错，”乔说，“看他带来钩环的速度有多快。那是泰德最不能放过我们的事情。”

“让她继续说，”迪克说，“这就是侦探破案的方式。”

“他大概知道汤姆告诉我们的一切……不，我不是说他偷听……”皮特凑近门口，悄悄环顾四周，“当然，他可能……”

“这里没有人。”皮特说。

“罪犯可能跟我们一样头疼。”桃乐茜说，“他精心布置的计划毫无结

果。他必须马上行动。时间不断流逝。明天，他本想送上绞刑架的无辜者就要见律师，把无罪证据提交给他了……”

“他知道我们有什么证据？”皮特问。

“如果他不知道，他可能高估我们掌握的证据。你瞧，即使别人不知道，他自己明白自己有罪。因此他明白，只要我们知道在哪儿寻找证据，就能找到许多证据。”桃乐茜说，“泰德先生对法兰德先生大发脾气，他大概有所耳闻。他希望死神与荣耀号附近有别的船只，他可以放漂后嫁祸给你们。你们从兰沃思回来已经整整三天，结果什么事都没有发生。没有新闻。法兰德先生说过，应该当场抓住你们。啊，罪犯心想，要是再有一大批船只被放漂，谁都救不了你们。他焦急地踱来踱去。他的朋友因为恐惧而不断远离他。”

“你是不是知道他是谁？”皮特满怀希望地说。

“我们有许多线索。”迪克说。

“运气不好，人人都用邓禄普牌轮胎的自行车。”乔说。

“除了轮胎之外，我们还了解他的许多情况。”桃乐茜说，“我们知道，他有理由诬陷汤姆和死神与荣耀号的船员。我们相当确定他就住在附近，要不然他不会这么快就知道你们和汤姆的动向。但是问题在于，如果我们无法证明你们无罪，会发生什么事情？”

“我们就会被逐出河面。”比尔说。

“黑鸭子俱乐部就会解散。”汤姆说。

“好吧。”桃乐茜说，“谁住在附近，有邓禄普牌轮胎的自行车，而且乐于看到黑鸭子俱乐部解散？”

“只有乔治·欧顿。”比尔说，“如果河上没有人守护鸟儿，他再高兴不过。”

“不可能是他，”汤姆说，“你们在波特海姆那天晚上，他在监视码头。”

“汤姆，”乔突然说，“你那次去波特海姆召集黑鸭子放哨，对小鲍勃·科滕说了些什么？”

“我告诉他，大家都想错了，你们没有放漂船只。我打听有没有其他船只被放漂。我告诉他，如果有其他船只被放漂，赶紧通知我们。但没有用处，他说，他再也不跟黑鸭子俱乐部发生瓜葛了。”

“你没有提到乔治·欧顿吧？”

“当然没有。”汤姆说，“我干吗提到他？”

“我去一趟。”乔说，“皮特，帮个忙。我不在的时候，喂喂拉蒂。”

“你去干吗？”汤姆问。

“我有个主意。”乔说，“比尔，我骑你的自行车。”

“你去哪儿？”

“波特海姆。”

“他们肯定会抓住你。”皮特说，“泰德说，索宁先生的船夫因为他们的船被放漂的事气疯了，更不用说钩环了。他们会不问青红皂白，先把你打个半死。”

“那要追得上我才行。”乔说，“我现在就得去，明天就来不及啦。”

桃乐茜眼睛一亮。“只要我们能证明乔治·欧顿在那儿就好。”

“但人人都认为他不在那儿。”汤姆说。

“只要能证明他们在那儿就好。即使不能证明，他仍然有可能在那儿。但不要被抓住，乔……”

乔已经走了。

桃乐茜又皱起眉头。

“罪犯现在在想什么？”汤姆说，“你看，有些钩环还在他手里。告示上说是一罗半。一罗半有多少？”

“一百四十四加七十二，”迪克说，“总共二百十六只。”“他一定还有一百五十五只。”桃乐茜说，“他不知道怎样处置。”

“我要上船，”皮特说，“不能让更多的钩环被带到船上。”

“快点，”比尔说，“我们最好盯紧点。”

“但我们刚有收获，”桃乐茜说，“而且他无论如何都不敢在光天化日之下动手。”

“皮特说得对，”汤姆说，“他一旦进了荒野，谁也看不见他在干什么。如果他狗急跳墙……当心。还是把船开到河上吧。众目睽睽之下，谁也不敢动它。而且泰德和所有人都知道它的位置，没有隐藏的必要。”

“可你还得回这儿来。”桃乐茜说。

“开船用不了多久。”汤姆说，“你继续替罪犯设想一下。如果再来一大批钩环，那就太糟了。”

“我也去。”迪克说。

“好吧，”桃乐茜说，“我会审视当前的所有证据。”

皮特跑在前面，检查死神与荣耀号全船，但没有发现钩环。接着，其他人也来了。他们起锚，沿支流下行，驶出灌木丛，重新停在支流汇入河道的河口处。

在这里，水上和岸上的任何人都能看到它，谁都不大可能玩花招，至少天黑以前不大可能。

“你们只好整夜守护甲板了。”汤姆说。他们的心情放松了不少，然后回到了“苏格兰场”。

他们发现桃乐茜有了新的主意。

“我想他不会为钩环操心。”她说，“你们看，他第一次被警犬咬，第二次碰上绿漆。他可能觉得，再试一次会更糟。无论如何，他已经如愿以偿，因为人人都认为是你们偷的。他正在打别的主意。法兰德先生对泰德先生说的话让他烦心。明天的事让他非常着急，他必须想办法让今天晚上出事。”

“可我们附近一艘船都没有。”皮特说。

“我希望有一艘。”桃乐茜说，“今晚罪犯必定会来放漂它……如果有船的话，侦探可以潜伏在灌木丛中观察、倾听。然后，罪犯正在黑暗中弯腰解缆，他们跳出来，用手电筒照亮罪犯，把他逮个正着。”

迪克跳起来。“我说，我们甚至可以做得更好些。我还有许多闪光灯粉。”

“手电筒更好。”汤姆说。

“拍照。”迪克说。他摘下眼镜思索道：“我们可以带上照相机严阵以待。罪犯一放船，我们就打开闪光灯，当场把他拍下来。”

桃乐茜鼓掌。“妙极了。”她说。

“天哪，”汤姆说，“这一招管用。”

“可我们怎么知道他要放漂哪一艘船？”比尔说。

“附近根本没有船。”皮特说。

“法兰德先生的闪电号怎么样？”桃乐茜说，“我们不妨把它借到手，泊在附近什么地方。”

“弗兰克叔叔绝不肯借的。”汤姆说，“因为‘左舷’和‘右舷’都在巴黎，他已经把船拖上岸过冬了。何况，他认为黑鸭子们有罪，无论如何都不会借的。他会以为又是什么新花招。”

“太遗憾了。”迪克说，“反正我们需要有一艘船泊在方便放漂的位置，靠在死神与荣耀号跟前。我们必须在天黑以前让一切就绪……调好照相机参数，等等。只要这一招管用，我们就能拍下罪犯的作案照片，分量足以和其他所有证据相当。”

“单说没用。”汤姆说，“如果有类似的船，这主意还不错，可惜没有这样的船。你们去荒野，目的就是要远离船只被放漂的地方。罪犯在那里找不到可以放漂的船只，就开始打别的主意。”

“我们的时间很紧。”桃乐茜说，“动手吧，用点新方法。我把每一个案例的证据记下来。”她记下“码头的摩托艇”，问道：“证据呢？”

“我们只知道，那天晚上除了我和死神与荣耀号，还有别人在。”

“证据呢？”桃乐茜又问。

“有人把砖头扔回来，砸穿了阁楼的窗玻璃。”

“有点意思。”桃乐茜说，“下一个案件。”

“我们救回来的那艘桅杆卡在树上的船。”

“证据呢？”

“放漂时，我们跟捕鳗鱼的老人一起在上游。我们返回时碰上它。只有乔治·欧顿看到我们系船，以为我们在放漂。”

“乔治·欧顿。”桃乐茜说，“其实这不能算证据，但我还是记下来……乔治·欧顿在码头上。”

“他正跟朋友一起骑车去诺里奇。”皮特说。

“无所谓。”桃乐茜说，“第一次呢？大家认为你们放漂摩托艇那天早上，他在不在？”

“他认为是我们放漂的。”皮特说，“他气势汹汹。反正他认为是汤姆干的。”

“乔治·欧顿那天早上认为是汤姆干的。”桃乐茜写道，“下一个案件。”

“波特海姆。”汤姆说。

“波特海姆。”桃乐茜写道，“证据呢？”

“那些钩环。”比尔说。

“那些钩环是误导性证据。”汤姆说，“人人都说如果钩环不是死神与荣耀号船员偷的，就不会在他们手里。”

“那就是罪犯想要他们说的。”桃乐茜说，“我们知道，罪犯为了栽赃，把钩环扔到了死神与荣耀号上。”

“从烟囱塞进去。”皮特瞅瞅自己的拳头，“差一点磨破我的皮。”

“不止这些，”桃乐茜若有所思地说，“我亲眼看见有人在你们的烟囱跟前活动……然后，我们的警犬从罪犯的裤子上咬下一小块法兰绒。只要我们知道就好。我真希望乔快去快回。”

皮特轻轻挠着威廉肉乎乎的脖子。

“第一批钩环的证据就是这些。”汤姆说，“但迪克的油漆陷阱在第二批钩环中起了作用。烟囱上的手印……然后是钩环上的绿漆。”

桃乐茜忙着记下。

“把烟囱从船上拆下来是不是很困难?”迪克问。

“很容易。”比尔说，“烟囱是套进去的，用两块楔子卡住。我两三下就能拆下来。”

“我们必须把它给带上。”迪克说。

桃乐茜写下“烟囱帽”。“提交法庭的证据。”她大声念出来。

“法庭!”比尔叫道，“如果他们送我们上法庭，我们就完了。无论发生什么事，只要上了法庭，黑鸭子俱乐部就不复存在了。”

桃乐茜在“提交法庭”上面潦潦草草加上“如果有必要”，说道:“我们无论如何都要交给律师的。”

“要不要现在就动手，把烟囱卸下来?”迪克问。

“我们今天晚上还要生火。”比尔说，“明天早上一拆就是。”

“法兰德先生一看到烟囱上的指印，”桃乐茜说，“就会开始调查指印的主人。”

“波特海姆就这些情况，”汤姆说，“除非乔能够从鲍勃·科滕那里打听到什么消息。”

“但我看不出他怎么能做到。鲍勃跟其他人一样，坚信船只就是死神与荣耀号船员放漂的。”

“接下来呢?”桃乐茜说，“兰沃思……”

“加内特爵士号。”皮特说，“你来以后那天晚上，我们都在旧船上。老西蒙要我们看住小船。我们确实检查过，它的尾缆是系好的。可是，它当天晚上就被放漂了。吉姆·伍德尔的新尾缆出现在了乔纳特的船棚里。”

“加内特爵士号。”桃乐茜边写边说，“证据呢？”

“我们没有证据。”比尔说，“所有人都反对我们，我们好不容易才逃出来。如果不是乔治替我们说话……”

“又是乔治·欧顿。”桃乐茜兴奋地说，“继续。他怎么说的？”

“他对大家说，我们不可能在兰沃思兴风作浪。他们还在争论，我们就开船跑了。”

“桃乐茜，”汤姆说，“这应该放在兰沃思的证据里面。你没看出来吗？乔治·欧顿知道他们去了兰沃思。”

“这有什么重要？”比尔说，“码头上人人都知道我们去哪儿。乔治只是说放我们走罢了。当时他们吼得那么凶，我们还没有出发，人人都知道我们去兰沃思了。”

“都一样。”桃乐茜说，“又是乔治·欧顿。除了波特海姆，次次都有他的份。

“说明不了什么。”比尔说，“还有泰德呢？泰德第一次就来了，后面次次都来。”

“他跟踪我们，敲我们的舱顶。我们差一点没能藏进荒野。但没有与他有关的证据，也没有与乔治·欧顿有关的证据。”

“兰沃思还有其他情况吗？”桃乐茜说。

“轮胎印。”迪克说，“打气筒。”

“我们知道，那天晚上有人翻过篱笆。”比尔说。

“我们有一张装邓禄普牌轮胎的车主名单。”汤姆从桌上的纸张中把它翻出来，“从我、比尔、泰德和老牧师开始，洋洋洒洒一大串。我们还不如列一张非邓禄普牌轮胎的车主名单呢，这样还短一点。”

桃乐茜扫视名单，手指摁住一个名字。“乔治·欧顿有邓禄普牌轮胎的自行车。”她说。

“人人都有邓禄普牌轮胎的自行车。”汤姆说。

“看不出这有什么重要的。”皮特说。

“如果他的车胎是帕尔默牌，我们就知道他不在兰沃思了。”桃乐茜说。

“哎，”皮特叫道，“你该不会真以为是他吧？”

“在侦探小说中，”桃乐茜说，“不能排除任何人。一般最不像罪犯的人就是罪犯。”

“天哪，”皮特说，“照你这么说，我打赌一定是泰德先生。看他多卖力地诬陷我们。他又是警察，没有人怀疑他。他的车胎也是邓禄普牌，我看见的。”

“我最好复制一份，”桃乐茜说，“确保我们提交给律师时万无一失。”

“在这边标出给他看的线索。”迪克说，“我们归纳到一起。”

她开始工作，其他人在她身后观看，不时地提出建议。她还没有写完，乔便满头大汗、风尘仆仆地下了自行车，胸有成竹地走进“苏格兰场”。

“我去了多长时间？”他说，“乔治·欧顿可能比我更快。”

“你发现什么啦?”桃乐茜从桌边跳起来问。

“真正的证据。”乔说。

“发生什么啦?”汤姆问。

“他们没抓住你?”皮特问。

“我再次离开以前，没有人发现我。”乔快活地说，“我离开时他们才在我后面喊，可惜太迟了。”

“你找到鲍勃啦?”

“找到了。他爸爸不准他再跟我们说话，但我很快就搞定了。我对他说：‘鲍勃，你在这一带见过乔治·欧顿没有?’你们猜他怎么说?‘没有，你们在这里放漂船只那天晚上以后，我再也没有见过他。’于是，我敲敲他的脑袋，说我们没有放漂船只。他说汤姆·达钦也是这么告诉他的，但人人都认为是我们干的。我要他明天早上跟我们一起去见法兰德先生，但他不干，因此我让他写下来，就在这里。”他取出一张纸。桃乐茜接过去。

“大声念出来。”迪克说。

桃乐茜念道：“我发誓，你们通过波特海姆桥前一天晚上，我在同一个地点见过乔治·欧顿。——鲍勃·科滕。”

“没错。”皮特说，“第二天早上，他看到我们从桥下穿过。他当时又喊又比划，但我们的船正被拖着。”

“每一次都有乔治·欧顿。”桃乐茜说。

“他会把剩下的钩环放到船上的。”乔说。

“我们要把船驶出河道。”汤姆说。

乔转身向门口走去。“我要去看看船上是不是一切正常。”他说。只要死神与荣耀号由别人下锚，乔就想亲自检查一番。

“但我们应该一起从头到尾梳理一下证据。”桃乐茜说。但她说晚了，乔没有听到。

“我们都去吧。”皮特说。

桃乐茜带上文件副本，他们沿着河堤赶上了乔。乔正在查看船锚，检查死神与荣耀号的系船索，确保缆绳没有拉得太紧。

他们坐在驾驶舱和舱顶上，跟乔一起全面梳理证据。不过，乔骑了自行车去波特海姆以后，提不出什么补充意见。他力图证明乔治·欧顿就是罪犯。其他人只看清一件事，他们仅仅证明了别人也可能做出死神与荣耀号船员被指控的事情。他们没有真正的证据针对某一个具体的人。而且，最糟糕的是，他们没法证明自己没有做那些事。

“无论如何，有这么多证据还不错。”桃乐茜跟乔一起坐在舱顶上说道，“但还不够。”她皱起眉头，“罪犯正在村里什么地方动脑筋搞出反对我们的证据，策划行动确保明天取胜。要是我们能借到一艘船就好了。”

“手印不错，”迪克说，“还有轮胎印和打气筒的橡皮管。但罪犯的照片比什么都强。”

“我们缺的就是更多证据。”桃乐茜说。

“你觉得他会不会天黑以后带钩环上船？”迪克问。“我可以带上照相机潜伏在丛林里，另一个人及时打开闪光灯……”他又说，“你们明白我们必须非常小心，不能把闪光灯放在镜头前，要不然只会拍到雾气。我拍司令时，问题就出在这里。”

“没什么希望。”汤姆说，“除非死神与荣耀号旁边还有别的船，否则罪犯不会带着钩环，冒这种当场落网的危险。”

“要是能借到一艘船该有多好。”桃乐茜说。

“现在大多数人已经让船离开水面，藏起来了。”乔说，“眼看就快十月了。”

“除了我们和渔夫，河面上不会再有船了……如果索宁把我们告上法庭，就连俱乐部都不会有了。”

正在这时，下游传来一阵微弱的轰鸣声。不一会儿，一艘小型白色摩托艇绕过渡口，逆水而上。在死神与荣耀号驾驶舱里，皮特举起大望远镜观察。

“老朋友抹香鲸号来了。”他说。

抹香鲸号来了

第二十六章

瓮中捉鳖

抹香鲸号的船主站在小艇船舵前，看到了死神与荣耀号，认出了船上的船员。他将抹香鲸号转向堤岸。

“小家伙们好呀！”

“哈啰……您也好啊！”

“就是他买了我们的鱼饵。”皮特对桃乐茜说。

“买你的鱼饵有什么用？”

“当然有用了。”皮特说。

“我这儿还有些鱼，你们想要吗？”船主说，“我明天还会弄到不少鱼。”

“我的鱼饵可不一般。”皮特对桃乐茜解释说。

“停这儿。”乔叫道。他和比尔跳上岸。

抹香鲸号滑向岸边。乔和比尔取出圆锚，把船系牢。

“你们也喜欢打鱼吗？”船主看到桃乐茜、迪克和汤姆，问道。

“只是朋友。”桃乐茜说。

“不知道储藏室情况怎么样了，”船主说，“我先去看看。”他钻进船舱拿着六只橘子出来，“接住！”橘子从空中飞过，汤姆、乔、比尔、皮特和桃乐茜接住了他们的橘子。迪克有点措手不及，差点让橘子落到河里，但还好也接住了。

“我今天只有这些了。”船主说，“当然，要是知道会碰到你们的话，

我准会多备点……别介意。等我明天回来，会有更好的货。”他环顾左右，“你们这地方选得还不错嘛。我们离罗克瑟姆公共汽车站有多远？”

“不到十分钟，”皮特说，“而且是在走得慢的情况下。”

“我把船留在这里，你们看一下好吗？”船主问，“我要回诺里奇过夜。他们告诉我，这里有一伙小流氓专门放漂别人的船只。我可不想把船留在码头。”

死神与荣耀号的船员们面色凝重地看着彼此。

“我们从来没有放漂过船只。”比尔说。

“我又没怀疑是你们。”船主说。

“人人都认为是我们。”乔说。

“什么！”船主叫道，“他们说的小流氓就是你们？我相信你们不会放漂老抹香鲸号。贼喊捉贼，偷猎者是最好的护林人……”

“根本不是我们。”汤姆说，“我只放漂过一次，那次是因为有人在我们守护的鸟巢附近泊船。现在船只被放漂，人人都以为是我们……黑鸭子俱乐部……”他解释说。

“还有您那次付给我们的大梭子鱼的钱，”乔说，“他们就说，我们那天在波特海姆偷钩环，卖掉赃物才弄到那些钱。”

“怎么回事？”船主问。

孩子们一点一点地把事情的原委告诉了他。他听到“苏格兰场”就笑起来，但一看到桃乐茜严肃的表情，马上也严肃起来。

“要是他不介意的话，那事情就好办了。”桃乐茜看看小艇，悄悄对迪克说。

他们告诉他船只第一次被放漂的那天晚上有人把砖头扔了回来，皮特给他看了牙齿拔掉后的空洞。他们告诉他兰沃思骑自行车的人、炉子里发现的钩环、烟囱上的指印（他还饶有兴趣地检查了一番）、第二批出现的钩环，以及确定有人故意栽赃黑鸭子俱乐部成员的这些事。他们告诉他，只有第二天早上才能证明自己的清白，那时他们要向认为他们有罪的律师递交证据。他们最后还说起了桃乐茜的计划。

“我们可以把泥底锚投入河中。”乔说，“要是船被放漂了也跑不远。”

“你是说你们想用抹香鲸号作为诱饵，请君入瓮，你们好在暗处观察，在他放漂船只的时候抓他个现行？”

“没错。”桃乐茜说，“这就是缺失的环节。您看，我们手里的证据都告诉您了，但还不够。只有抓住他，大家才会相信。”

“还有，我们必须赶在明天之前。”汤姆说，“如果没有证据，他们就会被指控他们根本没干过的事情，黑鸭子俱乐部就完了。这就是天大的冤屈，太不公平了。”

船主沉默片刻，看着他的船。

“船不能有任何损坏。”他说，“你们想让我做什么？把船留在这儿？”

“不，不，”桃乐茜说，“他们知道我们会守着，而且离死神与荣耀号也太近了。它应该停在一个更有诱惑力的地方……足够靠近但又不太近。”

“你们随便选地方吧。”船主说。

大家马上七嘴八舌，提出可能的地点。码头立刻被排除了，因为侦探潜伏在那里很容易暴露。达钦医生家草坪前的泊地也被否定了，因为

罪犯可能觉得暴露的风险太大。最后，乔有了个主意。

“渡口那儿通向公路的水道或许可以。那里灌木丛生，比较隐蔽。堤岸松软，容易放漂。只要我们放下泥底锚，船就不会受到什么伤害。”

“万一你们的罪犯不知道船在那儿呢？”船主问，“你要是把鱼饵扔进一堆水草里面不让梭子鱼看到，它们是不会上钩的。”

“您能否给泰德先生捎个话……他是警察……把您停船的地方告诉他？”汤姆说，“您可以走进天鹅旅馆，无意中说漏一下嘴。”

船主又笑起来。“我反正要去那儿，他们可能从诺里奇给我捎个信……喂，你在干什么？”他对皮特说。皮特正在收集橘子皮。

“我们总是把果皮埋起来。”皮特说。

“黑鸭子俱乐部的规矩。”汤姆说。

“哎，”船主说，“这规矩不错，这也使我很难相信你们会放漂别人的船只。”

“我告诉过您，不是我们。”乔说。

“如你们所说，”船主说，“大家上船吧，带领我驶向你们选好的地方。老抹香鲸号捕过不少鱼，作诱饵还是第一次。”

大家都向抹香鲸号走去，但迪克拦住了他们。他擦了擦眼镜，每次做这个动作，就说明他在想什么事情。他说：“我们最好别去，您说呢？如果有人看到我们都在您的船上，罪犯就可能知道……”

“梭子鱼认出了鱼钩，嗯？”船主说。

“我们在下游和您碰头。”汤姆说，“等我们一会儿，我们从路上绕过去。”

渡口下面，狭窄河段十米外，深沟将草地上流连的牲口分隔开来。六位侦探和小狗威廉（正跑得上气不接下气，吐出粉红色的舌头喘气）在这里等待抹香鲸号的到来。他们选好灌木丛为潜伏地点，然后在下游几米外选好了小艇的停泊地点。

“它来了。”皮特说。

“我差点以为他改变主意了。”汤姆说。

“那人靠谱。”乔说。

抹香鲸号从他们面前驶过，转了个弯，驶向堤岸。

“引擎不要关掉。”乔叫道，“我们想先放下泥底锚。”

“上船吧。”船主说，“你们来选择停泊地点，听你们的……”

“转右舷，慢点开。”乔在抹香鲸号前甲板上喊道。缆绳上的泥底锚做好了准备。

哗啦一声，泥底锚落入水中。

“转左舷，船头靠岸。”乔叫道。船主照办了。但船头还没有靠岸，泥底锚就把它拖住了。乔只好投出前锚。在众人的合力下，抹香鲸号船头、船尾的两具圆锚都扎稳了。从岸上看，没人能看出船头缆绳还系着河底的船锚，即使被放漂也只会离开岸线几米远。

“它会安然无恙的，”乔说，“即使他们放漂了也没事，我们会盯着。”

“我看它不会受损。”汤姆说。

船主钻进船舱，拿了只小手提箱出来。“你们现在想要我做什么？”他笑着说，“在暗处潜伏，请君入瓮。我想你们要我在附近广而告之，好

让这条大鱼上钩。”

“正是这样。”桃乐茜说。

“我们要确保所有的人都知道它停在这儿。”汤姆说。

“我要上公共汽车了。”船主说，“估计我不能回来报告大肆宣扬的效果了。你们最好有一个人跟我去，保证我没出差错。”

“我去。”皮特说。

“好。”乔说，“皮特负责提箱子。”

船主想自己提手提箱，但皮特觉得最好别这样。再说了，手提箱很轻，皮特扛在肩上，比提在膝盖附近晃来晃去显得更自然。

“我是不是应该把那笔钱的事情也告诉他们？”船主问。

皮特觉得可能有帮助，但又若有所思。

“最好别让他们知道您认识我们。”他说，“我们不想让他们避开抹香鲸号。”

船主停下来，在卡片上写下他的地址。“好吧。”他说，“但你拿上这个，如果钱的事情有麻烦，让他们跟我谈。”

“不会有麻烦的。”皮特咧开嘴笑道，“把那坏蛋抓住了，‘苏格兰场’不愁捉不到鱼。”

“我真希望今晚留在船上，帮你们抓他。”

“他如果知道您在船上，就不会来了。”皮特说，“如果吉姆·伍德尔和老西蒙那天晚上没有回家，他绝不会放漂加内特爵士号。”

好几天来，皮特都没有这样快活过。现在，至少有人完全站在黑鸭子俱乐部成员们这一边，没有认为肇事者不是汤姆就是死神与荣耀号的船员们。

路上，皮特把法兰德先生的房子和汤姆·达钦的家指给船主看。他们经过泰德先生家，他悄悄指着门口的牌子，上面写着“警察”二字。

“没错。”船主说。

“我最好在这外面等等。”皮特说。

泰德先生正在喝茶。船主敲门时，他起身开了门。皮特听不见他们说了什么，但他看见船主朝着他指指点点。然后，他看到泰德先生非常认真地说了些什么。一会儿，船主回来了，面色凝重，直到他们走到泰德先生看不见的地方，他才露出微笑。

然后，他哧哧笑起来。“哈哈，”他说，“我好像在冒一场不小的风险。但你们的警察告诉我不用担心，因为沿河一带一直有船主在晚上巡逻。”

“就是乔治·欧顿。”皮特说。

“他会转告他们，但他希望我把船停在码头，以便他亲自监视。”

“加内特爵士号就是这样被放漂的。”皮特说。

“我告诉他，现在太晚了，但我多谢他的好意。多好的诱饵，是吧？现在我去给村里的小伙散播消息。你溜过街角，等我一起去公共汽车站。就在十字路口那儿，对吧？”

船主进了旅馆。皮特带着手提箱穿过十字路口，放下箱子坐在上面。他等了五分钟……十分钟。他开始想船主是不是把他、手提箱还有公共汽车的事情都忘了。但接着，年迈的埃文斯小姐和另一个从罗克瑟姆过来消磨午后时光的老妇人一起走了过来。

“我们有的是时间。”那老妇人说。皮特想起来，船主一进旅馆就会打听到公共汽车的发车时间。

然后，他发现埃文斯小姐正谈到他。她的朋友有点聋，所以埃文斯小姐的大嗓门听得清清楚楚。

“你不会相信的，亲爱的。我有一次说，诺福克没有哪个村子的人比这里的人更老实。可现在这些孩子……据说他们是一个有组织的帮派，无法无天，反正大家就是这么说的。他们当中应该有明事理的人，那位医生的儿子……我们当年那些男孩可比现在的有教养。”

皮特面红耳赤，随即看到船主走了过来，赶紧跳起来迎接他。

“我真是听到了不少事呢，这儿的人想把你们投进牢里关二十年。”船主笑着说，“他们说，只要我能在雅茅斯这边找到抹香鲸号，就算运气不错。他们还说目睹过你们在光天化日之下从码头放漂了一艘游艇。”

“我们没有。”皮特说。

“有个女招待说这件事情有疑点，因为她见过你们解救一艘被树枝缠住的船……”

“哪一位？”皮特热切地说，“那就是证据啊。”

“红头发的。”船主说，“但大家都说她心肠太软。她不得不说她也不是很确定。无论如何，我离开的时候船就变成了诱饵，他们都替我难过，甚至红头发的那位也说我的船就那样放着太可惜了，本来应该有人提醒我的。哈，我的公共汽车来了。祝你们好运。把坏蛋逮个正着，别让鱼饵白费了。明天早上见。”

他拿起手提箱，走了。

皮特穿过村子回来，一路喜笑颜开。比尔在达钦医生家的路边守候他，他们进了院子，跟其他人在“苏格兰场”会合。

“他那边都安排妥当了？”桃乐茜问。

“他告诉了泰德先生，在天鹅旅馆也散播了消息。但愿他没说得太过火，我们可不希望半村子的人都朝岸上瞅。”

“现在注意了，”汤姆说，“计划是这样的……”

第二十七章

布下陷阱

计划非常简单。第一位侦探带着迪克的照相机，藏在抹香鲸号附近的灌木丛中。第二位侦探把闪光灯藏在离抹香鲸号稍远的草丛中，这样闪光的时候就不会直接对着照相机镜头。等到坏蛋一来、动手放漂船只时，第二位侦探就打开闪光灯，然后马上逃跑。坏蛋自然要去追他，这样第一位侦探便能安心地隐匿在灌木丛中，等岸上没有人了，再带着照相机安全地离开。

“守候两个小时。”汤姆说，“我和迪克值第一班，毕竟照相机是他的，加上我跑得比你们谁都快。桃乐茜说，她很有可能天一黑就过来。”

“下一班是谁？”皮特问。

“桃乐茜和乔。乔负责用闪光灯引诱敌人，桃乐茜负责拿照相机。”

“然后是我和你。”比尔说，“你拿照相机。”

“你一听到坏人来了，打开快门就行了。”迪克说，“闪过以后再把快门关上……我会把闪光灯调整好，任何人只要按下快门就行了。”

“你一定要非常留心照相机，好吗？”桃乐茜说。

“照相机不会有问题的，”迪克说，“只要拍照的人不出声就行。”

“你最好还是先回家准备起来。”汤姆说。

“我最好也回家，”桃乐茜说，“去向司令解释我们要迟到了。还有我们得把威廉带回家。要是带着它一起埋伏，它准会叫的。”

“闪光灯的灯罩怎么办？”迪克问。

“等你回来，我们就准备好了。”汤姆说。

“灯罩？”皮特问。

迪克解释说：“打开闪光灯的时候会燃烧大量粉末。灯罩的作用就是防止粉末烧到头发。闪光的时候可壮观了。说明书上说，用量超过一点点就很危险，再说我们在户外使用，又不能太靠近目标，只能多用些。就像这样……”他把一幅画塞进皮特手中。

“走吧。”桃乐茜说。

“告诉她，妈妈想要你们在这儿吃饭。”汤姆说。

迪克和桃乐茜走了。

汤姆在乔的帮助下开始工作。他用园艺用的大剪刀剪开一只方形的饼干盒。“没事，”他说，“反正今年他们不会再用这把剪刀修剪花草了。”他把饼干盒的每条边剪开，再切开剩下两边的底部，这样它们就可以折来折去。然后，他用凿子在饼干盒底部打出一个方形的孔，用来安装闪光灯的把手。整个过程花了不少时间，连汤姆平常习惯拉绳索的手指都磨出了水泡。与此同时，皮特和比尔轮流藏在达钦医生家的大门后面监视着路上的情况。

皮特看到泰德先生骑着自行车向渡口去了。

“泰德去查看情况了。”他快活地过来报告。

“好啊。”汤姆说。

皮特留下来观察，比尔在灌木丛中就位。他报告说，看见乔治·欧顿和他的朋友骑着自行车从另一条路过去了。“我猜他们也要过去查看。另外还有一批人也过去了。我看到有乔纳特的三个船夫、在肉店工作的

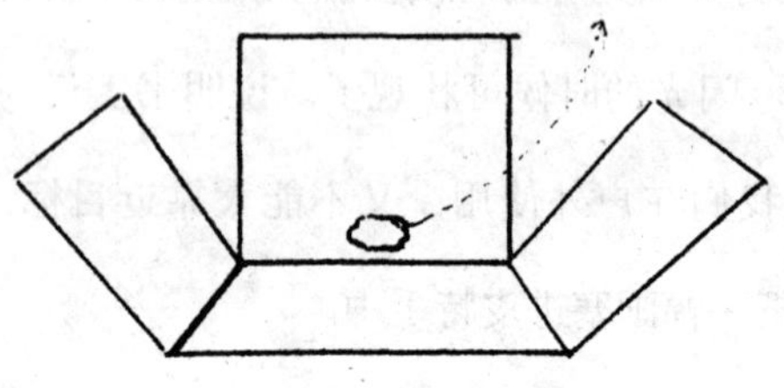

饼干盒是如何切开的

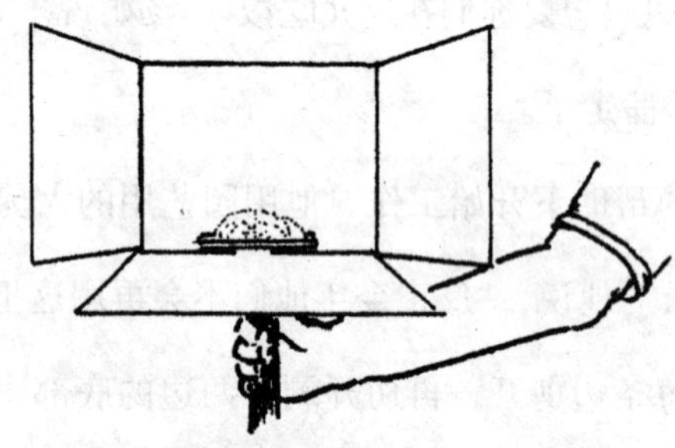

闪光灯在灯罩中

打火石　连接开关的空转轮

闪光灯粉末装入托盘，由转轮和打火石摩擦引燃

闪光灯和灯罩

杰克，还有送牛奶的男孩。在旅馆里散布消息真是个好主意，这招真是恰到好处。但所有人都应该在天黑以前离开，我们才好布置陷阱。”

“希望一切顺利。”乔看着饼干罐头现在的样子，说道。

迪克和桃乐茜带着照相机和闪光灯回来了，东西藏在花篮里，上面盖着从巴拉贝尔夫人花园里采的玫瑰花，以防别人猜到他们的计划。他们的脸色并不好看，毕竟司令下了禁足令，桃乐茜天黑以后不准出门。

“她说，男孩可以打埋伏。如果有麻烦，我只会碍事。我告诉她这一开始就是我的计划，但她说，我不听也得听。”

“她其实是对的。”迪克说，“但最糟糕的是，我十点钟以前必须回家，不能再出来值下一班。”

“不到十点，我们就能抓住他！”汤姆说，“要不然，我们就得重新排班。比尔和皮特值第二班，要是还没能把他抓住，我就要爬绳子出来，跟乔值第三班。”

“只要能抓住他就好。”乔说，“这只灯罩怎么样？”

“还不错。”迪克说，“只要洞足够大就行。”

饼干盒底部的洞还不够大，把它弄大也费不了什么工夫。不一会儿，他们轮流拿起闪光灯设备，举起试试手感。时机一到，他们就打亮闪光灯。

“时间怎么过得这么慢。”桃乐茜说。

“我们等天快黑了再去。”汤姆说，“吃点东西吧。”

他跑进屋里，然后回来说食物差不多准备好了。十分钟后，几位小侦探喝着茶、吃着煮鸡蛋，急急忙忙，一声不响。达钦医生出门了，他的太太说："你们一定有心事。"但谁都不回答，接着，她笑了。过了一会儿，她问孩子们有没有准备好交给法兰德先生的证据。

"就差最后一点了。"桃乐茜说。

皮特隔着杯子向她做了个鬼脸。

他们回到"苏格兰场"，此时已是黄昏。

"趁着天还没黑透，我们该过去了。"迪克说。

"先要有人侦察一遍，确保附近没人。"汤姆说。

"我来。"桃乐茜说，"别人要是看到我，也没有关系。"

桃乐茜往渡口走去，假装傍晚散步。她一回来，便说抹香鲸号附近没人。五位侦探于是立即上路。他们穿过法兰德家的花园，沿河经过死神与荣耀号，桃乐茜则留下守望。他们一个接一个分别离开，不让别人发现，经过荒野，潜伏在渡口和旅馆之间。抹香鲸号停泊在一边，这个巨大的诱饵正在勾引坏蛋上门作案。

黄昏降临，死神与荣耀号的船员们蜷伏在岸边的草丛里静静观察。灯光从旅馆的窗口里射出，还能听见有人在放留声机。一切准备就绪。迪克折断了几根树枝，以便为灌木丛中对准抹香鲸号的照相机留出清晰的视野。他把照相机固定在三脚架上，支架的腿伸出一半的距离。

"你确定一切都准备好了？"汤姆问。

"一切就绪。"迪克在灌木丛中说，"但你应该趴下来。其他人不要留在这里。如果罪犯发现这里有人，就再也不会来了。"

"你们现在该走了。"汤姆对死神与荣耀号的船员们说。他趴在地上，小心不让闪光灯粉末撒出去，"幸好今晚没有下雨，不过还是要当心。我

带了件油布雨衣铺在地上。比尔，要是罪犯在我值班时没有出现，这件油布雨衣就留给你用。”

“告诉桃乐茜，她该回家了。”迪克说。

“黑鸭子永远在一起。”皮特低语道，死神与荣耀号的其他船员悄悄地溜走了。他们跨过水道，绕过旅馆，翻过篱笆，进入荒野。最后，他们登上死神与荣耀号，发现桃乐茜正坐在船舱里，借助防风灯的亮光，着急地整理文件。

“迪克藏好了吗？”她问。

“就算你从他藏身的那片灌木丛经过，也看不到他。”乔说，“倒是汤姆在天黑前比较显眼。”

“我想罪犯应该不会有武器。”桃乐茜说，“他肯定预料不到的。他只想爬过来解锚，放船。接着，闪光灯突然亮起，没等他眨眼，照片就拍下来了。只要他没抓着迪克和照相机就没有问题。我说，你觉得迪克准备好了没？他戴了眼镜，打起架来可占不了上风。”

“不会打起来的，”乔说，“迪克没事。他会死守着不动，保护好照相机的。汤姆负责逃跑，而不是停下来打架。他把罪犯引走，迪克就带着照相机回家。”

“那当然，汤姆以前就当过亡命之徒。”桃乐茜说，“而且，如果他被抓住，河水就在跟前。哗啦一声……他就掉进了水里……”

“要是有谁把汤姆·达钦推进河里，那可不是小事，这坏蛋可就太厉害了。”皮特说，“要是这人是泰德……”

“当然不会是老泰德。”比尔说。

“唉，如果是泰德，”皮特说，“他有把汤姆推进河里的本事，还不如长双翅膀飞走呢。汤姆会轻松甩掉他的。”

“再说天也黑了，”乔说，“汤姆闭着眼睛都能跑过河岸。他倒是更有可能把罪犯推进河里。”

“只要天黑了，”比尔说，“他们就不成问题。”

“当然不成问题。”乔说，“现在天已经快黑了。”

桃乐茜向舱门外看了一眼，收好手里的文件。“我差不多把材料准备好了。”她说，“我今天晚上完成。司令让我等迪克回家。”她走进驾驶舱，“天真的已经很黑了，”她说，“可能此时此刻罪犯已经在行动了，真不想现在走。”

“迪克说要提醒你。”乔说，“我和比尔把你送回马路。皮特可以在这里值班，皮特你看好了，等我们回来。”

“我能做些什么？”

“等着看下游的闪光。”乔说。

皮特坐在舱顶上。他很高兴船已经驶出堤岸，停靠在河岸边。柳林下漆黑一片。尽管外面一片昏暗，但还用不着伸手摸索保护自己不被什么东西撞到头。船舱里的防风灯透过膝盖边的窗户往外微微地照耀，照出水面的涟漪和远方迷蒙的河道。上游的几处房子已经亮起灯光。一群刚抵达的游客在对岸的船上开着派对。他看见他们船上的遮阳篷在灯光的照耀下，像一只巨大的纸灯笼。他向下游渡口的方向望去，旅馆里隐约有灯光，远处雅茅斯的天空泛着一层微光。

此刻，他听到了堤岸上的谈话声。着急了好一会儿之后，他听出是乔和比尔回来的声音。

“还没有闪光？”乔说。

“没有。”皮特说。

“桃乐茜说，她觉得罪犯会先在这儿四处嗅探，确定我们没有不在场证明后，再去放漂抹香鲸号。”

“她说什么？不在场证明？”皮特说。

“她是说，罪犯想确定我们在这里，因为他不想放漂了抹香鲸号之后，却发现我们和汤姆都待在医生家里，以此证明不是我们在作案。”

“桃乐茜脑子真聪明。”比尔说，“我们守株待兔时，她说乔应该生火、点灯，拉上窗帘关上门，然后不停地聊天，好像我们仨都在这里。”

“你下去吧。”乔说，“你和比尔最好先打个盹，别等罪犯来了打瞌睡。如果你在灌木丛中醒过来，发现抹香鲸号已经被放漂了，大坏蛋却跑了，也不知道谁是罪魁祸首，那我们今晚就完蛋了。”

“我现在不困。”皮特说。

“乔，你呢？”比尔说，“如果他没有马上放漂，我打赌他会等到很晚。他认为岸上已经没有人了，半夜才来作案。那时是我们值班。”

“下一班是你。”乔说。

他们进了船舱，躺在铺位上。但圈套已经下好，大鱼即将上钩，再说迪克和汤姆正潜伏在黑暗中，大伙儿都紧张得睡意全无。

“幸亏晚上没有下雨。”乔说。

“为什么这么说？”皮特问。

“迪克说，闪光灯的粉末打湿了就点不着了。”

他们沉默了好几分钟，接着比尔咯咯笑了起来。

“怎么了？”乔问。

“我要挪一下跨过水道的那块木板。”比尔说，“如果大坏蛋在黑暗中追我，他就有麻烦了。”

“如果乔不跟我们一直说话，等会儿会不会睡着？”皮特说。

“我才不会睡着呢。”乔说，“捕鳗鱼那天晚上打呼噜，可不是我起的头。”

“有没有什么吃的？”比尔问。

这样好多了。他们无论如何都不会睡着。于是，比尔从炉子旁边的碗柜里拿出巧克力，平分成三份。他们躺在那里，嚼着巧克力聊天。他们谈论冬天周末学校放假该干些什么，谈论着钓鱼，想着能钓到一条大梭子鱼。他们又讨论在舱顶后面做一只食品柜、起身查看迪克拍的死神与荣耀号扬帆航行时的照片，还谈论黑鸭子俱乐部明年开春的安排。“或许黑鸭子俱乐部那时已经不存在了。”比尔说。他们谈论迪克和他的鸟类拍摄计划。“从夜莺开始。”乔不禁笑了。“天哪，只要他能拍到。”皮特说。谈话时不时地戛然而止，但他们嘴里一边嚼着巧克力，一边细心地聆听。旧闹钟（早就不闹了）的时针慢慢转动……九点了，过了十分钟，过了半点，又到了三刻，还差十分钟……一分一秒接近十点。

“皮特，动身吧。”比尔说。

“你们该走了。”乔说。

他们打开门，弯腰走进驾驶舱，侧耳倾听。周围毫无动静。

“悄悄出去。”乔轻轻说，“下去时当心不要把事情搞砸了。换岗时可要注意别碰上罪犯。皮特，尽量不要打开手电筒。”

皮特和比尔匍匐着穿过灌木丛。他们看着身后驾驶舱的亮光随着乔一个人的留下而熄灭。死神与荣耀号的舱门已经关闭，现在只剩下窗帘后橘红色的亮光了。

“比尔，稳着点。”皮特说，“我什么都看不见。”

“别开手电筒。”比尔说，“向前伸手，向游泳一样划动手臂，就不会撞上东西。”

他们翻过篱笆，上了公路，脚下顿时轻松多了。夜色照样漆黑，但几分钟后，黑暗好像不那么浓稠了。星光闪耀的天空下，他们可以看到房屋和树木的形状。

“快点，”比尔说，“他们会以为我们不来了。”

“别跑，我们会听不见声音的。”皮特轻轻说。

他们来到渡口旅馆，窗口仍然亮着灯光。两个溜达着回家的人突然出现，他们赶紧避开公路。

“打烊了。”比尔轻声说。

他们重新加快脚步。

“我们沿着河岸走。”比尔轻声说。他们越过旅馆的花园，沿着狭窄的河边步道曲折前行，不时地被河里的水老鼠发出的水声吓到。他们来到岸边，找到木板，小心地跨过去。

“只要半分钟我就回来。”比尔说，“你抬这一头，我抬那一头。这样一来，要是我需要逃跑，就能轻易挪动它。”

他们挪动好木板，继续前进。

“差不多到了。”比尔说，“你牙齿在打颤？好可惜，我们没有给你多拔几颗。”

“我的牙齿没在打颤。”皮特说。

“最好报上口令。”比尔说。他停下来，低声说道：“黑鸭子永远在一起！”

“永远在一起！”汤姆的声音从比尔的脚下传来。与此同时，皮特隐约看到停在岸边的抹香鲸号的白色轮廓。

“大鱼还没上钩。”汤姆说，“你们来了，我们换岗吧。东西在这里，一切准备就绪。摸到没有？我来把你的手指放在开关上，一拉就开。”

“摸到了。”比尔说。

皮特摸索着进入灌木丛，迪克此时已在黑暗中守候了两个小时，比他看得更清楚，于是伸手把他拉过来。

“无论如何都不要乱动照相机。”他轻声说，“这里是快门。”他把末端塞进皮特手中，“摁一下按钮快门就开了。一听到有人来就摁，等闪光灯熄灭时，再摁一次快门。”

“我们不能在这儿多说，”汤姆说，“要不然会把他吓跑的。”

“河面上有一块木板要小心，”比尔轻声说，“我和皮特把它弄松了，这样万一那坏蛋过来追我，我就会把木板的一端踹进水里。”

汤姆忍不住笑出了声。

“皮特知道无论发生什么事情，他都要留在这里，对吧？”迪克说。

“他知道，”比尔说，“他会一直守在这里。等其他人都走了，再拿走照相机。”

“快点，”汤姆说，“就等着他上钩了。我还要回家呢。噢！我快动不了啦，我的腿和五指都在抽筋。”

“桃乐茜一口咬定大鱼早晚会上钩。”迪克说，“但我说，皮特，你可要小心操作照相机。要是司令让我留下来该多好……”

“他不会有问题的。”汤姆说，“迪克，走吧，我和乔十二点回来。”

“乔认为大鱼过了十二点才会出现。”皮特的声音从灌木丛中传来。

“如果你们不走，他根本就不会露面。”比尔说，“我和皮特都准备好了。晚安。”

“我十二点回来。”汤姆说。

“当心别被看见，让上钩的鱼跑了。”比尔说。

此时一片沉默。

迪克和汤姆疲惫不堪，爬回公路，回到他们的床上。两位小侦探正在岗位上坚守着。

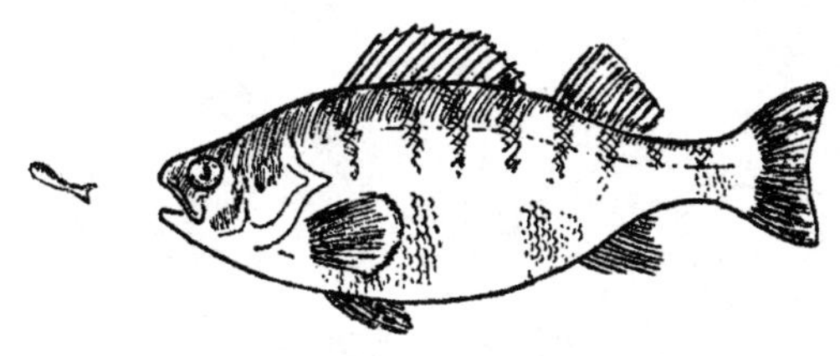

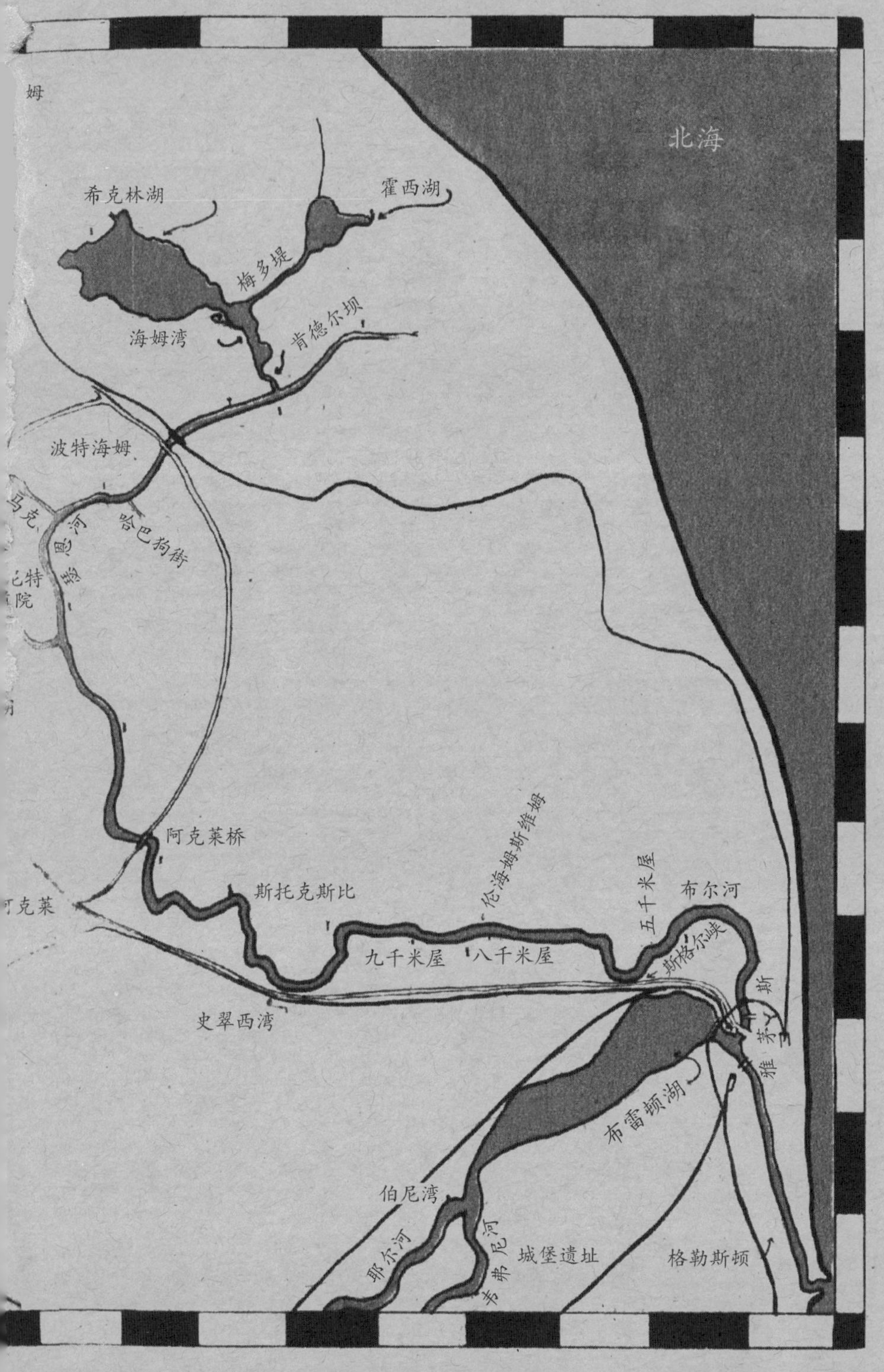

北海
霍西湖
希克林湖
梅多堤
海姆湾
肯德尔坝
波特海姆
瑟恩河
哈巴狗街
阿克莱桥
斯托克斯比
伦海姆斯维姆
五千米屋
布尔河
斯格尔峡
九千米屋
八千米屋
史翠西湾
雅茅斯
布雷顿湖
伯尼湾
耶尔河
韦弗尼河
城堡遗址
格勒斯顿

① 英里，英美制长度单位，1英里等于5280英尺，合1.6093千米。

第二十八章

炫目闪光

汤姆和迪克回去睡觉，比尔和皮特则在黑暗中等待。

皮特蹲在灌木丛中，一会儿用左脚支撑身体，一会儿又换右脚支撑。周围一片漆黑，只有从照相机的取景器中隐约可以看到抹香鲸号泊在岸边。他看不清楚细节，但可以看到大致的方位。他把手指放在快门开关上，静候时机来临。他又放开了手指，生怕不小心按到。

比尔躺在后边的河边草地上，一动不动，以至于皮特一度以为他也跟着其他人离开了。

“比尔？”他轻轻叫道。

“怎么了？”比尔也轻轻回答。

“没事。”

“你那儿都好吗？”

“好。”皮特说。

“你知道应该怎么做。一听到声音就按那玩意儿，不要等我跟你说了再动手。如果粉末干燥……我会照迪克说的打开闪光灯，要是闪光灯不亮，我们就完了。你只需要让照相机快门开着，直到闪光消失。他就是这么说的……”

“然后呢？”皮特说，虽然他早已知道。

“纹丝不动。你藏在灌木丛里，谁也看不见。他要追的是我。我会尽量发出声响引诱他。如果这坏蛋追过来，那么……”比尔忍不住笑了，

“我们就挪动木板……只要他拿不到迪克的照相机，无论发生什么都不重要。一定要纹丝不动，等大家都走了再带着照相机溜走。我们把照相机交给迪克。你无论如何都不能被抓住……嘘！”

皮特屏住呼吸倾听。什么都没有，只有草地上的老马在呼呼喘气。一根树枝拂过皮特的后颈，他伸手折断树枝，听到比尔说话了。

“刚才只是我而已。”皮特说。

“别弄出声音。”比尔说。

皮特重新摸着了延伸出照相机的那条富有弹性的细管子，摸到终端的按键，又重新放开。咳，紧张得上气不接下气干吗呢？没有什么好担心的。他放慢、调匀呼吸，结果差一点就睡着了。鳊鱼在远处河水里发出微弱的水声。皮特等着它再次发出声响，又听到兔子从地上跑过。他没有动按钮，心里想着现在是什么时间。他听到河岸下草地远处传来老马的脚步声。他听到汽车从卢德姆公路驶过。雅茅斯的天空想必已经全黑了。有小动物从他身边跑过，有一只是老鼠。什么都没有发生。这一切付出到底能不能换来回报呢？皮特真希望裹上毯子，美美地躺在死神与荣耀号的铺位上。桃乐茜的计划或许聪明过头了。为什么呢？因为他们可能要守上一整个月，也没人会来碰老抹香鲸号。罪犯凭什么会过来作案呢？即使桃乐茜说对了，放漂船只的家伙也可能早就发现了侦探们的行动。他应该上床睡觉，不应该在这里发呆。皮特想知道比尔是不是也这么想。如果他们干脆回家，其他人会怎么说？

“比尔。”他轻轻地说。

没有回答。过了一会儿，他以为比尔已经走了，但随即听到了说话的声音。

说话的声音从公路方向传来，越来越近了。不管他是谁，肯定已经离开路面，走上了草地，沿着河岸这一边前进。又传来一阵刮擦声。他们从低矮的草地爬上了堤岸，脚步声沿着堤岸，越来越近了。是汤姆和迪克又回来了？还是汤姆和乔？时间过得这么快？接着，皮特屏住呼吸。他听不见这些人到底说了什么，但多多少少知道他们不是黑鸭子。罪犯不是一个人，至少有两个。他们说话小声，动作迅速。他们会不会跟比尔撞个正着？

皮特扭过头，透过树叶，看到手电筒昏暗的光线在地面上闪了一下，接着又闪了一下。无论这些新来者是谁，他们可能已经发现比尔躺在草丛中，甚至可能走着走着就绊倒在比尔身上。

脚步声越来越近。皮特注视着手电筒的光芒。他没有听到他们的说话声。突然，手电筒的光在几米外再次出现。他们快到他身边了，几乎就在比尔头顶旁边了。

他们使用手电筒的方式很奇特。他最多看见一点点微弱的光芒，仿佛他们故意遮住了大部分的光线，不让别人看见。桃乐茜一定说对了。除了罪犯，他们不可能是别人。不出所料，罪犯已经落入陷阱，准备放漂抹香鲸号。但要是他们踩到比尔，那么事情就败露了，精心布置的陷阱就白费了。

“靠这边。”这一声让皮特吓了一跳，差点让他露馅。他们走过了比尔的位置，在皮特与河岸之间，靠近灌木丛。比尔会不会听到他们过来，为了躲避他们缩回草地呢？他还能回去打开闪光灯吗？皮特摸了摸按钮，

揿还是不揿？要是闪光灯不亮可就糟了……但……比尔怎么说的？听到有人来就揿。他揿了。照相机快门打开了，发出轻微的咔嗒声。蹲在灌木丛里的皮特觉得好像全世界都听到了这一声，但什么事都没有发生。

然后，他又看到了手电筒的微光，这一次照向抹香鲸号光滑的白色船身。手电筒又熄灭了，只剩下一片黑暗。有人在岸边摸索着。

“就是他们，就是他们。”皮特轻轻对自己说，手指紧紧地按着快门。比尔怎么还不打开闪光灯，开始行动？要是比尔打个手势，轻轻说一声也好……不管怎样要让他知道，在靠近罪犯的这个地方，他不是独自一人，不能无所作为……什么都没有。近在咫尺，却认不出他们是谁。

他听到圆锚在抹香鲸号甲板上发出轻微的碰擦声。天哪！再过一分钟他们就会成功放漂，一切就太晚了。又一艘船被放漂，人人都会以为是黑鸭子俱乐部的成员干的。

又是一声微弱的碰擦声。

肯定是另一具圆锚。

突然，紧靠他身后的草地传来一声咔嚓声。白光伴随巨大的嘶嘶声闪现。一丛草被染成了银色。河边的树木在黑暗中显形。瞬间，抹香鲸号光芒四射。皮特忍不住眨眼。他已经看到一张面目模糊的脸……一个身影从堤岸上俯下身……挪动……然后，白光消失了，他凝视着比之前更加漆黑的夜色。

一个声音叫道：“抓住他！快！别让他跑了！”

手电筒的光线在他身边扫过。有人在黑暗中跌跌撞撞掠过皮特身后的枝条。另一个人跑开了。

闪光瞬间

他的身后传来一阵噪声——奔跑声，疾风骤雨般的奔跑声。比尔肯定正使出全身的力气飞速逃离。

“我们看见你了！”有人喊道。

突然，两声落水的声音相继传来，随后是连续的咒骂和更多的落水声。

他们掉进水渠了，皮特心想，这下比尔有机会了。他想起自己仍然摁着照相机的快门按钮，松了手。迪克是怎么说的？闪光灯熄灭后再摁一次？他再摁了一次，听到快门咔嗒作响。

他倾听着，追赶的声音已经远去。

比尔会让他们好好跑一阵的，皮特心想，比尔在黑暗中像猫一样视觉敏锐，比乔更厉害。他们可不行，那条沟渠里有大量泥浆。他哧哧笑起来，同时也发现自己的牙齿在打颤。

他开始想接下来应该做什么。他们说，纹丝不动，直到所有人都走了。嗯，他已经做到了。首先收拾照相机。他小心翼翼地抚摸照相机，一切正常。照相机仍然在三脚架上，本来很容易在奔跑中被打翻的。他摸到架子，不知道怎样合拢它们，他只好先带走照相机了，问题不大。借着死神与荣耀号船舱里发出的光亮，乔或许能把三脚架收起来，或者直接带过去让迪克弄。皮特又等了一阵子。什么声音都没有。他弯腰爬出灌木丛，站起身走进黑暗中，渐渐适应炫目的闪光灯后长久的黑暗。皮特一手握着照相机，一手拿着手电筒，但他继而断定使用手电筒不够安全，有可能把罪犯引回来。他从堤岸上凝视河面。没错，船还在那儿，停在河中。尽管他们把船给解了，但船锚把它拴在了河中，抹香鲸号安然无恙。

照相机真讨厌，比钓竿难对付多了。三脚架的两条腿合在一起，夹了他的手。他摸到第三条腿，把它合在另外两条腿上，终于合拢了。接着，他用右手在黑暗中摸索着，免得撞到什么东西弄坏照相机。他朝着死神与荣耀号前进，每走几步就停下来倾听动静。要是比尔没有把这些罪犯引开，他们可能就回来了。

皮特在堤岸上没有碰到一个人，但也不打算过河。相反，他沿着河岸，溜到牧场门口，然后沿着公路大踏步前进，踏踏实实踩上了坚实的地面。他经过渡口旅馆，旅馆上层的窗户仍然亮着灯光，他来到荒野边界的篱笆，翻过去，穿过沿河的灌木丛摸索前进。他突然停下来，有人在前面的黑暗中说着什么。幸好他没敢使用手电筒，幸好他没有叫“死神与荣耀号万岁”——他差点就脱口喊出来了，只为了能听到自己的声音，好让自己不那么害怕这孤零零的夜晚。

有人在愤怒地说着什么。

“他肯定在这里。”一个声音说，然后是猛烈的撞门声。

皮特继续慢慢前进。他们是想破门进入死神与荣耀号吗？

手电筒的闪光显示了死神与荣耀号停在河口的位置，但驾驶舱里的人呢？

“你们现在不出来，以后也得出来。”一个人说道。

皮特僵住了。比尔有没有回到死神与荣耀号？乔一个人在船上吗？一时间，他想赶去救援。接着，他想到了照相机。这是迪克的照相机，甚至可以说，这是此时此刻世界上最重要的东西。“我们把照相机交给迪

克。”比尔说过，“你无论如何都不能被抓住。”

那么只有一件事要做：把珍贵的照相机和照片安全地交给迪克。

他转过身，踮起脚尖，回到路上，翻过篱笆，前往巴拉贝尔夫人家。他不知道现在几点了。仍有一些住宅的窗帘背后透着光芒。他来到巴拉贝尔夫人家，发现所有的灯都已经熄了。他们早就睡觉了。要不要叫醒他们？他在脚边捡起一把碎石，可不知道迪克的窗户是哪一扇。他是不是应该敲门，然后希望迪克第一个听见？迪克真应该像汤姆一样，在窗外留一根绳子。然后，他想把照相机交给汤姆。但是如果在路上遇见罪犯，带着照相机被抓住怎么办？他有更好的主意。他跑回家，把照相机留在家里。罪犯绝对想不到去那儿找。然后，他可以回到死神与荣耀号，告诉其他人照相机很安全，明天早上一起床就交给迪克。

他一路飞奔，转过拐角，来到自己家。他本以为这里会一片黑暗，但发现楼上的窗户依然亮着灯。好吧，他们晚上没锁门。他又溜进后院，打开储藏室的门，保险起见，把照相机放了进去。他摸索着穿过房间，找到电灯开关，打开灯。

“谁呀？”

“是我，妈妈。”

“皮特！这个点儿你在做什么？”他妈妈下了楼，“你不是几小时前就应该睡觉了吗？你们的船出什么事啦？乔和比尔都答应我，让你按时睡觉的。”

“没什么事。”皮特解释说，“我替迪克保管东西，明天拿给他。”

“不行，”他妈妈说，“你以为我还会让你到外面撒野，半夜里满村子地跑？你现在就上床！我叫醒你以前，哪儿也别想去！”

“可是，妈妈，我得回去。有人想破船而入……”

“你制止不了他们。”他妈妈说，“你看现在都什么时候了？上床去！”

“可是……”

“两分钟内要是没有上床，今年就别想再上船玩了。我现在开始觉得泰德先生说的是对的！”

皮特脑袋一片空白，稀里糊涂上了床。他扭动着身体。“照相机还在那儿。”他说。

“什么照相机？”他妈妈问。

“我留在地上了。”皮特说。

一时间，他的脑袋又热了起来，想再溜出去找照相机。但妈妈跟着他，到了储藏室。妈妈捡起照相机。

“这东西是哪儿来的？”她问。

“不是我的，是迪克的。”他说，“迪克要我好好保护它。”

“我会当心的。”他妈妈说，“你可以明天早上拿给迪克，现在先睡觉。上楼去。快点，我要看着你裹上毯子再走。”

于是，皮特这位前任海盗、水上救援队队员、鸟类保护协会成员、黑鸭子俱乐部成员、死神与荣耀号的拥有者之一，被妈妈裹得严严实实，还被她亲了一口。

“不准往外溜了。”妈妈说着关上他的房门。

接下来的一两分钟，他躺在床上思索下一步该怎么办。还没想透，便已是一觉醒来，晨光已经透过窗子照了进来。

第二十九章

围攻死神与荣耀号

乔身负重任。他负责将死神与荣耀号的防风灯点亮，保持舱门紧闭，这样任何人过来都会以为船员都在船上。他拨旺炉火，吹了一会儿口琴，准备和小白鼠拉蒂玩一会儿。

拉蒂坐在桌边。乔给它一颗坚果，自己也吃起来。但拉蒂吃得不够快。不一会儿，乔就遥遥领先，于是他就把坚果拿走了。接下来，他和拉蒂又玩起了老游戏。乔把拉蒂放进衣袖，它顺着衣袖往上爬，再从别的地方钻出来。乔抬起头，看看旧闹钟。比尔和皮特下去换岗等待猎物上钩，差不多有一个小时了。

乔突然警觉起来。外面是什么动静？尽管透光的窗帘让外人知道里面有人，但谁也无法透过窗帘看到里面。乔等待着。船轻轻摇动，有人在摸索着什么，想从窗口往里看，抑或是在摸烟囱。

“比尔，该上床了。”乔大声说，“小皮特应该睡着了。”

他注意听，但没有声音。

“快点，”他说，“脱双靴子用得了半个小时吗？”

他继续倾听，等了很久。然后，他把小白鼠放回盒子里，看着它长长的尾巴卷进棉花里，再把盒子放回自己的床架上。外面似乎没有动静了。无论是谁，他们走了，又是万籁俱寂。看来桃乐茜料事如神，罪犯首先确定死神与荣耀号船员都在船上，然后再去放漂抹香鲸号。乔小心翼翼地打开舱门，等候片刻，钻进驾驶舱。

如果来人是罪犯，现在应该离抹香鲸号不远了。比尔和皮特应该严阵以待，随时准备收网。到底能不能成功呢？比尔肯定没问题，但皮特呢？乔差一点想去跟他们会合。但这有什么好处？弄不好暴露了就会全盘皆输。

夜色正浓，下游漆黑一片，只有远方的雅茅斯还闪着微光。乔在黑暗中推测抹香鲸号的方位。两位侦探潜伏在抹香鲸号附近，一个准备照相机，另一个打开饼干盒灯罩里的闪光灯。万一闪光灯粉末点不燃呢？还有皮特！他还从没拍过一张照片呢。乔想着，如果他们一起守候，冲出去当场抓获罪犯，岂不是更好？

一道白光突然照亮了渡口外的黑暗。树丛和旅馆突然银光闪闪。然后又是一片黑暗。

他们成功了，乔心想，他们成功了。好样的！现在呢？什么叫声？

他跳上岸，沿着堤岸向公路走去。他停下来，注意听，然后又转身回去。他的任务很清楚：守卫船只。他站在岸上，一手扶住死神与荣耀号船舷。

事情怎么样了？比尔逃走了吗？罪犯会不会把皮特和照相机抓住？他又想过去帮他们的忙。

接下来，他听到渡口公路上传来奔跑的脚步声。

他上了船，脚步声越来越近。他们犹豫不前。他们又前进了。他们停了下来。他又听到其他脚步声，向远处奔跑。然后，在荒野中，有人正穿过柳树林，接近死神与荣耀号。接着，比尔爬上船，上气不接下气。

“他们两个，”比尔气喘吁吁地说，“差一点追上我。快，快，进舱！

他们马上就要到了，快关门……”

“皮特，”乔说，“皮特呢？”

“罪犯走时他还藏着，”比尔说，“皮特没事。罪犯只有两个人，都忙着追我。我听见他们相继掉进水里，因为我把过河的木板抽掉了。快，关上门，收好钥匙……”

比尔躺在他的铺位上直喘气，乔在拼命摸索钥匙。他已经听到有人穿过灌木丛的声音。他用手电筒照了一下，旧钥匙平时总是自己掉出来，这会儿却卡在锁里了。它终于松开了。乔从里面把钥匙插进内侧的门锁，关上门锁上，倒在铺位上，等待。

“他们快到了。”他说，“他们是谁？你看到他们没有？”

“那亮光都快把我的眼睛照瞎了。”比尔说，“但他们有两个人，把船放漂了，我看得清清楚楚。”

“他们是谁？”

“我不知道。”

这时，有人捶打他们头上的舱顶。

“快出来！”一个声音叫道。

“听起来像乔治·欧顿。”乔说。

“你来说。”比尔轻轻说，“让我喘口气。”

“谁呀？”乔尽量装出没睡醒的声音。

“巡河队。”

“这里没问题。”乔说。

“我们准保你们没问题。”这两人上了船，船斜向一边。门上传来用

手抓的声音。“他们把门锁上了。”一个声音说，“追到他了。拿手电筒照这里，钥匙可能就在锁里。”紧接着便是一阵愤怒的敲门声。

“走开，让我们安静会儿。”乔说，“我们要睡觉。”

沉默良久。然后驾驶舱里传来一阵低语声。接着，有人大声说话了。

“他就在那儿。”

“我打赌，就是乔治·欧顿。”乔轻轻说。

“他们马上就要砸门了。”比尔轻轻说，紧接着，外面有人开始用力捶门，然后又踢门。

“你们现在不出来，以后也得出来。”门砰砰作响，乔一时间担心地看着门上的铰链，生怕它支撑不住。

“住手！”他怒吼道。

驾驶舱里又传来一阵低语。然后有人打翻了水桶，嘴里骂骂咧咧的。乔上一次洗漱后把水桶留在了那儿。他们继续低声争论。比尔觉得他听见了“照相机”这几个字。又是一阵窃窃私语后，他们听到有人说：“我告诉过你，我们一定要确定。”

“现在要不要放他们进来？”乔轻轻问。

“不要。”比尔说。

“我们应该先看到他们是谁，再让他们走。”乔劝说道，“要是照片没有冲好呢？皮特没有迪克那么专业。”

“让他们着急去。”比尔轻声说，“我们要让皮特有足够的时间撤离，可不能让他们走了去逮皮特。他们吵得越凶越好，可以警告皮特别来这儿。”

“你们是谁？”乔叫道。

“你们很快就会看到的。给我开门！”

“凭什么？”乔说，“我们又没请你上船！”

“那我们就破门而入。”

“那你就有事做啦。”乔说。

对方以更猛烈的捶门作为答复。然后，驾驶舱里又是一阵轻声争论。最后一句话是：“我告诉过你，要是不确定的话，会有危险。”

船舱里接下来听到的就是一大桶水哗啦啦被泼下来的声音。紧接着，舱顶上传来脚步声……然后，据比尔后来说，仿佛世界末日般。热炭上的水蒸汽嘶嘶作响……炉门大开……船舱里充满了浓烟和滚烫的蒸汽……煤屑四处飞溅，随即嘶嘶落地。水从炉子里喷了出来。

“你没事吧？”乔气喘吁吁地说。

“混蛋！”比尔说。

又一桶水泼了下来，大量的水从烟囱直往里灌，炉渣在船舱的地板上到处流淌。

比尔喘不过气来。

乔也咳嗽不已，匆匆跑到门口。

“得开门了。”

他打开门。门被完全推开了。一只手从他头上伸过来，揪住他的衣领，把他拖进驾驶舱。

比尔费力地从烟雾和水汽中逃到过道里，但他也被拖了出去。

“其他人呢？”乔治·欧顿说，“你们有三个人，是不是？第三个

人呢？”

“你看得出他不在这儿。”比尔说。

“就算你是巡河队，也没有权力破坏我们的船。”乔说。

“现在我们知道是谁在放漂船只了。”比尔说。

“闭嘴。”

“游泳还开心吗？”他问。

一只大手挥过来，击中了他的脑袋。

“你打谁？”

“你……你再说下去，我还要打。快点，乔治，要确保没事。”

“等烟雾散尽……我们当初问你们，你们就应该把门打开。”

烟雾和水蒸汽慢慢飘出了船舱。灯光现在比较清晰了，照出了现场的一片狼藉。

“你们这样会把船点着的。”比尔说。

“船！”乔治·欧顿嘲笑道，“你怎么不关心关心你们放漂的那些船？”

“我们没有。”乔开始说，但比尔用胳膊肘推了推他，他就不再说了。

“我现在进去。”乔治·欧顿说。他弯腰进舱，头撞在横梁上。“比汤姆还重。”乔事后回想。

“他在干什么？”比尔问。

“闭嘴。”另一个大孩子——乔治·欧顿的朋友说。他站在驾驶舱里监视他们。

乔治·欧顿在船舱里翻来翻去。他挤到前面，打开橱柜，把所有东西拉到地板上，扯下皮特铺位上的毯子，回来时又碰了头。他沿着床架搜索，一路把所有东西都扫了下来。

“喂！”

乔和比尔看着他们船舱里的坛坛罐罐，听到乔治·欧顿叫喊。

“找到了！”

他在乔铺位的架子上找到一只方木盒。

“你敢动！”乔叫道。但乔治·欧顿已经把手伸进去，拉出一样毛茸茸的东西。接下来就是一声尖叫，乔治把盒子扔在前甲板，吮吸着流血的手指。

乔挣脱了抓他的人，奔进船舱，擦过乔治·欧顿身边，捡起盒子。盒子空了，但他看到白色的身影从甲板下跑到船头。

“我要杀了你的耗子！”乔治·欧顿叫道。

“你杀不了。”乔说，“好样的，拉蒂，干得好！”

“别管他。”驾驶舱里的大孩子说，他仍然揪着比尔的衣领，“你确定不在那里？”

“我以为就是那只盒子。”乔治·欧顿一边说，一边在灯光下查看被咬伤的手指。

“那就走吧。”他的朋友说。

“你们早上等着瞧。”乔愤怒地说，“我们会告诉泰德先生，你们是怎么毁坏我们的船的。”

“我会告诉他，我抓到了你放漂小艇。”比尔说。

乔治·欧顿笑起来。“谁会相信你？”他问，“我们也有话告诉泰德先生。我们看到你们解掉锚，把船放漂。拉尔夫，你看见没有？”

“随时可以起誓。”他的朋友说。

“至于泰德先生，”乔治说，“我们能搞定。我们在监视你们，目睹你们放了别人的船。他早就说，他盼着人赃俱获。”

“撒谎！”比尔喘着粗气说。

“我们会先告诉他。”乔说。

“走吧，乔治。”他的朋友说，“我们现在就去告诉他。”

他们两人上了岸，消失在黑暗中。

“被老鼠咬了会不会中毒？”比尔听见乔治说。

“这一只就是有毒！”比尔朝他们喊道。

然后传来一阵纠缠的声音。“放开我！”比尔听到乔治在说。

“别管他了！”他听见乔治·欧顿的朋友说，“现在听我说。那孩子叫什么名字？我们要说，我们看到的是同一个人。”

他们走了。

比尔跟乔回到凌乱的船舱。乔正在哄小白鼠回盒子去。

“乔，听着。”

“来吧……来吧，拉蒂，老伙计。没有人会伤害你啦。”

“乔，你看，如果泰德相信他呢？”

“怎么了？你明明看见他放的船。”

“不敢保证，”比尔说，“闪光就在我眼前，亮得我几乎什么都看不到。他们把我们逼出船舱，我才知道他们是谁。”

“皮特呢？”乔说。

“我一直害怕他回来找我们。”比尔说，“如果他们抓住他和照相机，我们就完了。如果他把照片搞砸，我们也完了。皮特可能看到他们了，但还不够。我们的话跟他们的话正相反。这里人人都相信是我们干的。”

“如果皮特来了，他听到声音就会躲开。”乔说，“好拉蒂……”他把小白鼠放在膝盖上，抚摸它，挠挠它的耳后根，“皮特很聪明。他很容易观察到他们走开了。只要他觉得岸上没有人了，就会离开。皮特运气好，船上只有他的铺位没有被打湿，你看这儿的水溅得到处都是。我们需要一个周末才能收拾好。乔治翻箱倒柜，到底想找什么？”

“照相机，因为有闪光灯。”比尔说，“他们就是来找照相机的。所以他们确定我们没有照片后，才说他们看到是我们干的。”

“那要是他们找到了呢？”

“他们会把它扔进河里，或是用什么方法毁掉照片。”

“你认为皮特拍下来没有？”乔问，“要是没拍下来，我们的情况恐怕会更加糟糕。”

“我不知道。”比尔疲倦地说，“我打开闪光，那道光把我惊呆了。要是把皮特也吓到了，他可能会来不及反应。”

接下来，借着灯光，他们忙着把东西一样样放回原位，打扫乱七八糟的地板，清理床铺。

“这真是黑鸭子俱乐部的末日。”比尔懊恼地说，“我们有点聪明过头了。你看，如果他们问我，我不能说不在那里。他们是巡河队员，会说他们在协助泰德开展督查什么的。”

“如果皮特拍下了照片，那就没问题。”乔说，“真希望他快点出现。我要不要叫他？”

“最好不要。”比尔说。但他走进驾驶舱，打开手电筒，扫视周围，想看看皮特是不是还在周围潜伏。

“我去把火重新生起来。”乔说，“如果他在附近转悠，会冻坏的。我们也需要把东西烤干。”

他们重新生起了火，烧了一壶水冲可可。

“去找他没什么好处。”比尔说，“皮特懂得怎样不被抓住。把窗帘拉开，让门开着。这样他就能看清楚。他可能去汤姆家了。汤姆可能跟他一起来。噢，可可已经好了。”

他们围坐在船舱炉边，小口啜饮滚烫的可可，讨论着若是早就知道罪犯是乔治·欧顿和他的朋友，会采取什么样的行动。不知不觉，他们坐在那里睡着了。

第三十章

“证据全都到手”

“快醒醒，比尔。皮特在哪儿？”

乔摇动比尔的手臂。阳光透过橙色窗帘斜射进来。

“快醒醒，皮特还没有回来。”

“放开我的手。”比尔慢慢醒过来。他坐起来，伸开一只手臂。过了一宿，手臂都被压麻了。他向乔眨眨眼睛，睡眼惺忪地瞅瞅自己脚下，脚丫子摸索着寻找水手靴。突然，他想起昨夜的一幕幕情景：围攻打斗、黑暗中的炫目闪光、追踪者在他们身后落水、皮特和照相机藏身于河岸。

“他没来？”

“你没听我说吗？”

“去汤姆家了吧。汤姆会把他安顿好的。”

“那就走吧。”

他们擦擦眼睛，匆匆沿着河岸，穿过法兰德先生的花园，跨过小吊桥，来到达钦医生家。他们听到杯盘作响的声音，还有人在厨房里唱歌。

“汤姆！黑鸭子！”

他们站在“苏格兰场”外，仰望着汤姆房间的窗口，但没人应答。

比尔用力拉了拉绳子。片刻后，汤姆穿着睡衣，露出头来。

“你差一点把我的手拉下来了。”他困意十足地说，然后渐渐苏醒过来，“你们看……我值班时，你们怎么不来叫我？为什么？什么？出什么事了？”

“他们确实来了。”比尔说，“但事情都乱套了。”

“陷阱不管用？”

“我打开闪光灯以后，眼睛什么都看不见。”比尔说，“但他们确实在那儿。我按你说的逃走，他们掉进了沟里。后来，乔治·欧顿和另一个人就来砸死神与荣耀号的门。”

“可喜可贺，”汤姆说，“我们逮住他们了。”

“并没有。”乔说，“他们说，他们看见比尔放漂抹香鲸号。皮特去哪儿了？”

“皮特拍下照片没有？”汤姆问。

“难道皮特不在你这儿？”乔问。

“当然不在。”

“皮特按你说的，保持不动。之后我们就没有见到他。”

“或许他去找迪克了。”

“他从来没有去过巴拉贝尔夫人家，不会在半夜里去。”比尔说，“迪克房间窗外又没有挂绳子。”

“你们怎么昨天晚上不来？”汤姆说。

“我们睡着了，这就是原因。”比尔说。

乔已经飞奔上了公路。“比尔，快点。”他扭头叫道，“我们叫小皮特保持不动。他不敢移动，现在一定还在抹香鲸号附近，等了一整夜。”

比尔跟在他身后奔跑。

他们一起飞奔过公路，先到渡口，再绕过旅馆，穿过大门，越过草地，最终来到河岸。

抹香鲸号停在那里，锚已经被起出。不管皮特在不在，乔很高兴他的主意管用了。

“它停得好好的。”他说，“幸好我们放下泥地锚稳住船。要不然它现在不知会漂到哪儿去。”

“皮特。”比尔叫道。

没有人回答。

他们找到了比尔点燃闪光灯的器材。它和饼干盒灯罩一起躺在路边，仍然在罪犯追赶比尔之前停留的地方。它已经被露水打湿了，但迪克肯定还想要。比尔拿回了汤姆的雨衣。

他们推开掩护摄影师的柳树枝。但到处都没有皮特和照相机的踪影。

“他既没有去死神与荣耀号，”比尔说，“也没有去汤姆家里。乔！你觉得他们会不会抓住他了？他们可能不止两个人。我从来没想到这点。”

“傻小子，”乔说，“他总不会掉进河里被冲走了吧？”他说出口时自己都不敢相信，可听着也有可能，他们俩都焦急地沿着河岸查看。

“他整夜都在外面。”比尔说，“乔，我们得告诉他妈妈。”

“如果那些家伙把他吓坏了，”乔说，“他可能从另一条路跑了。”

他们向下游一路查看，俯视着低地草坪。仍然没有小摄影师的踪迹。

“他不会有事的。”乔犹疑地说。

“我们得告诉他妈妈。”比尔说。

“可他并不在这里……”乔说。

他们最后扫视了一眼，然后匆匆回到村里。既然要告诉皮特的妈妈，那就越快越好。

“宁愿桃乐茜没有想出这个圈套。”比尔说，“事情完全被搞砸了。”

“怎么对泰德说呢？”乔问。他们一溜小跑，经过警察家门口。

“用不着我们告诉他，”比尔说，“皮特的妈妈会说的。你不会真以为他掉进河里了吧？皮特不是那种人……晚上漆黑一片……闪光以后，我几乎什么都看不见……”

“想想看，他们会不会沿河打捞？”乔说。

比尔没有回答。他们沮丧地奔去，绕过旅馆屋角，面前是成排的农舍，其中之一就是皮特的家。

皮特的妈妈跪在台阶上擦洗。她抬起头看见他们。“哎。”她开口了，好像有许多话要说。

“我们把皮特弄丢了。”乔说。

“在河下游渡口那儿。”比尔说。

“弄丢了？”她说，“你们只是跟他走岔了。但你们不是答应我，如果他在那艘旧船上，要监督他按时上床睡觉的吗？”

“只是走岔了？”乔满怀期待地说，“他在这里？”

“就在你们俩来之前，他刚出去。他也是火急火燎的。我想知道，你们跟他到底在干什么，整夜在外面野？”

皮特没事。现在该考虑其他事情了。

“他有没有带照相机出去？”比尔问。

“他连早饭都没好好吃，就带着照相机出去了。”

“他到迪克家去了。”乔说，“快点。”

“以后再也不能这样了……”皮特的妈妈说，但他们没有听清楚再也不能干什么，因为他们已经上路赶往巴拉贝尔夫人家了。

他们还没赶到巴拉贝尔夫人家，刚转过街角，就遇见桃乐茜从“苏格兰场”匆匆赶来。她提着一只小手提箱，几乎是在奔跑。

“好哇，”她叫道，“来吧，快点。告诉我发生了什么事。皮特说昨天晚上有人上了死神与荣耀号。他带着照相机回家，他妈妈监督他上床睡觉。但到底发生了什么事？”

“他拍下来没有？”比尔问。

“他不知道有没有拍下来。”桃乐茜说，“他和迪克赶紧回去洗照片了。他们会接着赶过来。我们不能等他们，我们要把所有证据汇总，交给法兰德先生。如果我们去迟了，他就去诺里奇了。但你们要告诉我，发生了什么事。”

“皮特没有说吗？”

“关于有人放漂抹香鲸号？说了，说了。但他不知道罪犯是谁。你看见他们没有？”

“闪光灯都快把我的眼睛刺瞎了。”比尔说，“但他们就在那儿，有两个人。我跑回咱们的旧船，他们就追我。是乔治·欧顿和另一个人。”

“棒极了！”桃乐茜叫道，“我就知道是乔治·欧顿。现在事情都已经理顺了。”

“还没有呢。”乔说，“乔治说，他要说他看见比尔放船。”

“但你们没有看见他？”

“肯定就是他。”比尔说，他跟上桃乐茜的步伐，“但有了闪光，我什

么都看不见。我起身，在黑暗中逃跑。他们追我，恰好掉进河道里。但我什么都没有看见，直到他们上了驾驶舱，把我们熏出来。”

“汤姆呢?”

“当时比尔和皮特在值班。”乔说，“要是我们都在就好了。”

“如果皮特没有拍下来，”比尔说，“那我们就完了。”

“不会的。”桃乐茜说，“不可能。因为我们掌握了所有证据。”

他们现在沿着村里的主街匆匆前进。商店开门了，人们拉下百叶窗，用不友好的目光打量着他们。泰德先生家门外，两辆自行车靠在篱笆上。

“乔治·欧顿已经去他家了。”比尔说。

桃乐茜停下来，转过身，向自行车飞奔过去。她首先查看一辆自行车，然后是另一辆。

“瞧！瞧!”她叫道，“迪克说对了。”她指着一辆自行车右把手上的小绿漆斑说，“我们能证明一切。一切都会好的！走吧。”

他们匆匆赶到达钦医生家，汤姆正在等候他们。

“皮特没事。”比尔一看到汤姆就叫道。

“迪克在哪里?”汤姆问。

“在和皮特一起洗照片。”桃乐茜说，“他们随后就到。乔治·欧顿的自行车右把手上有绿漆。”

“快九点了，我们不能等他们。”汤姆说，“再不抓紧，弗兰克叔叔就要走了。对了，昨天晚上怎么啦?”

比尔和乔尽量把他们知道的复述了一遍。桃乐茜把所有线索汇集在一起，装进手提箱。现在箱子里有带商标的灰色法兰绒碎片、迪克的自行车轮胎印素描、鲍勃·科滕的书面证词、一叠笔记，还有证据的汇总，这是她在昨晚睡觉前完成的。

她打断了其他人的话。“只有一个问题。”她说，“律师费的问题，我问过司令。”

“我们有的是钱。”乔说。

“我们付得起。”比尔说。

“这我还不知道。”桃乐茜说，“这事我们都有份。”

他们约定，六位侦探平均分摊费用。

“我们付皮特那一份。”乔说。

“我付我和迪克的两份。”桃乐茜在钱包里摸索，“我想法兰德先生不会介意邮政汇票。现在已经没有时间兑换钞票了。”

“地图呢？”汤姆问。

“最好带上吧。”桃乐茜说，“小心大头针，别弄掉了。”

他们取下用黑旗标示放漂地点的地图，仔细地卷起来。

“我们还没有给抹香鲸号插旗。”桃乐茜说。

“如果皮特没有拍好照片，那么抹香鲸号这件事就要完蛋。”比尔说。

地图被重新展开，他们添加了一面旗，再重新卷起来。

“证据全都到手了，”比尔说，“虽然不多，只要他们不说看见我放漂了船，那就足够了。”

“还有烟囱，”桃乐茜说，“你们有没有从舱顶上取下来？”

比尔和乔没有出声，而是径直向死神与荣耀号飞奔而去。

汤姆拿着卷好的地图，桃乐茜提着手提箱，匆匆跟在他们身后，发

现比尔和乔都上了舱顶。比尔咬着一大片面包，乔一只手拿螺丝起子，另一只手也拿着一大片面包。

“你们没吃早饭?”桃乐茜问。

“那没关系。”乔说，“比尔，把它轻轻斜过来。

烟囱平安地离开底座。他们不一会儿就上路了。

他们走进法兰德先生的花园。

“我们最好到路上看看他们有没有出现。”桃乐茜说。

他们走到大门口，朝路上观望。

“照片一定拍好了。”乔满怀希望地说，“要不然，他们现在已经出现在这里了。”

“等也没用，进去。”汤姆说。

他走向法兰德先生家的前门，揿下门铃。其他侦探跟在他的后面。

暗房里

最开始那会儿，皮特什么都看不见。到处都是一片漆黑，只有微弱的红色灯光照着，感觉跟黑着没什么两样。后来，在暗淡的光线下，他隐隐约约看到迪克的面孔和眼镜反射的红光。接下来，他又看到红色的双手在照相机上操作。他看到胶卷被取出来了。

“我们用不着太麻烦。”迪克说，“照片卷在了里面，其他底片都可以扔掉。”

“你不准备用它们了？”皮特说。

“不了。”迪克说，“只要你不去动它，让快门开着，就没有一点关系。”

“我把快门开得好好的。”皮特说。

“握住这一头。”迪克说，然后他把胶卷展开了。

“可上面什么都看不见。”皮特说。

“还没有冲洗呢。”迪克说。

一把剪刀在红光中闪烁，一长卷胶卷绕在皮特的手指上。

“随它落到地板上吧……现在你把显影剂倒进盘子里……就像那样……好了，够了。把瓶子重新塞上。然后把瓶子放在桌子后面，这样就不会打翻……现在，我们瞧瞧……”

乳白色的胶片在灯光下呈现出玫红色的光彩，迪克握住剪短的胶卷两端，浸入显影盘，来回移动。

洗照片

“好臭啊。”皮特说。

“定影的时候还要难闻。”迪克说，“我说，我们必须用水冲洗一下。但是我还没在碗里注满水。不管了，我们可以放在水龙头下洗。定影剂还没有准备好，真是让人着急啊。看！你确实打开了快门。胶卷底部有白边，显得更黑，但其余部分还是乳白色。我们还是能冲出点东西的……把你左边那包东西拿来，往玻璃盘里倒点定影晶体。加点水，但不要太多，轻轻晃动，让它溶解……”

昏暗的红色灯光似乎每时每刻都在变亮。皮特的眼睛习惯了暗房的灯光。他轻而易举地找到定影晶体，加上一点水。不过，他没有用手指尖感受，不知道水够不够。

“你的船拍得很好。”迪克说，“我想，你成功了。”他的声音有点发抖，“看着显影剂，别拿得太近，一滴下去就会毁了它……放在桌上……看呀，那一块黑乎乎的东西是船，不可能是别的。”

“可抹香鲸号是白色的。”皮特说。

“这是负片，”迪克说，“负片的颜色都是反的，印照片时再把颜色冲正。看呀，那儿是河对岸的树林，那一整片白的大概是黑色的河水……”

皮特注视着盘子里的胶卷，迪克还不敢把它拿出来。

“没看到罪犯。”皮特说。

“你现在还看不出来。”迪克说，“有些地方……”

“可这都变黑了，”皮特说，“到处都变黑了。”

“快完成了。”

又是几分钟过去了，迪克在显影液中来来回回移动胶片。最后，他

取出胶片，让液体滴净，然后迅速地举起照片放在微弱的红光下看了看。

“他们在上面，”他叫道，“我们找到他们了！”

“在哪儿？在哪儿？”皮特问。

“打开水龙头。”迪克说，“我们先冲洗一下，再固定一下。然后，胶片就可以安全观看了。”

胶片在水龙头下被来来回回冲洗了一两分钟。然后，迪克把胶片放进盘子，在定影液中来来回回移动，就像之前使用显影液时一样。

“现在几点了？”他问，“司令的表在哪儿？”

“在我手里。”皮特说完，把巴拉贝尔夫人的表放在微弱的红色灯光下看了看。

“九点零五分。”迪克说，“他们已经到法兰德先生家里了。我们赶紧把它晾干，印一张照片。”

“那乳白色的东西是什么？”皮特问，“像雪一样化了，你不会搞砸了吧？”

“那是在定影，”迪克说，“等它化完了，画面就固定了。”他拿起胶卷，放在灯光下看了看，“现在差不多已经完成了。你可以开门了……”

皮特摸索了一下，找到门把手。“你肯定？”他问。如果他们在最后关头弄坏照片，那就太可怕了。

“没问题。”迪克说。

皮特打开门，眯起眼睛。明亮的日光淹没了暗房里的红光，仿佛刚才的一切都是在黑暗之中。迪克来到门口，举起胶片，好让两人都能看到。

皮特目不转睛地盯着胶片。这是他有生以来第一次看到负片，但他什么都辨认不出来。上面可以清楚地看到一大片黑影和大片奇形怪状的白色，对，这些一定是树林，在胶片上看都是一块块黑斑。还有那些树叶、那些枝干……

迪克平时那么文静，现在却叫起来。“有两个人！”他叫道，“有两个人，你正好拍下了他们推船离岸的那一刻。”他飞奔回暗房，开始在水龙头下面冲洗负片。

“他们是谁？”

“等印出来才能知道。”这位摄影师说，“我们要洗掉定影液，然后晾干……我说，你能不能跑去找司令，要些甲醇酒精来？她为汽化炉备了一些，这是最快的干燥方法。”

皮特立马奔去，找到巴拉贝尔夫人，告知她迪克的要求。

“好吧。”巴拉贝尔夫人说，“成功了吗？”

“迪克说，我们拍到了两个推船的人。”

“真的？确定不是乔和比尔？”

“乔不在那儿，”皮特严肃地说，“也不是比尔，他负责打闪光灯。”

“那他们是谁？”

“我没看清。”皮特说，“但迪克说我们会搞定的。”

“哎，我很高兴。”巴拉贝尔夫人说。皮特要甲醇酒精时，她已经听出急不可耐的情绪。她在提问的时候，越发感到皮特的急切。皮特接过瓶子，谢过她，再次飞奔上楼。他发现迪克正握住负片的一角，用吸水纸从边上吸水。他已经用剪刀把胶卷多余的部分剪掉了。

“桌子后面有一只干净的盘子，”迪克说，“倒些酒精进去。”

几分钟后，甲醇酒精飘散开的气味让皮特回想起比尔的圣诞布丁。迪克举起负片向它吹气，以便加速干燥。

“让我瞧瞧。”皮特说。迪克举起胶卷，让他看清楚。他惊讶地倒吸一口气，说道：“啊，人都是黑的！”

“印出来就不黑了。”迪克笑了起来。

“黑乎乎一片嘛。”皮特说。

“你等等……我说，现在几点了？”

“九点十五分。”皮特看看巴拉贝尔夫人的表，说道。

“天哪！”迪克说，“负片没干，我们就不能印出来，要不然会粘在纸上的。”他继续朝胶片吹气，然后拿着它在空中不停挥舞。

“总算开始干了。”片刻后他说。

“我们要迟到了。”皮特说。

“其实，”迪克说，“我们可以边走边印。”

“怎么弄？”皮特问。

“我们可以把它搁在相框里，一边跑一边让它晒太阳。几分钟后，我们就能看清楚他们是谁了。”

“迪克！”巴拉贝尔夫人在楼下叫道，“你们不是要去法兰德先生家吗？九点早就过了。”

“我知道！”迪克着急地回复，“可我们总算获得了证据，马上就大功告成了。”

时间一分一秒过去。他从侧面看着胶片的湿斑在极其缓慢地向内收缩，迪克用尽一切方法，甚至还拿着它靠近发热的灯，只想让它快点收干。

最后一切就绪。迪克拿出相框，打开一只黑色信封，取出一张相纸，放在负片上，把负片和相纸压在玻璃下面，再关上相框，确保负片方方正正地印在相纸上后，说道：“皮特，我们走吧。”

“我们再看一眼。”皮特说。

“这张负片图像密集，看不清楚。”迪克说，“印照片时往往可以看到许多，但这张你看不清。我们先要让它充分接受阳光，等到相纸边缘变成黑色时才能看见。”

“希望我们不要去晚了。”皮特说。

片刻后，他们出了房门，走过街道，跟其他几位侦探会合，一起去向律师出示证据。迪克一边跑，一边举起相框，让它充分接受阳光的照射。

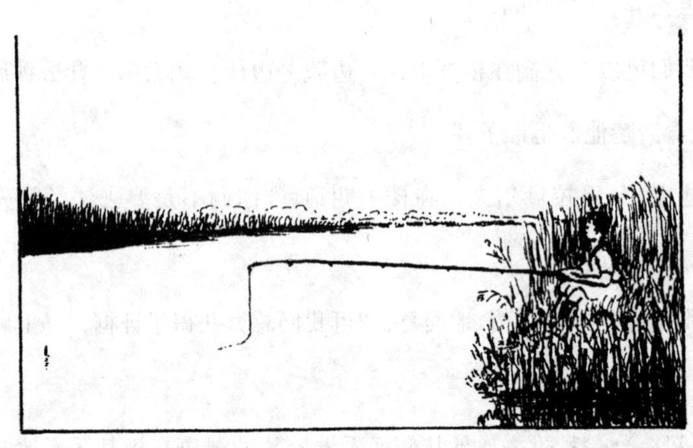

第三十二章

法律精神

“这是什么?”法兰德先生问道。此时，比尔和乔正抬着绿色大烟囱帽进屋。

“证据。”汤姆说。他把地图展开，铺在长桌靠近法兰德先生的那一端。

“我们还有好多证据。”桃乐茜拍拍手提箱，说道。

比尔和乔小心地拂去烟囱帽上的灰尘，把它竖放在地毯上。

汤姆焦急地望着窗外，他看不见公路，也看不见大门，不知道迪克和皮特有没有来。从窗口只能看到河对岸的另一条路，他不停地向外看也只是为了让自己心里好受点。乔和比尔的话足以使他确信，桃乐茜的判断是正确的，他们已经找到罪犯了。但他同样清楚，他们的圈套也可能全盘出错。如果乔治·欧顿和他的朋友坚持说看到比尔放漂抹香鲸号，黑鸭子俱乐部的处境反而会更糟。

比尔的证词注定会与乔治的证词冲突。鉴于之前发生的种种，汤姆认为比尔的证词没有多少机会被采信。汤姆非常清楚，法兰德先生从一开始就认为黑鸭子俱乐部是一系列案件的幕后黑手。还有一点，拍照的人碰巧是皮特，如果是迪克，他们还有些机会，因为皮特以前从来没有拍过照片。

“你干吗不坐下?”法兰德先生问桃乐茜。

“我宁可站着。”桃乐茜说。她从口袋里取出一样东西，放在法兰德

先生面前的桌子上。这是一只小纸包，曾经是达钦医生的处方笺。

法兰德先生拿起来。“更多的证据？”他说着，展开纸包，“这到底是什么？没有人指控他们偷钱呀。”

纸包里是一张两先令面值的邮政汇票、一张两先令纸币、一个一先令、三个六便士，还有两个一便士的铜币。

“我想这应该够律师费了。”桃乐茜说。

法兰德先生毕竟是一个阅历丰富的律师。他严肃地向桃乐茜鞠了一躬，抚平钞票，放在面前的桌子上，邮政汇票放在处方笺上面，然后依次往上叠了两便士、两先令、一先令和三个六便士，整整齐齐，尽管没人知道他在想些什么。

“我想你对当前的情况很清楚，”他最后说，“波特海姆造船工索宁先生雇我为其律师。他们的船只被放漂、顺流而下，大受困扰。他们的商店丢失了一批船用器具（具体说是钩环）。他们向警察和其他各方求助，试图找到肇事者。你们的两个小伙子分两次把少量的钩环交给警察……”他直视着比尔和乔。在此之前，他似乎一直在打量他们身后墙上的图画，“第二次上交的时候，他们把钩环交给了治安官达钦先生。他接受你们的委托，转交给警察。当前，我们在这里面临同样的困难，但不是偷窃。但我得知，每一次放漂船只的地点都在你们的泊位附近。你们在兰沃思停船，那儿的船只也被放漂了。你们在波特海姆停船，发生了同样的事情，而且有那些钩环被盗。‘被盗’是一个难听的词，但事实就是事实，它们就是被盗了。”

他停下来。这些话听起来让人绝望，似乎法兰德先生已经下结论了。

比尔正想说话，法兰德先生又开口了。

“那么，”他说，“我已经说明了目前的情况。我准备听取你们的观点和想法，但如果你们的目的是要我为你们摆脱麻烦，我恐怕帮不上什么忙。”

“事情根本不是这样，”桃乐茜说，“他们根本就没做过这些事。”

“科勒姆小姐。”法兰德先生开始说。

“噢，弗兰克叔叔，您看。”汤姆说。

“科勒姆小姐，”法兰德先生继续说道，“如果不是这些孩子干的，肯定就是其他人干的。现在，你认为是谁干的呢？”

桃乐茜犹豫了。

“我们认为我们知道。”

“认为是不够的。”法兰德先生说。

“我们确定我们知道。”桃乐茜说。

“从第一次案发开始说，”法兰德先生说，“摩托艇在码头被放漂。当天晚上，码头上只有他们的船泊在附近。”

“还有其他人。”汤姆说。

“那天晚上，我们出去给皮特拔牙。”乔说，“暗处有人，把砖头扔了进来，砸穿了窗户。”

“你们有没有看到此人？”

“没有。”汤姆说，“我们看不到，天已经黑了。”

“在船只被放漂以前，有人已经在那儿了，但你们没有看到他。你无法由此否定事实——他们的船整夜停在那儿，第二天早上仍然在那里，

而别人的船却顺流而下了。”

“可您没看出来吗？”桃乐茜说，“这都是敌人干的。”

“那为什么敌人不放漂他们的船，却放漂别的船？他应该分辨得出。”

“因为他恨黑鸭子俱乐部。”桃乐茜说，“他想栽赃给汤姆和其他成员。”

“就是乔治·欧顿。”比尔说，“我们一直认为是他，现在完全肯定。”

“但你们看，”法兰德先生说，“你们在波特海姆放船时，乔治·欧顿在码头巡河。”

“我们没有放漂任何船只。”乔倔强地说。

“我们有证据。”桃乐茜说。她把手提箱放在地上打开，翻了好一阵子，把小鲍勃的书面证词放在桌上。

法兰德先生读道：“我发誓，你们通过波特海姆桥前一天晚上，我在同一个地点见过乔治·欧顿。——鲍勃·科滕。”

“难道他能同一个时间在两个地方？”

“自行车。”乔说。

“那兰沃思那一次呢？”

“也是自行车。”

桃乐茜又从箱子里取出迪克的自行车轮胎印素描。“我们在兰沃思码头附近的泥地上发现了轮胎印。”她说，“就是在这里。”她把素描和一张照片放在桌子上，“自行车轮胎是邓禄普牌。我们知道有人那晚穿过了渡口。我们也知道乔治·欧顿的自行车轮胎就是邓禄普牌……”

法兰德先生查看着素描和照片。“几乎所有自行车轮胎都是邓禄普牌，”他说，“汤姆的自行车轮胎是什么牌子？不过这没关系。他们告诉我，有人目睹你们在码头放漂游艇。”

“我们那是刚把它给救回来。”乔说，“那时我们在系船……而不是放船。乔治·欧顿看到了就一口咬定我们在放船。”

“还有一件事。”法兰德先生说，看着面前桌上的一些笔记，“乔治·欧顿和他的朋友牺牲了许多夜晚来巡河，为的就是防止这种事情发生。我不得不问自己，难道不是因为你们怨恨他而干出了这一系列坏事？”

“比他怨恨黑鸭子俱乐部差远了。”比尔说。

“因为鸟巢的事情？”法兰德先生若有所思地说。

“每次他想掏鸟巢时，”乔说，“我们都及时通知看守人制止了他。”

法兰德先生摸了摸下巴。“是啊，”他说，“你们不喜欢乔治·欧顿，乔治·欧顿也不喜欢你们。但这证明不了什么。接下来，钩环的事情怎么解释？”

“我们从来没有偷过。”乔说，“第一次，皮特在炉子里发现一批。第二次，比尔在驾驶舱发现一批。第二次，那人在投放钩环的时候在烟囱上留下了指印，正如迪克所料。”

“那是怎么回事？”

桃乐茜解释说：“您看，第一次我们就知道有人在捣鬼。我看见有人在摸烟囱。他听到我们的声音，就想逃走，结果在迷雾里踩到了我们的警犬威廉。威廉咬下他的一片裤子。”她把法兰绒碎片放在法兰德先生面前的桌子上，“第二天早上，他们就在炉子里发现了一些钩环，拿给泰德

先生。然后迪克想到，如果我们在烟囱上刷上一层湿油漆，那人再来时就会留下指印。后来，我们真的采到了指印，就在这里。第二批钩环上面也有绿漆的痕迹。”

“证据还不够充分。”法兰德先生说，“如果比尔、乔或者皮特故意这样做，绿漆也可能留在钩环上。”

“那就叫乔治·欧顿比对一下手印吧。”乔说，“我们的手没这么大。”

“我们还拍了照片，证明连汤姆在堤岸上都够不着。”桃乐茜又去翻那箱子。

“这可不好，弗兰克叔叔。”汤姆忍不住了，“您就是不想相信他们。要是‘左舷’和‘右舷’在场，她们就会这么说。”

“乔治·欧顿的自行车上就有绿漆。”桃乐茜说。

屋里什么地方铃声响了。不久后，门开了。法兰德先生的管家麦金蒂太太进来说：“先生，泰德先生有事求见，事关重大。”

泰德先生走进来，但他不是独自一人，乔治·欧顿和他的朋友在他身旁。

“我们应该马上去找他。”比尔说，“我不是说过吗？”

“闭嘴，比尔。”汤姆轻轻说。

乔治·欧顿和他的朋友看到汤姆、桃乐茜、比尔和乔站在房间里，退缩了一下。但他们马上又神情自若，听泰德先生说话。

泰德先生一副大功告成、把罪犯绳之以法的表情。“完美收官。”他说，“我们现在知道是谁了，一切证据俱全。欧顿先生（他查看起笔记本）和斯特拉克先生昨天晚上一直在监视停在渡口下的抹香鲸号的情况。

晚上十点四十三分，他们听到脚步声接近。十点四十七分……”

门又开了。皮特和迪克上气不接下气，冲进房间。

“很抱歉，我们迟到了。”迪克说。他避开其他人，走到窗口旁，双手放在身后，阳光打在他身上。

皮特挨个打量所有人，站到乔和比尔身边。他们朝他看去，但他除了使劲地点头，并没有别的表示。

“十点四十七分，”泰德先生继续说，“证人欧顿先生和斯特拉克先生听到锚被放到甲板上的声音。十点四十八分，他们从隐藏的地方跳出来，看见罪犯把抹香鲸号从岸上放走。罪犯先是试图躲避，在追赶下被逼上了他们自己的船。他们没有官方身份，不能盘问姓名地址，但他们把人认准了，向我报告。小比尔，我很遗憾，为你为人正直的父亲而感到遗憾。”

法兰德先生看着比尔。

比尔急了。“事情完全不是这样，是我和皮特抓住他们俩在放船。”

“他说过，他会这么说的。”乔治·欧顿说。

“等一下，”法兰德先生说，“你看看这个烟囱帽，欧顿。你不介意用自己的手比对一下吧？”

“当然可以，”欧顿说，“肯定吻合，因为是我自己印的。”

“怎么回事？”法兰德先生问。

“我和拉尔夫早就知道是这些孩子在对船干坏事。那天晚上有雾，我们预料他们会有动作。所以，我到他们船边，摸一下烟囱，看他们在不在家。要不然，我们就得去别处看他们在干什么。”

“你发现他们不在家里？”法兰德先生问。

桃乐茜几乎要咆哮了。这是他们最坚实的证据之一，被这样一说都快变得一文不值了。她看看迪克，但迪克背对着她，视线落在手中的东西上。

法兰德先生转向比尔。“关于昨天晚上的事情，你说你们看到这两个小伙子在放漂抹香鲸号？”

比尔停顿了一下。“不是您所说的‘看到’。”他说，“他们把我追到死神与荣耀号，从烟囱往下灌水，迫使我们开门，然后我才看到他们。”

“他们说你当时在抹香鲸号附近，这么说你承认了？如果你没有干坏事，为什么要逃走？”

“为了不让他们抓住皮特。”比尔说。

乔治·欧顿看着他的朋友，法兰德先生看着乔治。

“如果皮特跟比尔一起放漂抹香鲸号，你怎么没有看见他？”

“因为他不在。”乔治说。

法兰德先生转向皮特。“你在那儿吗？”他问。

“在。”皮特说。

“比尔逃走时，你在干什么？”

“保持不动。”皮特说，“他们交代我这么做。”

“你看到这两个人放漂抹香鲸号吗？”

“这我不知道，”皮特说，“但有人在放船。我们确实知道，我们……”

法兰德先生再次转向乔治。“晚上天很黑吧？”他说，“我想你们有手电筒。”

这一次轮到乔治的朋友拉尔夫回答。“他们放出闪光，我们不可能看不见。”

乔治立马没了笑容，狠狠瞪了他的朋友一眼。

“闪光？”法兰德先生说，“他们在放漂船只时放出了闪光？”

“那倒不是。”乔治说，“如果皮特也在这里，那就说得通了。我们当时不明白。冒出了一道白光，然后我们看到比尔放船。他一定也同时看到了我们，因为他飞奔逃走，直到我们把他追到旧船上。”

“闪光像什么样子？”法兰德先生问。

“像照相机的闪光灯。”乔治说。

“你放的闪光？”法兰德先生问皮特。

“是我放的。”比尔说。

“但你怎么可能同时既点燃闪光，又放漂抹香鲸号？”法兰德先生问。

“我告诉过您，我没有放漂它。”

“我们看见你了。”乔治·欧顿说。

“你为什么放闪光？”法兰德先生问。他的语气一如既往地平静。

“我们在拍照片，”比尔说，“为了抓住那个放漂抹香鲸号的人。”

“他们没有照相机。”乔治·欧顿说。

法兰德先生转过身。

“你是怎么知道的？”

乔治和他的朋友都没有回答。窗口传来一阵响声，迪克正摆弄手中的东西。“完成了。”他说，“在光照下会变黑，但我可以再印一张。”他

任由手中起固定作用的相框掉到地上，跑到桌边，把照片放在法兰德先生面前。然后，他摘下眼镜，开始擦拭。接着，他一手拿着眼镜，一手在地毯上摸索落地的相框。

“走吧。”乔治的朋友说。

“现在可不行。”法兰德先生说。他没有从照片上抬起眼睛，“泰德，关上门好吗？这事真有意思。”

汤姆、比尔、乔、皮特和桃乐茜紧张地注视着法兰德先生的吸墨笺上这一小张发光的照片。乔治和他的朋友也从他们站的位置探着头想要看一眼。

“高度相似。”法兰德先生说，“警官，你看呢？”

“唉，我服了！”他说。

法兰德先生思索了几分钟。

“证据的价值取决于证据所在的背景。”他说。六位侦探听到这话，摸不着头脑，“这张照片，在任何法庭上（这时他严厉地注视着乔治·欧顿和他的朋友），都可以证明昨天晚上放漂船只的人是乔治·欧顿和……”

“斯特拉克。”泰德先生接了上去。

“和斯特拉克。”法兰德先生说，“不止这些，它赋予了其他大量证据以全新的价值。没有照片，这些证据我只能不予采信。欧顿，我想你骑自行车的吧？”

乔治点点头。

“而且是邓禄普牌轮胎。”他把迪克的素描放在面前的桌子上，“这东

西，”他说，“关系到兰沃思事件，也为波特海姆盗窃案提供了参考。我们有一位证人已经宣誓，盗窃案当天晚上，乔治·欧顿在波特海姆。又鉴于以下事实：欧顿和……斯特拉克昨天晚上自己放漂了船只，却告诉警官，他们看到其他人放漂船只。但事实上，已经有人通过拍摄照片揭示了事情的真相。如果没有照片，其他证据本来会没有意义。因此，欧顿和斯特拉克故意制造伪证，诬陷无辜者，甚至图谋陷害无辜者接受制裁。欧顿，你还有话可说吗？”

“是他的主意。”乔治·欧顿说。

“我什么都不知道，都是你告诉我的。”拉尔夫·斯特拉克说。

法兰德先生来回打量他们俩。

“我想，”法兰德先生说，“你们把第一批钩环塞进这些孩子船上的烟囱里时，你的裤子有所损坏……（乔治目瞪口呆地盯着法兰德先生指给他看的灰色法兰绒碎片。）你的手还在第二批钩环上留下了绿漆。你为了确定受害者不在家，摸烟囱时手上沾到了油漆。还有一罗多钩环没有归还。它们在哪里？”

“工具棚的箱子里。”乔治说，“听着，我受不了啦。我要走了。”

“我不会留你，”法兰德先生说，“但趁你没走，我先告诉你：我今晚从办公室回来，就要打电话给你叔叔。在此期间，我希望你写一份详细的忏悔书，讲清楚你这一套陷害无辜的混账阴谋。对，就是混账阴谋。我身为你盗窃的那家公司的律师，可以决定是否建议他们起诉你。我跟你叔叔见面前，你要把忏悔书写好。我会根据你有没有彻底交代，作出相应的决定。我建议你的同伙也在忏悔书上签字。现在你可以走了。”

乔治·欧顿和拉尔夫·斯特拉克一言不发地离开房间。乔在他们身后说："只要有破绽，早晚会露馅。"

桃乐茜喘个不停，仿佛过去五分钟都没在呼吸；汤姆则满脸通红；迪克又像盲人般地擦眼镜；比尔和乔盯着法兰德先生，好像他们第一次看见他；皮特已经热泪盈眶了，他义愤填膺地眨了眨眼睛。"如果我们没有拍照，"他说，"罪名就会落到我们头上。"

泰德警官清了清嗓门。

"很抱歉，我之前这么想过。"他说，"我本来早就应该明白的。以后如果再有人说你们的坏话，我知道该怎么回答他。无论白天晚上，欢迎你们随时到我的花园里挖虫子，只要别动菊花就行。"

法兰德先生现在微笑起来。"泰德，他们会原谅你的。这是个邪恶巧妙的阴谋，你周围的很多人都因此上当受骗。让真相传播开来，不是坏事。虽然我身为律师，不该说这种话。"

"我会去跟邮局的人说，"泰德先生说，"跟商店里的人说。我会在村里的公共活动中说。大伙儿都喜欢听新闻。"

"我上班快迟到了。"法兰德先生说，"哎，我知道还有些人也会高兴的。我今天晚上就给女儿们写信。如果可以的话，我真想祝贺各位侦探……"他看到泰德先生已经走了，"我想到这一点就感到羞耻。如果你们听任官方的处理，事情就会对你们十分不利。"

门开了。麦金蒂太太进来说："先生，一位绅士有急事求见……"但她的话还没有说完，抹香鲸号的船主就出现在她身边。

"他们告诉我，这些孩子被控放漂我的船。"他说，"我来说明一下，是我把船借给他们的。只要不弄坏，他们可以随意放漂。”

“他们没有麻烦。”法兰德先生说。

“没事。”桃乐茜说，“一切顺利。他们落入了圈套，但如果没有照片，我们可能会在最后关头输掉。‘苏格兰场’最终获得胜利，这点我早就知道。”

法兰德先生拿起照片，递给新来的客人。然后他看到了桌上的那一小堆钱。

“律师费六先令八便士。”他说，“你完全正确。”他向桃乐茜鞠了一躬，“不过，正如我说过，在本案中，我无法担任被告律师。依我自己看，我似乎充当了法官的角色。在法庭上，你可万万不能贿赂法官。所以在我看见之前，你们最好把钱拿走……”

“您的船平安无事。”乔对抹香鲸号船主说，“他们把船放漂，但没有看到泥底锚已经放下。它停得好好的，就在岸边。如果您一起去死神与荣耀号，我们会送您上船。”

“我现在得告辞了，要不然合伙人会跟我翻脸的。”法兰德先生说。

“万分感谢。”桃乐茜说。

其他人纷纷感谢法兰德先生。

桃乐茜收起线索，放回手提箱里。

“你怎么处理它们？”法兰德先生问。

“带回‘苏格兰场’。”

“我有可能还会用到，”法兰德先生说，“但我想不会的，我希望它们不会被用到。”

“醒醒，比尔。”乔说，“你拿烟囱另一头。”

“天哪，小皮特，”比尔说，“你吓了我一跳。”

他们一起走出屋子，温暖的阳光仿佛比平常显得更加亲切。一阵微风轻轻拂过河面，透过树丛，水面波光粼粼。

“快点，”汤姆说，“我们该扬帆起航了。”

后记

大鱼的处置

几个月后，冬天最寒冷的日子已然远去，死神与荣耀号再次回归平静，停泊在霍宁码头。这天是星期六早上，他们昨天一放学就上了船。二月底天气晴朗，船上的烟囱冒出缕缕炊烟，皮特正在瞭望，他看到抹香鲸号逆流而上，赶忙把其他人叫出来。

“甲板上好像有副棺材。”皮特说。

“不可能。”比尔说。

确实像棺材。一只又长又窄的箱子用绳索固定在抹香鲸号舱顶的栏杆之间。

抹香鲸号开到了跟前。

“啊哈，是你们。”船主叫道，“在忙？”

“没在忙。”乔说。

“那就上船吧。我下午送你们回来。我正要把你们的大鱼送到疯驴旅馆去，你们应该去现场看看。”

“我就说是棺材吧。”皮特说。

没过两分钟他们便上了船，抹香鲸号调头上路了。

“昨天晚上鱼放在瑟恩河河口。”抹香鲸号的船主说，“但我想移交时你们必须在场一起见证。”

“汤姆呢？”乔说。

“只要你们愿意，把他也带上。”船主说，“还有那个女孩跟那个戴眼

镜的男孩。”

“他们不在这儿。”比尔说，“要等复活节才回来，但我们可以带上汤姆。”

他们运气不好，抹香鲸号停到达钦医生家的草坪旁边，得知汤姆不在家。“没关系，”船主说，“他随时可以骑自行车过来。鱼反正会一直放在那儿……对了，”他们重新起航时他问道，“大鱼上钩后，怎么处置的？”

死神与荣耀号的船员们严肃地看着彼此。

“他们两个，”乔说，“乔治·欧顿和他的朋友，第二天早上就跑了，我们再也没有见过他俩。”

接下来就无需描绘他们是如何沿布尔河顺流而下，又驶向瑟恩河的。在这个寒冷的二月早晨，他们轮流掌舵抹香鲸号。等到有人来接岗，换下的人便走进船舱，在炉子旁暖暖身子，不时地感到耳朵鼻子微微的刺痛。

他们从波特海姆的一座座桥下穿过，索宁先生的船夫们友好地向他们挥手。鲍勃·科滕又恢复了黑鸭子俱乐部成员的身份，也在公路桥上挥手致意，船上的人也挥手回礼。最后，他们在通向疯驴旅馆的岔口系好船。

舱顶上的长箱子被取了下来，这条大鱼又一次被抬进了这家小旅馆。

一小群人已经在等待了。

“你们终于来了。”老板出门欢迎他们，“我告诉一些人，说你们要来。我已经把壁炉架都准备好了。”

老板娘招呼死神与荣耀号的船员进厨房喝杯热茶。她觉得他们一定是冻坏了。他们跟她一起进了屋，身后，老板和一群热心的渔民把箱子团团围住。十分钟后，他们听到抹香鲸号船主叫他们的声音。他们从厨房跑进旅馆大厅，在门口停下来。

此时的房间里挤满了人。门口对面安了一座新的砖壁炉，宽大的壁炉架上有一只他们见过的最大的玻璃箱。箱子里装着世界鱼王，在浅蓝色背景和绿色水草中游动，栩栩如生。

“太酷了！”乔说。

“我打鱼六十七年，”一个白胡子老人说，“从来没逮到过这么大的鱼。”

“想想那些慕名而来的崇拜者！”老板快活地说，一边打量着满脸羡慕的人群，“不，我不在乎是谁捉到的，也不在乎我付了多少钱。英格兰四面八方的游客都会来疯驴旅馆，来看看这条大鱼。”

“快过来呀，”抹香鲸号船主说，“过来看看箱子上写了什么。”

三个孩子走近箱子，观看鱼的人们都为他们让路。箱子正面的玻璃上镶着金字，他们读到了这条梭子鱼的重量、捕获的日期，还有……大声朗读的皮特突然停住了。“梭子鱼……十三点八千克，捕获者是……啊，是我们！”他们三个人的名字，都被镶成了金字。

白胡子的老渔夫转过来，打量死神与荣耀号的船员们。

“你们就是那几个逮住这条鱼的男孩？”他问。

“我们其实……”乔张口道。

“可怜的小伙！”老渔夫说，“可怜的小伙啊……年纪轻轻就再没有什么奋斗目标了。”

“那我们就再去捉一条！”皮特说。